Au verger du Roussillon

Du même auteur chez TDO :

- *Quand le vent s'apaisera*, Collection poche, 2017

Ce titre est une réédition de *La Ronde du Destin*, publié en aux éditions De Borée en 2012.

ISBN : 978-2-36652-229-7

Couverture : Réalisation TDO éditions ; crédits Fotolia *Le Canigou dans les Pyrénées Orientales* © Yvann K

Claude-Rose et Lucien-Guy Touati

Au verger du Roussillon

Poche

À tous ceux qui ont dû un jour quitter leur terre natale et à tous ceux qui les ont accueillis.

Avertissement :

Bien que ce roman se déroule dans un contexte historique et géographique précis, il reste une œuvre d'imagination et toute ressemblance avec des personnes existant ou ayant existé ne saurait être que pure coïncidence.

Préambule
À l'orée du chemin

La rencontre de deux personnes à un moment précis sur un point précis de la planète est la chose la plus fréquente et la plus banale du monde. Chaque jour des millions de gens se rencontrent. Chacun croise le chemin d'autres êtres humains sans qu'il se passe forcément quelque chose. Chacun continue sa route sans même réfléchir qu'il est en train de traverser celle d'un autre.

Et pourtant cet événement insignifiant est susceptible de revêtir une importance exceptionnelle pour chaque personne. Il peut lui offrir à tout instant et d'une manière totalement imprévisible, l'éventail infini des émotions, des sentiments et des actes qu'un homme et une femme peuvent vivre. Il peut entraîner pour eux tous les espoirs, déchaîner tous les drames, déclencher tous les chagrins et faire naître tous les bonheurs. Il peut bouleverser le cours de leur existence et, tout juste une petite seconde avant que leurs pas ne se croisent, lui donner une direction qu'ils auraient été incapables d'imaginer.

D'où peut bien venir ce phénomène à la fois si courant et si puissant ? Qu'est-ce qui se passe, de temps en temps, entre deux êtres qui se regardent pour la première fois de leur vie ? Par quel mystère une simple rencontre peut-elle lier leur destin dans un avenir commun ? Est-ce le pur hasard ou le destin écrit quelque part sur les pages d'un grand livre universel ?

Une rencontre semble toujours fortuite. Avant qu'elle ne se produise, rien ne signale qu'elle va se produire. Ni le hasard ni le destin n'ont jamais été une réponse satisfaisante. Mais l'aventure improbable contenue dans toute rencontre entre un homme et une femme peut se transformer en une histoire unique au monde, s'ils le veulent, s'ils le désirent tous deux plus que toute autre chose au monde.

Chapitre un
La croisée des destins

Le jeune homme releva la tête et du revers de la main essuya sur l'arête de son nez une longue larme de sueur âcre. Dans la lumière brûlante de cet après-midi qui cheminait vers sa fin, il perçut la silhouette familière de la chapelle, qui se dressait à contre-jour au sommet de la colline Saint-Ferréol.

Il ferma les yeux un instant et l'image du clocheton découpé sur le ciel d'un bleu aveuglant persista sous ses paupières qui vibraient de chaleur et de fatigue. Malgré sa jeunesse, son courage et son endurance, Manuel était à bout de force. Le ramassage des cerises qui d'habitude durait un bon mois était terminé en principe début juin. Pourtant cette année, les grosses pluies de mai avaient freiné le mûrissement des fruits et la cueillette avait pris un retard inhabituel. Cette récolte tardive mènerait sans doute tous les propriétaires de cerisiers à devoir terminer le ramassage au-delà de la fin juin. Mais déjà, d'autres récoltes de fruits et de légumes d'été débutaient, provoquant un surcroît de labeurs pour les maraîchers et les horticulteurs de la région, une bousculade de tâches qui s'amoncèleraient dans les semaines de juillet.

Le jeune homme soupira. Il ébroua ses sombres cheveux. Des mèches ruisselaient sur son front et dans son cou. Il descendit de l'arbre majestueux sur lequel il avait dressé son échelle. Il but une grosse gorgée d'eau, plus très fraîche, au goulot de la gourde en cuir qu'il avait déposée dans l'herbe. Et, d'un coup d'œil vers le bas de la parcelle de terre qui dévalait jusqu'au pied de la colline, il évalua le nombre de cerisiers qu'il lui restait à « faire » avant de pouvoir décider pour lui-même que son travail de cueillette était terminé, du moins pour ce jour. Encore ces deux gros arbres à récolter… une demi-douzaine de cagettes à remplir, estima-t-il rapidement.

Ensuite Manuel serait loin d'avoir fini sa tâche. Il lui faudrait, par le petit sentier en pente raide, remonter sa récolte – environ vingt cageots pleins à ras bords – tout en haut de la vigne, jusqu'à la Juva 4 garée sous un amandier au bord de la route qui menait de Céret à l'ermitage Saint-Ferréol. Sur cette colline que les siècles passés avaient baptisée du nom du Saint, son grand-père Vila avait acquis au début du vingtième siècle une belle parcelle de vignes. Maria Vila, sa mère, avait augmenté son rapport en y plantant plus tard une bonne trentaine de cerisiers, de ceux qui offrent les vénérables « burlats », authentiques bijoux de cerises, de la couleur et de l'éclat du grenat.

Cela fait, Manuel aurait encore à ranger les outils dans la « casotte » au beau milieu de la vigne, puis à refermer avec soin le petit bâtiment rustique qui laissait buriner toute l'année ses pierres sommaires et ses tuiles brunes sous le soleil de plomb assaisonné de tramontane. Puis il devrait redescendre à Céret, décharger la camionnette et ranger la récolte au frais dans le sous-sol de la maison. Puis se doucher, avaler en silence le dîner préparé par sa mère, s'écrouler sur son lit et dormir jusqu'au lendemain matin où il lui faudrait se lever à nouveau et recommencer le même labeur que ce jour… à quelque chose près.

Pourtant demain serait un dimanche, le dimanche 1er juillet 1962. Alors que dès le lever du soleil, il s'activerait au jardin potager, la plupart des Cérétans, en tout cas des Cérétans de son âge, commenceraient la journée par une longue flânerie à travers les boulevards de la vieille cité catalane. Ils prendraient tout leur temps, eux, tous ses lointains camarades d'école qui avaient la chance de n'être pas fils de maraîchers, qui avaient des loisirs et pouvaient fêter l'arrivée de l'été dans l'insouciance. Ils déambuleraient nonchalamment dans les rues avant de se regrouper sur une des nombreuses places de la ville, celle où la cobla, l'orchestre de sardanes, se serait installée. Et là, sur la chaussée encore fraîche des heures de fin de matinée, la ronde magique de la sardane s'agrandirait minute après minute et emplirait peu à peu tout l'espace comme un gâteau qui lève.

Manuel, au pied de son cerisier, entendait déjà l'air envoûtant des sardanes enfler dans ses oreilles et c'était la plus belle des musiques. Elle ne serait pas pour lui demain. Il le savait. Il n'en percevrait, du fond du jardin de ses parents, penché sur un quelconque rang de tomates, que l'écho à la fois tentateur et mélancolique.

Triste et résigné, il grimpa à nouveau sur son échelle, s'attelant pour une grosse heure encore à la cueillette fastidieuse et délicate des fruits fragiles. Il ne voyait plus la beauté du paysage rayonnant dans lequel il se mouvait. Il n'entendait plus autour de lui le froufrou aigu des cigales. Il avait la gorge amère d'un jeune homme mécontent de son sort. Il attendait… il ne savait trop quoi.

*

La jeune fille jeta un dernier regard du haut du sixième étage sur les bâtiments de la Résidence Galliéni à demi plongée dans l'obscurité. Beaucoup de fenêtres closes. Beaucoup de familles déjà parties. Ces fenêtres, se rouvriraient-elles seulement un jour sur un ciel apaisé ? se demanda Sylvie.

Elle soupira et revint vers son lit sur lequel elle

avait ouvert la valise que sa mère lui avait donnée en début d'après-midi : « Débrouille-toi, ma fille, pour mettre les affaires auxquelles tu tiens le plus, c'est tout ce que je peux t'offrir. » Le dessus du vieux bagage avec son couvercle chargé d'étiquettes au nom de la famille Pagès, reposait contre le mur de ce qui était sa chambre pour encore quelques heures. Les sangles pendaient de part et d'autre.

Sylvie avait à peine entamé sa pénible tâche. Dès qu'elle pensait à l'Algérie, ce pays qu'elle quitterait le lendemain matin avec toute sa famille, un pincement la saisissait. L'idée de partir en France pour y passer le reste de sa vie ne l'effrayait pas et même provoquait une sorte d'excitation. En revanche, abandonner Oran, sa ville natale, avec la quasi certitude qu'elle n'y retournerait jamais, voilà qui la secouait avec brutalité. Elle refusait de s'attarder sur ce sentiment de malaise. Alors elle revenait vers sa valise, refoulant amertume et tristesse.

Elle avait commencé à remplir son bagage en empilant ses rares vêtements d'hiver, ceux qu'elle portait si peu dans ce territoire qui ignorait la neige, le verglas et le froid. Puis par-dessus son unique veste en laine et ses quelques pulls, elle avait plié les robes légères et les chemisiers à fleurs qu'elle affectionnait. Elle comptait mettre dans une espèce de sac à dos ses affaires de toilette pour la nuit sur le bateau car la valise partait en soute et ne se récupérerait qu'à l'arrivée à Port-Vendres. Elle trouva aussi la place d'y glisser le livre qu'elle s'était acheté récemment, Le Chant du monde de Giono, qu'elle avait tout juste ouvert… mais assez pour deviner qu'elle possédait là un roman pur et audacieux, où les éléments naturels tenaient une place aussi grande que les sentiments des êtres humains.

Dans quelques heures, ils embarquaient sur le Ville de Tlemcem. Son père avait réussi à réserver trois cabines à la dernière minute. Le lendemain matin, en ce premier dimanche de juillet 1962, ils prendraient le gros taxi que Monsieur Lopez leur avait promis et s'entasseraient tous pour ce nouveau destin inévitable. Tous, son frère, sa sœur, ses parents et son grand-père Hugo se préparaient à une autre existence. Tous, comme des milliers de Pieds-Noirs, en ce moment-même, bourraient leur valise ou leur sac et s'apprêtaient à dire adieu au seul cadre de vie qu'ils connaissaient. Une autre réalité les attendait de l'autre côté de la Méditerranée. Et pour tous, c'étaient appréhension et inquiétude.

Sylvie, elle, avait de la chance. La France ne représentait pas une contrée inconnue. Et tout en rangeant méthodiquement mouchoirs, chemises de nuit et culottes, elle pensait que pour elle cet événement serait probablement plus facile à vivre. À vingt ans, elle tournait la page mais elle n'avait pas peur. Elle avait déjà voyagé en France, se rendant presque chaque été en colonie de vacances ou en séjour avec ses parents. Les deux dernières années, elle était même allée en tant que monitrice dans une jolie campagne de la région de Toulouse.

Dans moins de trois jours, l'Algérie ne serait plus française et ce serait l'Indépendance accordée à tous les résidents de ce pays qui avait fait partie de la France pendant cent trente deux ans.

Sylvie n'arrivait pas à se concentrer. Par la fenêtre ouverte, des bouffées d'air tiède entraient qui la faisaient transpirer. Elle avait tiré en arrière ses longs cheveux blonds pour avoir moins chaud. Le matin elle avait fait un shampoing au henné qui leur donnait des reflets cuivrés. Voilà encore quelque chose qu'elle ne respirerait plus, le souffle du sirocco qui terminait sur la côte algérienne son périple saharien et renonçait à atteindre les rives de la métropole.

Très bientôt, il allait lui falloir apprendre à rencontrer d'autres personnes, à se faire de nouvelles relations, de nouveaux amis. Ses yeux bleus se posèrent une dernière fois sur les meubles qui resteraient ici dans l'appartement modeste que la famille avait obtenu trois ans plus tôt, sur les murs vides où l'on devinait les emplacements des quelques images qu'elle avait décollées et enfermées dans un carton à dessin placé tout au fond de sa valise.

En attendant de s'en aller vivre en France, il lui fallait faire attention à ne rien oublier. Entre deux jupes, elle coinça le disque de Bach qu'on lui avait offert à Noël et celui de Brel qu'elle avait elle-même acheté l'année de son baccalauréat. Jean-Marc Pagès, son père, avait fait expédier par cargo le plus gros de leurs bagages. Dès que ces affaires seraient récupérées, elle pourrait enfin utiliser à nouveau le Teppaz, l'électrophone de la famille.

Sylvie ferma le couvercle et noua les sangles d'un geste énergique. Elle se sentait prête à faire face.

*

Dans la moiteur des heures de la sieste de ce dernier samedi de juin, Estelle Bensoussan poussa un gros soupir en se retournant sur les draps froissés de son lit étroit. L'espèce de chambre cabine qu'elle occupait dans ce vieil immeuble coincé au centre de Céret, dans une des rues les plus sombres de la cité, ne bénéficiait pas d'une vraie fenêtre. Un seul petit vasistas en haut d'un des murs ouvrait sur le couloir qui traversait l'appartement au dernier étage de la bâtisse. La jeune fille avait l'impression d'étouffer dans ce réduit minuscule dont il lui fallait se satisfaire sans protester... puisque l'aînée devait montrer l'exemple à ses quatre jeunes frères !

Ses pensées secrètes la ramenaient sans cesse quelques mois en arrière, dans sa jolie chambre claire du logement que la préfecture d'Oran avait alloué à son père, en tant que fonctionnaire. L'appartement qu'ils avaient brutalement quitté était modeste mais suffisamment spacieux pour que les sept membres de la famille Bensoussan s'y fussent sentis à leur aise et surtout, situé sur un boulevard accueillant, il dominait le port. Le souffle bleu de la mer y arrivait en longues vagues enivrantes.

Mais là, dans cette maison de dépannage, Estelle rêvait de pouvoir simplement ouvrir une fenêtre pour avaler une grande bolée d'air frais. Au lieu de cela, elle se contenta de se lever, d'ouvrir le tiroir du bas de sa commode et en sortit une boîte en carton qui avait dû contenir des chaussures mais qui, chose courante, accueillait un amoncellement de photographies, de cartes postales et de menues bricoles d'un genre inclassable. Elle la posa sur son lit, souleva le couvercle et commença à exhumer de ce fouillis quelques photos de classe. Elle les regardait et les posait une à une sur le lit, comme si elle s'apprêtait à jouer aux cartes ou à faire une réussite.

Le matin même, Estelle avait appris par son père que les Pagès allaient arriver à Céret dès le surlendemain. À Oran, les deux familles se connaissaient de vue et, selon ses dires, c'est Jacky Bensoussan qui avait arrangé leur venue à Céret. Ils avaient gardé le contact pendant les événements. Son père avait ajouté qu'il tenterait d'arranger leur installation... Le poste qu'il occupait à la sous-préfecture de Céret depuis le début de l'année, dès leur arrivée en métropole, lui facilitait certaines démarches... Et puis, s'aider entre rapatriés c'était bien la moindre des choses...

Estelle triait toutes ses photos du lycée, de celles qui sont prises à chaque rentrée scolaire par un professionnel dûment mandaté qui aligne les élèves sur des bancs, raides comme des crayons dans une trousse d'écolier. Elle trouva enfin celle qu'elle cherchait… Sa dernière photo du lycée, celle de l'année du bac, en 1961… Sylvie Pagès et elle, Estelle Bensoussan, se trouvaient alors dans la même classe de terminale. Il y avait à peine plus d'un an !

Dans le silence de ce lourd après-midi, la voix bourrue de son père s'éleva brusquement pour rabrouer un de ses fils, sans doute le plus jeune, qui avait dû quémander une autorisation quelconque. Les paroles paternelles restaient indistinctes mais le ton était nettement grondeur et la tirade de Jacky Bensoussan se termina par un : « Non, Hervé, pas question ! Laisse ta mère tranquille, elle se repose ! ». C'était sans appel.

— Me reposer ! Elle est bien bonne, celle-là ! gémit la voix endormie de sa femme. Commence d'abord par crier moins fort, Jacky !

— Oh, arrête, hein, Arlette ! J'essayais seulement d'empêcher Hervé de te déranger…

La voix bougonne finit par s'apaiser, cédant comme toujours aux récriminations de l'épouse irritée. Estelle esquissa un sourire en entendant la ritournelle connue des petites chamailleries qui opposaient son père et sa mère plusieurs fois par jour. C'était comme une musique de fond sans conséquences… Elle en avait l'habitude.

Elle reprit la photo de groupe des élèves de Terminales Philosophie du lycée Stéphane Gsell d'Oran, et caressa du doigt l'image grise de ces têtes figées dans un sourire contraint, annonciateur de jours sombres. Elle scruta à nouveau les deux visages, celui de la blonde Sylvie Pagès, ses yeux malgré tout rieurs, son petit nez retroussé et ses fossettes malicieuses, et puis, juste à côté, sa figure à elle, plus pleine et plus oblongue, plus sévère aussi et auréolée de sa masse de cheveux noirs ondulés… Deux personnalités bien différentes et pourtant deux bonnes camarades… deux amies.

Bientôt Estelle aurait l'occasion de retrouver Sylvie et de l'accueillir dans ce nouveau monde ! Un profond sentiment de joie envahit le cœur de la jeune fille et il lui sembla que cet événement serait pour elle un soulagement et une consolation dans la tempête qu'elle vivait depuis le début de cette terrible année 1962.

Le silence était revenu entre les murs surchauffés.

*

Dominique Fillol ferma à clé la porte de la Librairie Cérétane derrière les deux derniers clients, un couple de Parisiens d'âge mûr qui cherchaient un livre sur l'histoire du Roussillon. Grâce à son sourire séducteur, il leur avait vendu en plus un recueil de contes et légendes et un lexique catalan.

Il n'ouvrait le dimanche matin qu'en période estivale. Le rideau baissé, Dominique se réfugia dans le calme et la pénombre du magasin qu'il tenait face à la Mairie.

— Enfin seul, se dit-il. Je vais pouvoir souffler.

Mais il dut changer d'avis en pénétrant dans l'arrière-boutique lorsqu'il vit sur le comptoir le dernier colis arrivé la veille et qu'il n'avait pas encore eu le temps de trier. Cet « Enfin seul » était largement chargé d'ironie. Il aurait bien aimé au contraire avoir quelqu'un près de lui en ce lumineux dimanche d'été qu'il passerait hélas dans le calme de la morne maison familiale.

Dominique desserra sa cravate, l'ôta et respira tranquillement. Il posa avec soin sa veste en lin clair sur le dossier d'une chaise et s'attaqua au rangement. Il avait encore un peu de temps devant lui avant de s'en aller déjeuner chez sa mère. En digne fils de Madame Joséphine Fillol, notable reconnue de la société cérétane et avisée femme d'affaires – elle possédait en plus de ses deux commerces, quelques terres dans les collines, deux ou trois vieux appartements dans la rue de la République et d'autres encore plus bas, vers le pont – il se faisait un devoir de participer aux agapes dominicales. Il ne manquait jamais le repas que Carla Olivès avait concocté. La fidèle domestique les servait depuis plus de trente ans, elle était à la fois gouvernante, cuisinière et aide-vendeuse à la boutique de tissus catalans où Madame Fillol officiait avec dignité.

La condition de bourgeois tranquille du fils Fillol et les rentes de sa veuve de mère lui auraient autorisé une vie de doux farniente mais ce métier de libraire lui fournissait une manière d'exister pleinement dans cette bourgade où il s'ennuyait de connaître tout le monde. Il aimait cette activité qui lui permettait de rencontrer chaque jour les jeunes et vieux habitants de Céret et à la saison touristique de découvrir des nouveaux visages. Ce long et mince jeune homme approchant de la trentaine, à l'allure frêle et élégante avec son nez pointu et ses narines sensuelles, ses cheveux courts châtain clair coiffés autour d'une raie très sage, toujours net et poli, derrière ses petites lunettes rondes, cachait une âme de rêveur. Grand amoureux de littérature et de poésie, il donnait surtout l'impression d'un dilettante sympathique. Dominique, lettré mais timide, écrivait en cachette des poèmes qu'il ne montrait à personne.

Ces dernières années, pour répondre à un goût personnel et aux besoins d'un tourisme commençant à se développer, il avait créé un rayon d'ouvrages sur le folklore catalan et sur tout ce qui avait trait au régionalisme des Pyrénées-Orientales. Apprécié par la population, il se faisait petit à petit une réputation d'historien local.

Dominique se pencha vers le gros carton pour

extraire une pile de livres.

— Ceux qui trouvent que le métier de libraire est une sinécure, grommela-t-il pour lui-même, devraient venir manipuler et mettre en place tous ces bouquins. Ils comprendraient vite combien ils se trompent.

Il maugréait tout en disposant avec soin les volumes devant lui et en pointant chaque titre d'un coup de crayon sur la facture étalée. Il œuvrait en silence et d'une manière mécanique tout en se demandant s'il n'irait pas faire un tour dans le verger de sa mère en fin d'après-midi pour ramasser quelques pêches. Perspective modeste et peu excitante mais qui lui permettrait de s'activer physiquement quand la chaleur aurait diminué ses ardeurs. En fait, ce n'était pas du tout ce qu'il aurait désiré mais sa solitude récente n'autorisait plus la promenade romantique qu'il affectionnait en toutes saisons sous les frondaisons de Fonfrède avec l'élue du moment.

Dominique Fillol se vivait comme un fin séducteur, soucieux d'avoir près de lui, en toutes circonstances, une jeune fille ou une jeune femme qui lui servait de muse et de confidente. Mais depuis quelques mois, il n'avait pas trouvé dans sa clientèle locale un seul cœur charitable qui l'enflammât et lui donnât l'envie de partager un bout de chemin. Par chance la période des vacances arrivait et, se réjouissait-il, avec elle, de jolies touristes sensibles à son éloquence raffinée et à son charme de catalan bien éduqué.

En attendant, il s'apprêtait à s'engluer dans cette langueur familiale que les conventions bourgeoises ont su si bien instaurer tous les dimanches.

Mon Dieu, du changement, par pitié !

Chapitre deux
Midi cérétan

Sur la terrasse du Café Catalan de Céret, à l'angle de la rue Saint-Ferréol et du boulevard Maréchal Joffre, l'ombre cédait de seconde en seconde la place à une lumière de feu. La demie de onze heures venait tout juste de sonner au clocher et le soleil puissant de ce premier dimanche de juillet dardait ses rayons à l'aplomb de la ville, à la verticale au-dessus de la cime des platanes. Les habitués, pour continuer au frais leurs parties de cartes en sirotant leur verre d'anisette ou de muscat, s'étaient réfugiés dans la pénombre de la salle du bar, abandonnant la terrasse aux « Parisiens », amateurs de canicule, « comme tous les gens du Nord », ironisaient-ils.

Les touristes, justement, au terme de leur déambulation matinale dans la vieille cité nichée au creux des Albères, se laissaient littéralement tomber sur les fauteuils en rotin et s'essuyaient le front sous leur chapeau de paille. Ils essayaient en vain d'attirer l'attention du serveur qui semblait toujours regarder d'un autre côté. Les femmes en robe d'été arboraient le superbe éventail tout neuf qu'elles venaient d'acheter au coin du boulevard, à la boutique d'artisanat local ouverte le dimanche matin pendant « la saison ». Elles n'en maîtrisaient pas encore le maniement, les agitant en tous sens avec un emportement naïf. Les enfants à casquette bariolée, assoiffés par la promenade imposée par leurs parents à travers les dédales des ruelles poussiéreuses, bourdonnaient autour des tables et des lauriers roses en pot, réclamant leur verre de limonade ou de menthe à l'eau « avec une paille, s'il vous plaît Monsieur ». Les hommes, bras nus, chemise ouverte, voulaient boire, boire frais et boire sans attendre.

Marcelin, l'unique employé du Café Catalan que son patron Juan Verdaguer, ne s'était pas encore résolu à faire aider par un « extra » pour les deux mois d'été, vaquait à son service avec une nonchalance peut-être plus appuyée que d'habitude... Histoire de démontrer « au chef » qu'il avait vraiment besoin d'un coup de main en juillet et en août, particulièrement aux heures traditionnelles de l'apéritif. De plus, ce vieux célibataire qui entortillait, été comme hiver, son long corps maigre dans un vaste tablier noir, éprouvait une satisfaction malicieuse à faire lanterner ces touristes que tout le monde ici appelait « Les Parisiens » sans chercher à être plus précis. Ils arrivaient chaque année plus nombreux.

Vers midi, ces nouveaux arrivants, Catalans pour

quelques jours, Cérétans pour l'heure, étaient enfin désaltérés mais trop épuisés encore pour rejoindre les uns leur meublé en location chez l'habitant, les autres leur tente au camping Paradis en contrebas de la ville, dans le vallon pierreux et asséché du Tech. Séduits par l'atmosphère de gaieté paresseuse parfumée d'anis et rythmée par les stridulations frénétiques des laborieuses cigales accrochées quelque part aux branches des arbres vénérables du boulevard, sous les vastes parasols du café, ils se laissaient aller. L'instant, envoûtant, les subjuguait. Les enfants eux-mêmes s'étaient tus, assommés devant leur verre vide, et mordillaient leur paille en agitant sous la table leurs pieds chaussés d'espadrilles flambant neuves.

En fait, ils attendaient tous ce dont on leur avait parlé au bureau du Syndicat d'Initiative.

— Ah, surtout, ne manquez pas ça ! leur avait recommandé « la dame du Syndicat ».

Cela allait se produire, en l'honneur du premier dimanche de juillet, à la sortie de la messe ainsi qu'en fin d'après-midi et tout au long de la soirée, sur le grand boulevard. Ce quelque chose, c'était la sardane. Les employés municipaux avaient monté l'estrade de l'orchestre arrivé le matin de Perpignan, sur une placette à égale distance du Café Catalan et du Café des Pyrénées, pour ne pas faire de jaloux entre les deux débits de boissons. La toute première série de danses de la saison estivale allait se produire ce midi. Les vacanciers attendaient donc avec curiosité cette attraction promise. Ils tournaient les yeux vers l'estrade toujours vide, s'étonnant de ne pas voir arriver musiciens, danseuses et danseurs en costume régional. Il ne se passait rien.

Quelques minutes après les douze coups de midi assénés tout au-dessus de leur tête par la cloche de l'église, les Parisiens virent, juste en face de la terrasse où ils se sentaient si bien, déboucher de la porte voûtée au bout de la rue du Vieux chêne, par grappes tranquilles, des hommes et des femmes d'âge divers mais plus tout jeunes dans l'ensemble. Ces Catalans, citadins et paysans étaient habillés avec le soin qu'on met pour se rendre à la messe. Ils sortaient de l'office du dimanche, l'air serein. Certains s'éloignèrent du boulevard du pas pressé de ceux qui ont beaucoup à faire. D'autres s'installèrent ici et là, à la terrasse des deux cafés. La plupart, une cinquantaine de personnes environ, restaient debout, assemblées quasiment au milieu de la chaussée, en petits paquets, bavardant et ignorant les voitures qui devaient rouler au pas pour les éviter. Tout cela se faisait sans heurt et sans protestation.

Alors dans une grande lenteur, les musiciens de l'orchestre émergèrent des cafés et chacun prit sa place sur l'estrade, ajustant avec minutie son instrument.

Les Parisiens oisifs, alanguis de chaleur sous les

parasols impuissants, attendaient de pied ferme la sardane annoncée… Elle ne venait toujours pas.

*

À l'intérieur du Café Catalan, une conversation passionnée emportait les voix et secouait les têtes d'un groupe de Cérétans, une douzaine d'hommes environ, tous plutôt d'âge mûr, accoudés à leur table encombrée de verres et de pichets. Les cartes étaient repoussées mais ce jour-là, leur partie terminée, ils s'étaient mis à parler des « rapatriés ». Jusqu'à ces dernières semaines le sujet n'était guère abordé. Non qu'il fût évité mais enfin, il mettait mal à l'aise. Depuis quelques jours, il devenait brûlant. Vu la façon dont les événements s'étaient précipités, « ils » allaient débarquer. Tout le monde se préparait à l'imminence de cet envahissement puisque la France, en donnant son indépendance à l'Algérie, ne laissait à la population Pied-Noir qu'une issue, rejoindre la métropole.

Les répliques de ces hommes s'échangeaient drues et dans un français rocailleux. De temps en temps elles fusaient directement en catalan. Dans l'ensemble leurs propos montraient méfiance et inquiétude. Au mieux, ils s'interrogeaient. Au pire, ils avaient peur, pour leur travail et pour leur terre qu'ils croyaient menacés par ces envahisseurs.

— Forcément ces Pieds noirs, beaucoup vont

préférer s'installer en Catalogne.

— Pas seulement dans notre région ! ... Dans tout le sud...

— Possible, mais pas uniquement. De toute façon ils n'auront pas d'autre choix. Dans le nord, dans l'est, à Paris... Ils iront là où ils trouveront du travail.

— Du travail, oui, justement, le nôtre, qu'ils vont nous prendre.

— Tiens, ils vont se gêner ! Dans la panique, on est prêt à tout, même à piquer le boulot des autres.

— Sans parler de nos terres, intervint Jules Molas, un vieux vigneron du côté de Thuir. Il ne faut pas oublier que ces gens-là, ce sont des propriétaires terriens. D'un seul coup, crac, plus rien. On leur a tout retiré. Alors, ils vont chercher à s'installer sur nos terres à nous ... De toute façon, moi, je ne serai pas vendeur ! D'autant qu'ils voudront nous les payer pas cher.

Le viticulteur omit de préciser qu'il venait d'accepter la semaine précédente de louer pour un an le Mas Cigalou à un Pied-Noir. Il n'avait pas su résister à l'avance financière en espèces que lui avait présentée Pietro Garbani, un de ces fameux Pieds-Noirs arrivés récemment. Jules Molas possédait sur une colline aride, entre le village de Llauro et Céret un vieux bâtiment entouré de dix mille mètres carrés de vignes à moitié abandonnées. Le sieur Garbani lui avait fait une proposition pour acheter le tout mais là, Molas avait refusé et attendait de voir comment les choses évolueraient.

— Oh ! Ce ne sont pas des bandits, tout de même ! répliqua Hyacinthe Cerda. Et en plus ce sont des Français, vous semblez oublier ça. Des compatriotes. Et même si c'étaient des étrangers, un peu d'humanité, ça ne vous ferait pas de mal !

Par moments s'élevait aussi la forte voix vibrante d'indignation de Hyacinthe, cet artisan maçon d'origine espagnole, fils d'émigrés et réputé pour ses convictions « de gauche ». Il tentait à sa manière fruste d'exhorter ses compagnons à la solidarité. Mais les remarques de Cerda ne suscitaient qu'un scepticisme narquois.

Pas plus écoutés étaient les propos – qui pourtant se voulaient apaisants – de Jean-Pierre Olivès, le directeur de l'école communale.

— Ce n'est pas pour rien, lança Jules Molas, irrité, qu'on les appelle, ces Pieds-Noirs, des colons ? Des colons pleins de pognon...

— Vous vous faites une idée figée et forcément faussée de ces Français d'Algérie, intervint Olivès. Riches agriculteurs ? Quelques-uns, si on veut, admettons... Mais c'est évident qu'ils ne représentent pas la majorité des Pieds noirs. Tenez, par exemple, Bensoussan, vous le connaissez, non ?

— Le gars de la sous-préfecture ?

— Lui-même. Il est arrivé avec sa famille en janvier. Sincèrement, vous le trouvez dangereux pour vos terres ? Il menace votre emploi ? Il vous a causé du tort ?

— Oui mais lui, ce n'est pas pareil. C'est un fonctionnaire.

— Eh bien qu'est-ce que vous croyez ? Des fonctionnaires, des artisans, des commerçants, des familles avec des faibles moyens, qu'il faudra aider à s'installer, des enfants à scolariser... voilà essentiellement ce qui va arriver. Arrêtez de vous faire peur avec des mots en bloc comme « envahisseurs » ! Les Pieds noirs sont des personnes comme vous et moi. C'est tout. Sauf qu'en plus, ils doivent être très malheureux de ce que le cours de l'Histoire leur impose aujourd'hui...

— Vous n'allez pas nous faire pleurer, Monsieur l'instituteur !

— De toute façon, on ne se laissera pas faire...

À cet instant s'éleva enfin le son à la fois délicat et puissant du flaviol, ce modeste instrument à vent qui lance les premières notes, toujours identiques, des sardanes.

Dans le café, chacun des hommes fit comme si de rien n'était mais tous l'avaient entendu... La discussion s'amenuisa et très vite tous se turent. Ils semblaient concentrés sur la musique qui montait sur le boulevard, à mesure que les musiciens entraient dans la partition.

Alors ils se levèrent, émergèrent de la salle obscure et traversèrent la terrasse chaude sans un œil pour les touristes. Ils rejoignirent le groupe de Cérétans postés au pied de l'orchestre. Ces hommes et ces femmes qui se connaissaient tous restaient immobiles, attentifs à la musique qui déroulait son phrasé mélancolique et nasillard dans l'air vibrant de midi.

Et tout doucement, mine de rien, sans s'adresser de signaux apparents, ils formèrent une ronde. Ils unirent leurs mains, jeunes et moins jeunes, un homme, une femme en alternance et, bras levés, commencèrent à danser. De temps en temps, la ronde s'élargissait, nourrie par l'addition d'un nouveau danseur s'intercalant.

Les touristes médusés par cette étrange scène, comprirent qu'ils ne verraient pas de costumes folkloriques, que cette sardane était jouée pour les gens du pays qui la dansaient dans leurs habits ordinaires. Sans autre apparat qu'un seul détail : aux pieds, leurs vigatanes, ces espadrilles en tissu rouge ou noir, à la semelle de corde souple et silencieuse, et qui semblaient, dans les sauts légers de la danse, effleurer le sol. Tout le cérémonial résidait dans les cœurs des danseurs. Leur ferveur se lisait dans la gravité de leurs visages. Très vite la ronde fut entourée d'un rempart de badauds fascinés qui, les yeux rivés sur le noble et lent mouvement de vague que dressait la couronne de bras levés, tâchaient de deviner le mystère de ces pas de danse en apparence si simples…

Chapitre trois
Au gré des flots

Tout exode recèle du tragique quelles que soient les circonstances du chemin qui mène au refuge ou à la terre promise. En ce premier dimanche de juillet, le port d'Oran exsudait cette atmosphère dramatique pendant que pas loin de quatre cents familles Pieds-Noirs embarquaient sur le Ville de Tlemcem.

Le lieutenant-commissaire Caradec rejoignit le commandant au poste d'équipage. Droit et sérieux dans son uniforme bleu foncé, Caradec, s'approcha de la haute verrière qui surplombait le navire. Ce breton de cinquante ans, au cours de sa carrière et de ses brèves escales sur la côte algérienne, s'était attaché à cette province lointaine – encore française pour à peine deux ou trois jours. Mais les douloureuses circonstances qui la bouleversaient la lui rendaient encore plus émouvante. Pourtant son visage imperturbable comme toujours, s'efforçait au calme. Il interrogea du regard son supérieur qui braquait ses jumelles sur les quais déjà surchauffés à dix heures du matin.

— Sommes-nous prêts à appareiller, lieutenant ? lui demanda le commandant les yeux toujours fixés vers les bâtiments portuaires qui petit à petit se désertaient.

— Oui, commandant.

— Alors, faites larguer les amarres.

Depuis près d'un an, Caradec était le témoin privilégié de la détresse d'hommes et de femmes qui quittaient à jamais le sol où leurs parents et eux-mêmes étaient nés. Il se souvenait d'un autre exode que la France et sa propre famille avaient vécu vingt-deux ans plus tôt alors que lui-même était fait prisonnier par l'armée allemande. Aujourd'hui, à quelques heures de l'indépendance de l'Algérie, il se préparait à vivre de douloureuses minutes et à s'imprégner d'images poignantes dont il savait qu'elles ne s'effaceraient jamais de sa mémoire.

Le Ville de Tlemcem s'éloignait d'Oran. Deux remorqueurs en apparence poussifs et dérisoires à côté du paquebot, commençaient à tirer lentement le mastodonte hors de la rade. Il faudrait au bâtiment plus de vingt heures pour rejoindre Port-Vendres.

Comme pour tous les navires de la compagnie desservant Alger, Oran ou Bône, depuis quelques semaines, les allers-retours avec la métropole avaient augmenté. Traditionnellement symboles de vacances et de farniente, les paquebots menaient à présent des opérations de rapatriement qui dureraient encore tout l'été. Et le rythme des rotations allait certainement s'accélérer.

— De combien sommes-nous en surcharge, lieutenant ?

— Un peu plus de 500 personnes, ce qui nous fait dépasser les 2000 passagers.

Les dépassements de capacité auxquels les événements obligeaient les compagnies maritimes, posaient des problèmes de logistique et d'intendance. Le nombre de gilets de sauvetages et de brassières avait été largement revu à la hausse.

— Heureusement, Caradec, le beau temps est avec nous et nous bénéficierons d'une mer calme et d'un temps superbe. Nous ferons une belle traversée.

— En effet, commandant. La lumière et le ciel bleu adouciront en partie l'ambiance morose parmi les passagers.

Le lieutenant-commissaire avait, tout au long de l'embarquement, parcouru les ponts et les entreponts, inspecté les cales et les coursives, vérifié que les passagers s'installaient dans les moins mauvaises conditions. Une traversée devient très vite un lieu clos et là, c'était comme une petite ville qui se déplaçait d'un point à un autre et où les habitants devaient trouver leurs marques pendant vingt-quatre heures.

Il avait transmis les consignes habituelles au personnel de bord, rappelant aux matelots leurs tâches, leur recommandant d'éviter toute altercation avec les voyageurs et de juguler toute tension. Il fallait écarter le moindre risque de conflit et se montrer conciliants avec ces pauvres gens en partance. Caradec répétait à ses marins qu'ils avaient là des personnes déboussolées, énervées, épuisées qui prenaient le chemin de l'exil et non, comme d'ordinaire en cette saison, des vacanciers heureux de s'offrir du bon temps en métropole.

Caradec savait lire sur les visages les craintes et les inquiétudes et considérait qu'il était dans son rôle d'essayer de les dissiper, aussi n'hésitait-il pas à se montrer et à engager la conversation avec les passagers.

Les matelots et tout le personnel de bord avaient conscience que l'heure était sérieuse et qu'ils se devaient d'aider au mieux ces personnes dont certaines quittaient leur terre natale pour la première fois et s'engageaient vers un avenir dont elles ne discernaient pour l'instant aucun contour précis.

Caradec en avait fait le constat depuis les premiers voyages de rapatriement, les peurs et les angoisses qui précédaient les départs s'apaisaient en général dès que le bateau gagnait la pleine mer.

*

Dans ce climat lourd et grave, les familles Pieds-Noirs s'étaient disséminées un peu partout sur le

Ville de Tlemcem. Celles qui n'avaient pas eu la chance d'obtenir une cabine devraient se contenter pour la nuit à venir de chaises-longues dans la grande salle-abri vitrée et sur les entreponts. En fait très peu d'entre elles auraient la chance de dormir dans une cabine. La plupart, sans couchettes, feraient la traversée sur le premier pont avec, pour unique consolation, une magnifique voûte étoilée au-dessus d'eux. Le navire possédait suffisamment de bars, de sanitaires, de kiosques de sandwicheries pour toute cette population. Cette nuit, fauteuils, divans et canapés serviraient aussi de lits dans des salons transformés en dortoir.

Les Pagès, eux, disposaient de trois cabines de deux places avec hublot au niveau du deuxième pont. Jean-Marc Pagès qui connaissait bien le responsable d'une des agences maritimes d'Oran, avait réussi à acheter des billets de seconde classe. Il se félicitait d'avoir eu l'intuition de vendre son prospère commerce de vêtements quelques mois plus tôt. À un moment où les Français d'Algérie pouvaient encore espérer un autre scénario que celui de l'indépendance accordée aux Algériens. Ses amis l'avaient jugé pessimiste mais aujourd'hui l'argent qu'il avait retiré de son affaire leur permettait de quitter le pays sans trop d'affolement et dans un meilleur confort. Et puis, Pagès n'avait pas d'appréhension majeure, il se sentait fort et capable, prêt à commencer une nouvelle vie. Secondé par son épouse Juliette, il se savait prêt à tout et rien ne lui faisait peur. Mais quand il pensait à Hugo Pagès, son vieux père qui ne cessait de pleurer, son cœur se serrait.

L'arrangement des membres de la famille se fit rapidement. Une cabine avec sanitaire privé pour lui et son épouse. Une autre avec un minuscule hublot fut réservée aux deux filles, Solange et Sylvie : deux couchettes superposées avec, dans un recoin, un modeste lavabo au débit plus que discret. La dernière pour le grand-père Hugo et le fils Gilles, pas forcément ravi de dormir avec l'aïeul mais tout excité à l'idée d'aller se promener d'escalier en coursive, de passerelle en bastingage.

Leurs cantines et bagages étaient soigneusement empilés en cale. Juliette avait pris le temps de tout vérifier.

— De toute façon, soupirait-elle, on n'a pas pu emporter grand-chose.

En fin de compte, les membres de leur petit clan étaient casés, les parents se sentaient à peu près rassurés. Jean-Marc proposa à sa femme d'aller prendre un café au bar des premières classes.

*

Après quelques heures de traversée, les groupes avaient tous, tant bien que mal, trouvé leur place. L'agitation était retombée. Et c'était comme une ombre de soulagement teintée de sérénité qui s'étalait sur les ponts et les entreponts. Le Ville de Tlemcem, dans son allure paisible et sa manière imposante de progresser sur les flots, avait quelque chose de majestueux. Une brise rafraîchissait les ponts. La mer, étonnamment calme, semblait inciter tout le monde à une sorte de recueillement. Tous ces Pieds-Noirs, hommes et femmes d'habitude si bavards, si spectaculaires avec leurs gestes en hauteur et leurs voix montantes, se taisaient ou bien se parlaient en eux-mêmes, en proie à des pensées contradictoires, à la fois soulagés d'échapper à un régime de guerre et perdus dans le futur qui les attendait.

On sentait un silence pathétique planer dans les couloirs et même dans les salons. Seuls de rares enfants, avec leur insouciance naturelle, brisaient ici ou là cette torpeur, par leurs cris, leurs courses et leurs jeux improvisés.

Alors que le soleil commençait sa lente déclinaison, le lieutenant-commissaire Caradec qui arpentait une fois de plus le pont principal, remarqua la silhouette d'une jeune femme à la proue du navire. Le dos appuyé contre d'énormes cordages, Sylvie Pagès regardait droit devant elle. Elle portait une robe blanche qui laissait libres de jolies épaules fermes et des bras solides. Une ceinture soulignait sa taille fine. Les pointes légères d'un foulard de soie bleue caressaient son cou et ses joues. Quelques boucles de cheveux blond cuivré s'agitaient autour de son front. Elle avait posé ses mains sur la balustrade métallique et offrait sa figure au vent frais de la mer. Elle ne cherchait pas à être l'objet de regard mais tout dans sa posture attirait l'œil. Il est vrai que la ligne délicate de son corps faisait comme une aimable figure de proue.

Pendant une minute, le commissaire contempla cette jeune personne qui lui rappelait sa propre fille. Angèle terminait ses études à Brest et il ne la verrait pas avant septembre. Comme cette jeune femme à la proue, elle aimait toujours, en bateau ou en train, se tenir à l'avant et se laisser enivrer par l'espace.

À quelques mètres derrière elle, Caradec ressentit tout d'un coup une violente frayeur. La jeune fille se penchait en avant vers l'étrave qui fendait la mer. Il crut un instant qu'elle allait passer par-dessus bord et se jeter dans les flots. Cette subite évocation d'un suicide possible lui parut insoutenable.

Chapitre quatre
Un dimanche morose

Parmi les joueurs de cartes du Café Catalan de Céret, il y avait Augustin Rocheteau, un vieil homme qui accusait lourdement ses soixante-quinze ans – quelques cheveux blancs jaunis sur le pourtour du crâne, une dentition en perdition. Il n'avait cessé de fumer ses gitanes maïs pendant la partie et durant toute la discussion qui avait suivi. Il n'avait pas proféré un seul mot.

Et quand le son du fifre avait retenti, il avait empoigné sa canne et s'était éloigné du boulevard, le dos voûté et la jambe raide, empruntant la rue de la République pour rentrer directement chez lui, rue Fontaine d'Amour. Lui, il n'avait pas répondu à l'appel du flaviol, il n'avait pas daigné s'approcher du grand cercle magique de la sardane. D'abord, avec sa patte folle, pas question de lever la jambe ! Et puis surtout, depuis longtemps il avait compris que les Catalans « de souche » admettaient difficilement qu'un néophyte s'introduisît dans une sardane. Pourtant quelques jours auparavant,

Marcel Marty, le professeur de musique du collège, avait annoncé au Café que tout ça, c'était en train d'évoluer, avec le tourisme moderne. La preuve, lui-même disposait de l'aval du maire pour donner, dès cet été, aux touristes des cours d'initiation à la sardane… Et le curé de Céret, le père Pujol, était d'accord, il prêterait la Salle Saint-Pierre pour cette bonne cause.

Belle initiative ! Augustin pourtant restait sceptique, convaincu que les vrais amateurs de sardane étaient trop puristes pour supporter qu'un maladroit dérègle l'ordre des pas et des sauts de leur fameuse danse.

Quand il avait débarqué, bien des années plus tôt, dans cette province du bout de la France où il venait d'être muté à un détour de sa carrière de gendarme, ce Charentais d'origine avait été frappé par ce qu'il appelait « le manque d'ouverture » des Catalans. Il les avait jugés avec une certaine sévérité et d'ailleurs, leurs réflexions actuelles à propos des rapatriés d'Algérie semblaient confirmer leur attitude plutôt méfiante vis-à-vis des « étrangers ». Mais Augustin savait aussi, par expérience, que cette forme de rejet de l'étranger est très banale et commune à peu près partout en France et dans tous les pays… Lui – et avant lui, ses parents – il avait connu l'arrivée des Alsaciens dans le sud-ouest. Ce fataliste se disait que les exodes, en fait, ne dataient pas d'hier. Des exilés, il y en a toujours eu. « Ici, pensait-il en marchant avec prudence dans la rue en pente qui descendait vers le Tech, il n'y a que Maria qui soit vraiment généreuse. En tout cas, c'est la seule qui ait bien voulu du célibataire grincheux que j'étais ! ».

Aujourd'hui le vieux gendarme à la retraite était un homme plus que taciturne, un misanthrope à sa façon, revenu de tout et qui, avec l'âge, s'abandonnait à manifester son mauvais caractère. Il faisait partie de ces nombreuses personnes qui, sans vraie méchanceté, préfèrent nettement leurs chiens et leurs chats à l'ensemble de leurs concitoyens.

Et si Augustin n'avait pas participé à la discussion sur l'arrivée des rapatriés et l'éventuelle menace qu'ils représentaient pour le pays, c'est parce que lui-même n'étant pas catalan, s'était toujours senti plus ou moins étranger dans cette région. Et parce que lui aussi, s'avouait-il, appréhendait l'arrivée des Pieds-Noirs, ces intrus qui viendraient coloniser les paysans locaux comme ils avaient colonisé les Arabes en Algérie. « Au fond, je ne vaux pas mieux que les autres : les étrangers me dérangent. »

Et tout en claudiquant et ruminant, il saluait d'un imperceptible signe de main les vieilles femmes vêtues de noir, assises sur leur chaise paillée, au bord du trottoir, les jambes passées comme des ponts au-dessus du caniveau où coulait l'eau vigoureuse descendue de la montagne. Ici, Augustin connaissait tout le monde… Et pour tous les habitants du quartier, il était resté, depuis son arrivée vingt ans plus tôt, le gendarme charentais que la veuve Maria Vila avait épousé moins par amour que pour redonner un père à Manuel, son petit garçon de cinq ans.

*

Maria Rocheteau-Vila venait de finir la vaisselle du déjeuner. Augustin faisait sa sieste. Elle sortit dans la cour se reposer sous le figuier.

La chaleur n'incommodait pas cette vraie paysanne catalane. La maraîchère de la rue Fontaine d'Amour était, ce dimanche comme tous les autres jours, sanglée dans sa blouse de coton bleu. L'hiver, cet austère vêtement recouvrait de grosses jupes de laine et d'épais gilets dont on voyait dépasser les manches. L'été, le plus souvent, elle ne portait, sous cet habit monastique, que soutien-gorge et culotte. Maria ne savait pas ce que voulait dire la coquetterie. Née soixante-deux ans plus tôt, pile en 1900, cette femme de la terre ne manquait ni d'allure ni de dignité. Peut-être pour lutter contre sa posture quasi permanente de femme courbée vers le sol, elle tenait toujours bien droites ses épaules carrées et bien haute sa tête aux cheveux courts, poivre et sel, coincés derrière l'oreille par deux barrettes.

Maria n'avait jamais quitté sa maison de la rue Fontaine d'Amour qu'elle avait héritée de ses parents. Malgré une vie laborieuse, la fatigue et des chagrins accumulés au fil des ans, elle était restée très positive. Alerte de corps et d'âme, ouverte à tous ceux qu'elle sentait dans le besoin, prête à « donner un coup de main » à qui le souhaitait... et même sans attendre qu'on le lui demandât. Elle continuait à travailler dans son immense jardin ordonné, sans penser à une quelconque retraite, profitant d'une santé robuste et d'un courage à toute épreuve. Certes parfois, une fatigue sournoise commençait à peser sur elle et elle avait tendance alors à se reposer sur les compétences et la force physique de Manuel, son unique et vaillant rejeton. Un gaillard qu'elle adorait.

Pour elle, Manuel était sans conteste le plus beau garçon de tout Céret et, soit dit en passant, un des meilleurs danseurs de sardanes, ce qui n'était pas un détail pour cette Catalane. Bercée au son de la cobla, elle avait épousé en première noce Robert Vila, un vigneron à moitié musicien qui jouait de la contrebasse dans l'orchestre le plus réputé de Perpignan.

Par-dessus tout, elle était reconnaissante à Manuel d'abattre sans rechigner un travail irremplaçable dans leur entreprise agricole. Manuel lui était indispensable parce qu'elle l'aimait, cet enfant râblé comme un joueur de rugby, qu'elle voyait toujours comme son « petit ». Elle l'aimait aussi, le fruit de son premier amour, parce qu'elle savait que dans quelques années, c'était lui qui prendrait sans discussion la relève après sa mère et qui ferait vivre toute la maison Vila.

Mais cette femme pourtant avisée et généreuse, était à des lieues de concevoir qu'elle avait verrouillé le destin de Manuel sans même se demander s'il n'en souffrait pas.

*

L'odeur de la cigarette l'avertit : Manuel la rejoignait, suivi du chien Cornio remuant la queue et glapissant dans un entrain qui ne le quittait jamais. Le jeune homme s'approcha du banc en pierre où sa mère lisait le journal de la veille. Lui aussi aurait aimé se détendre un instant à l'ombre de l'immense figuier qui laissait depuis quelques jours tomber et s'écraser tout autour de son tronc épais des fruits trop mûrs.

Le jeune homme finissait d'allumer sa Gauloise sans filtre. Il jeta l'allumette dans un recoin de la cour ombragée par l'arbre immense qui exhalait son parfum subtil. Sa mère l'invita à s'asseoir à côté d'elle.

— Il ne faudra plus tarder à ramasser les figues, remarqua-t-elle après un silence.

— Encore des trucs à ramasser ! Comme s'il n'y en avait pas assez !

Maria n'avait encore jamais pensé à vendre les fruits de son figuier. Mais l'idée lui était venue, pourquoi pas, d'essayer, cette année...

— Oui, je sais bien, Manuel... Mais regarde comme elles sont belles, ces figues ! On en vendra très peu aux gens du coin, c'est sûr, argumenta-t-elle pour défendre son projet, mais je parie qu'il y aura des amateurs chez les touristes. Ils trouveront ça exotique. On dirait d'ailleurs qu'ils commencent à arriver. J'ai vu un couple de Parisiens avec deux gamins s'installer ce matin chez les voisins. Ils louent leur premier étage un bon prix...

— Bon, d'accord coupa Manuel gentiment. Il faut que j'y aille.

Il ne précisa pas où, mais sa mère devina et acquiesça. Elle avait senti l'impatience de son fils... les figues, les touristes, le commerce à faire tourner, les ventes à ne pas rater... Manuel aurait préféré griller une autre cigarette tranquille, sans son bavardage et ses rappels implicites au travail à fournir.

Avec une pointe d'ironie dans la voix, Manuel expliqua :

— J'aurais bien voulu rester à écouter ton nouveau programme, Maman, mais là, tu vois, j'ai un travail plus urgent qui m'attend.

— Tu ne te reposes pas encore ? Par cette chaleur...

— Chaleur ou pas, j'ai deux ou trois cerisiers à finir de cueillir à Saint-Ferréol. Les derniers heureusement. Hier soir, je n'ai pas eu le temps de tout ramasser. Si j'y vais tout de suite, peut-être que je pourrais… ce soir…

Il laissa sa phrase en suspens, n'osant pas trop montrer son envie de se divertir enfin, avec ses amis, en ville. Finir les cerisiers là-haut, sur la colline, redescendre en fin d'après-midi, prendre une douche et… qui sait, récompense d'une longue journée de labeur commencée dès le matin à la fraîche, monter sur le boulevard se promener et se joindre aux danseurs de sardane…

— Va, mon fils, va. Je comprends et je ne te retarde pas plus. Les figues, on en reparlera. Rien ne presse.

Maria avait du mal à concéder à Manuel ce désir de s'amuser : « C'est de son âge, ça lui passera » se dit-elle comme le font, sans y penser, tous ceux qui jettent un regard nostalgique sur les lointaines années de leur propre jeunesse. Et puis, elle-même levée de bonne heure, elle avait apprécié le travail fourni par son fils au jardin, de sept heures à presque midi et demie : il avait commencé par arroser les plantes les plus gourmandes en eau, puis il avait enchaîné en ramassant les tomates, les dernières fraises et les toutes premières pêches. Pour finir, il avait mis les fruits dans des cageots qu'il avait entreposés au frais, dans le sous-sol de la maison, prêts à être portés le lendemain matin à la coopérative agricole de Céret. Le très luxuriant jardin maraîcher des Vila, unique gagne-pain de la famille, exigeait un travail quotidien, le dimanche tout autant que les autres jours de la semaine à cette période de l'année. Manuel s'acquittait de sa tâche sans jamais trop protester. Sa mère lui en savait gré.

*

Quelques heures plus tard sur la colline de Saint-Ferréol, Manuel s'était activé sans souffler une seconde autour des cerisiers tout en bas du terrain en pente jusqu'au moment où il avait constaté avec soulagement qu'il ne restait quasiment plus de cerises sur les branches. Les dernières, comme tous les ans, ce serait cadeau pour les oiseaux !

Il ressentait le plaisir du devoir accompli, moins du devoir envers le bien de la famille qu'envers ces vieux arbres prodigues qui offraient aux hommes en abondance leurs fruits magnifiques. Alors il se redressa, emplit sa poitrine de cet air parfumé et léger qui commençait à doucement fraîchir avec le déclin du soleil rosissant à l'ouest le sommet de la montagne. Le dos appuyé contre le mur tiède de la casotte, Manuel contempla le panorama magnifique qui s'ouvrait devant lui en scène gigantesque. Sur sa droite la silhouette de l'ermitage de Saint-Ferréol se découpait, couleur de terre sur le ciel pâle. Face à lui la masse dentelée des Pyrénées bleutées s'étirait au loin vers l'Espagne.

Il s'offrait un long moment de silence profond qui agissait sur son âme comme un baume. Mais le jeune homme restait morose. Il sentait la fatigue vriller dans ses bras et dans ses jambes. Ce soir, aurait-il le courage d'aller danser la sardane ?

Chapitre cinq
La jeune fille à la proue

Sensibilisé à la détresse qui abat les êtres en temps de malheur, le lieutenant commissaire Caradec imagina cette jeune personne, sans doute désespérée, se précipitant dans l'écume pour y disparaître. Il fit quelques pas rapides vers elle et, d'une voix qu'il s'efforça de contrôler :

— Mademoiselle, bonsoir. Me permettez-vous de vous dire que ce n'est pas un endroit très approprié pour une jeune fille seule ?

Sylvie qui semblait emportée dans des pensées lointaines, se retourna d'un mouvement vif vers l'officier et le regarda, tranquille :

— Bonsoir, Monsieur. Vous voulez dire que je cours un grand danger en restant ici devant la mer ?

— Je suis le lieutenant-commissaire Caradec, responsable de la sécurité de tous les passagers et, compte tenu des événements récents, je peux m'attendre à tout.

— Vous savez, je crois, que nous ne risquons plus grand-chose à présent que nous laissons l'Algérie derrière nous. Dites-moi simplement si j'enfreins un quelconque règlement ? déclara Sylvie d'un ton direct.

— Non, si cela vous fait plaisir de vous tenir ainsi. Vous pouvez… Mais promettez-moi que tout va bien et …

— Ah bon, je comprends ! Vous avez cru que je voulais en finir ? Rassurez-vous, Monsieur Caradec, si j'avais voulu disparaître, je serais à l'arrière, à la poupe de votre magnifique vaisseau, le regard vissé aux côtes oranaises et prête à me précipiter pour me faire hacher par la grosse hélice… Non, je ne suis pas nostalgique et je préfère regarder devant moi l'avenir qui m'attend …

— J'aime mieux ça !

— Et plus concrètement, je vous dirais que les cabines que nous occupons avec ma famille sont bien étroites et je préfère rester à l'air libre.

— Dans ce cas, vous avez parfaitement raison, mademoiselle. Mais si vous m'autorisez une remarque quasi paternelle, méfiez-vous de l'air du large. S'il évite tout mal au cœur, il finit par griser et agir comme une sorte de drogue. Mais c'est pour ça que le Breton que je suis pratique ce métier de navigant, ajouta-t-il en plaisantant.

Caradec était soulagé de s'être inquiété pour rien. Comme aucun travail urgent ne l'attendait, il en profita pour se détendre et bavarder encore un moment avec une si avenante jeune fille.

Il avait plaisir à l'interroger. Elle ne paraissait ni triste ni exubérante mais prête à affronter la vie. Il appréciait sa détermination et sa volonté à affirmer qu'elle se sentait libre de ce qu'elle en ferait. Curieux de savoir si elle éprouvait de l'amertume et si un sentiment de déception l'habitait parfois en pensant à l'Algérie qui devenait algérienne, il fut étonné de l'entendre expliquer que non. Elle avait fini par trouver inéluctable et normale l'indépendance de ce pays. Contrairement à ce qu'il avait ressenti de beaucoup de Pieds-Noirs, amers et aigris, il pouvait aussi exister de jeunes adultes sans rancune, tournés hardiment vers le futur.

— Bien sûr, précisa Sylvie d'un ton soudain voilé, tout le monde ne pense pas comme moi. À commencer par mes parents qui n'ont pas tout à fait le même état d'esprit, avec trois enfants, il y a de quoi être soucieux. Et c'est encore moins le cas des personnes âgées qui quittent ce pays sans rien ou presque en laissant argent et souvenirs derrière elles. Pour tous ces gens, ce sera encore plus difficile.

— Mais vous, est-ce que vous connaissez la France, je veux dire la métropole ? Vous savez où vous allez ?

Sylvie lui parla des différents séjours qu'elle y avait faits, des études de lettres qu'elle venait de suspendre après son année tronquée de Propédeutique, des questions qu'elle se posait sur la suite…

d'autant qu'il lui faudrait aider ses parents, au moins au début, dans leur installation dans les Pyrénées-Orientales à Céret.

Caradec lui raconta quelques anecdotes et lui fit part d'observations tirées de ses nombreux voyages et plus précisément, des derniers si chargés en émotions. Ce philosophe des mers, enchanté d'avoir une interlocutrice, se laissait aller à quelques réflexions sur la destinée humaine et sur les comportements parfois puérils qu'il avait pu constater chez des personnes éprouvées par le chagrin :

— Je me rappelle un vieux monsieur qui rejoignait sa femme partie en France plusieurs mois auparavant. Il était resté après son départ pour rassembler le maximum d'affaires mais finalement n'avait pas eu le temps de prendre de bagages. Alors en fin de compte, il était monté à bord sans valise mais avec une énorme plante verte dans un pot de terre cuite auprès duquel il avait passé toute la traversée. Et comme je lui demandais pourquoi il rapportait cette plante, il m'a expliqué que c'était la volonté de sa femme, qu'elle le lui avait demandé. En prenant cette poterie, il emmenait avec lui, un peu de la terre d'Algérie où il avait passé toute sa vie. Vous comprenez ça ?

— Tout à fait, répondit Sylvie qui aussitôt pensa à sa grand-mère enterrée depuis six mois au cimetière de Saint-Eugène. Mon grand-père, c'est beaucoup plus que de la terre d'Oran qu'il aurait aimé emporter avec lui. Malheureusement, les tombes restent sur place…

Pour la détourner de ses tristes pensées, Caradec, debout près de Sylvie continua ses évocations douces-amères :

— Vous savez, Mademoiselle, dans toute circonstance dramatique, le dérisoire voisine avec le pathétique. Au cours de notre dernière rotation entre Alger et Marseille, il s'est passé quelque chose d'étonnant. On s'imagine toujours que les gens obligés de fuir un pays, tentent d'emporter avec eux ce à quoi ils tiennent le plus. Au fond, c'est vrai mais parfois ce qui fait l'objet de toutes leurs attentions a de quoi surprendre.

Sylvie leva vers lui un œil attentif.

— Oui, reprit Caradec en souriant. Dernièrement, il y avait à bord une femme d'une soixantaine d'années, une pâtissière à la retraite qui avait pris place avec trois de ses petits enfants. Son fils et sa bru devaient la rejoindre plus tard. Elle avait fait charger à fond de cale pas mal de valises et de cantines mais elle gardait près d'elle, comme la prunelle de ses yeux, une grosse boîte en fer entourée d'une ficelle grossière. À un moment, elle me demanda si je pouvais l'abriter dans un coffre. J'imaginais là des bijoux, des pierres précieuses, de l'argent que sais-je… J'ai accepté de ranger cette caisse dans ma cabine et la lui ai rendue juste avant l'entrée dans le port de Marseille. Elle tenait à me remercier, elle a ouvert alors la fameuse mallette aux trésors : elle était pleine de sucettes Pierrot Gourmand. Elle a voulu à tout prix m'en offrir : ces friandises étaient tout le symbole de sa vie professionnelle et elles lui rappelleraient toujours son Algérie natale.

— Vous ne lui avez pas dit qu'il y avait les mêmes sucettes dans n'importe quelle confiserie de France ?

— Non, j'ai trouvé le geste touchant. J'en ai accepté une poignée mais je n'ai pas encore de petits enfants pour les leur donner et ma fille est trop grande.

Un marin s'approcha d'eux. Il avait la démarche écartée des hommes d'équipage habitués au roulis même lorsque, comme ce jour-là, on le sentait à peine tant la mer semblait paisible.

— Lieutenant, dit-il en saluant, on m'envoie vous chercher. On a besoin de vous au Mess.

— J'arrive, Antoine. Je vous souhaite une bonne fin d'après-midi, Mademoiselle. À bientôt, qui sait ?

Caradec s'éloigna laissant Sylvie reprendre le cours de ses pensées.

*

Des remous blancs, telle une poudre d'argent, filaient de chaque côté du paquebot dans le soir qui descendait lentement. De temps en temps, jaillissaient quelques éclairs au-dessus des flots, c'étaient des marsouins dont les reflets bleutés jouaient au dessus des vagues. Sylvie était revenue à son poste, un livre à la main, une étole légère sur les épaules. Elle avait quitté sa famille alors qu'ils s'essayaient dans un coin d'un salon à une partie de cartes espagnoles pour tuer le temps avant le dîner. Sylvie respirait à pleins poumons, appuyée sur la rambarde du bastingage. Ses chaussures plates bien plantées sur le pont, il lui semblait ressentir le moindre mouvement du vaisseau. Les vibrations des machines au plus profond des cales se répercutaient dans ses membres. Et c'était comme si elle faisait corps avec le paquebot. L'officier avait raison, quand on prenait goût à la griserie de l'air marin, on ne pouvait plus s'en passer.

Une demi-heure plus tard, sa sœur Solange la rejoignit avec deux énormes sandwichs au jambon, un dans chaque main.

— Tiens, Sylvie, il y en a un pour toi. Papa et Maman sont partis avec Gilles dans la salle de restaurant.

— Et Grand-père Hugo ? qu'est-ce qu'il fait ?

— Il n'a pas voulu sortir de sa cabine. Il rumine.

— Je m'inquiète beaucoup pour lui. Et toi, Solange, tout va bien ? Comment se sent ma petite sœur préférée ?

— Moi, je m'ennuie pas. J'ai parlé avec plein de garçons et de filles de mon âge. Il y en a qui ont peur et en plus ils prennent le bateau pour la première fois. Tu te rends compte ? Ils ont tous mal au coeur, qu'est-ce que ça serait si la mer était agitée !

Solange, sur ses dix ans à peine, voyait dans ce drôle de voyage le début de grandes vacances inédites. Haute et mince comme un haricot, cette mignonne gamine, dégourdie, très sociable, capable d'engager la conversation avec n'importe qui, affichait partout une indépendance et une autonomie qui, parfois, surprenaient sa grande sœur.

— Tu sais à quelle heure on arrive demain ? demanda Solange qui avalait de larges bouchées qu'elle mâchait très vite.

— Je crois, vers sept ou huit heures du matin.

Solange avait presque fini son casse-croûte. Elle mangeait et parlait en même temps. Sylvie, compatissante lui tendit son sandwich qu'elle avait à moitié entamé.

— Prends-le, je n'ai plus faim, dit-elle en sortant son paquet de Gauloises filtre.

— Dis-moi, Sylvie, tu ne vas pas rester là toute la nuit ? lui hurla-t-elle tout d'un coup d'une voix agitée et perçante. Tu ne vas pas me laisser seule dans cette horrible cabine ?

— Très bonne question, sœurette. Je ne sais pas. L'idée de m'allonger sur une couchette étriquée avec cette chaleur et le tangage, ça ne me dit rien. Tu n'as pas peur de rester seule en bas ?

— Non, c'est juste qu'on aurait pu discuter toutes les deux.

— De toute façon, je te rejoindrai plus tard. Pour l'instant, je préfère rester encore là, à lire ou à réfléchir, ajouta-t-elle en tirant une longue bouffée de sa cigarette.

— À quoi ?

— À tout et à rien, Solange. Je m'interroge sur ce qui va nous arriver et quelle sera notre nouvelle vie en France. Et toi, tu ne te poses pas de questions ?

— Si, de temps en temps, répondit la fillette d'une voix moins enjouée, je me demande si je reviendrais un jour dans ce pays. J'ai pas très bien compris pourquoi on s'en allait, j'espère que tu me l'expliqueras, Sylvie. Mais en attendant, du moment qu'on reste tous ensemble et que … je ne vais pas à l'école avant le mois de septembre !

— Ça va être des vacances spéciales quand même. Il va falloir tous aider Papa et Maman et surtout Grand-père.

Sous le ciel marqueté des premières étoiles apparues, devant une ligne d'horizon qui s'assombrissait de minute en minute, elles continuèrent à converser. Sylvie rassurait sa sœur et s'efforçait de garder pour elle-même ses profonds états d'âme. Elle avait confiance et au fond, elle se sentait pleine d'espoir pour les lendemains tout proches. Mais des nuages apparaissaient dès qu'elle pensait à plus tard. Son destin de femme, le métier qu'elle exercerait un jour, l'homme qu'elle rencontrerait… tout cela se mouvait dans un flou immense comme cette mer épaisse qui les enserrait dans son étrange mystère.

À présent, la nuit était tombée et l'air se rafraîchissait.

Chapitre six
Un lundi en fanfare

À neuf heures, ce lundi matin, Manuel entra dans le hall de la Mairie de Céret, un dossier à la main. Il avait tout préparé pour le changement de carte grise. La semaine précédente, il avait enfin pu acheter la 2 CV d'occasion qu'il cherchait depuis plusieurs mois. Un viticulteur de Toulouges à la retraite lui avait cédé la sienne pour un prix raisonnable. En fait, c'était le véhicule de sa femme décédée depuis quelque mois. La voiture de couleur indéterminée qui ne totalisait que trente mille kilomètres avait paru à Manuel en bon état et même si une grosse partie de ses économies y avait été engloutie, il était heureux de cet achat. Il pourrait enfin se passer de rouler dans la vieille Juva 4 de son beau-père, au moins pour certaines tâches. Avec cette voiture, il s'accordait une indépendance nouvelle. Mais il ne se faisait pas trop d'illusions, occupé comme il l'était par son labeur de maraîcher, il n'aurait pas vraiment le temps de faire du tourisme. Il n'entreprendrait aucun voyage et il ne se voyait ni traverser la France ni descendre en Espagne vers Valencia comme il l'avait pourtant imaginé. Aller à Perpignan prendre un verre près du Castillet ou à Collioure voir la mer lui suffirait... pour l'instant.

Il faudrait d'ailleurs qu'un jour il ait enfin une vraie conversation avec sa mère pour aborder le pénible sujet de sa charge de travail. S'il continuait ainsi, il deviendrait prisonnier de ce jardin auquel il consacrait d'année en année de plus en plus de morceaux de sa vie. Il en était sûr, les comptes d'exploitation de leur propriété leur permettraient, dès aujourd'hui de vivre différemment, c'est-à-dire, mieux... si toutefois sa mère voulait bien s'ouvrir à cette idée plus moderne. Comme beaucoup de femmes de sa génération, Maria Vila pour qui les loisirs ne signifiaient rien, n'imaginait pas une vie qui ne fût toute dédiée au travail.

Manuel n'avait du tout la même vision et cherchait plutôt dans l'exercice de son métier une rentabilité qui lui aurait offert une liberté. Déjà, depuis l'année précédente, en traitant directement avec des commerçants tenant sur la nationale 9 des stands de fruits de saison, Manuel avait augmenté la marge de l'entreprise. Il lui faudrait trouver d'autres pistes... il y songeait.

— Ça ira comme ça, Violetta ? Il ne te manque rien ? demanda-t-il à l'hôtesse d'accueil qui, derrière le guichet, prenait le temps de vérifier plutôt deux fois qu'une les papiers de Manuel.

— Si, si… Non, non. Tout y est, abrégea-t-elle. Tu recevras à ton domicile un courrier pour venir retirer ta carte grise à ton nom d'ici une semaine.

Violetta Rossi jetait de brefs coups d'œil vers le jeune homme qu'elle connaissait pour l'avoir rencontré à différentes reprises aux arènes ou à des sardanes sur la place. Ils avaient échangé quelques paroles, sans plus, deux ou trois fois, même si elle aurait bien aimé aller plus loin. Depuis, ils se tutoyaient. Elle gardait en mémoire la ferme pression de sa main quand il lui arrivait de se trouver juste à côté de lui au cours d'une sardane. Elle avait toujours trouvé attirant ce garçon robuste et taciturne qui semblait toujours très préoccupé, ce qui accentuait son côté ténébreux.

Dans le regard et le sourire de la jeune employée de mairie, l'on aurait pu aisément deviner cette curiosité plus qu'amicale qui parfois, entre deux êtres, semble une invite à un approfondissement de la relation naissante. Mais Manuel se sentait l'esprit ailleurs. Pressé de revenir à ses arrosages et à sa livraison de cageots à la Coopérative avant midi. Auparavant, il devrait descendre jusqu'au garage faire le plein pour sa voiture. La jauge jouait avec le zéro depuis deux jours.

Tout d'un coup, Manuel tourna la tête. Une voix tonitruante jaillissait du bureau de Madame la secrétaire générale, Gilberte Rocca, dont la porte venait de s'entrebâiller.

— Vous êtes sûre, Madame Rocca que Madame Fillol ouvre sa boutique le lundi matin ? clamait la voix avec son drôle d'accent.

Un gros petit homme élégant et très remuant sortait en agitant les mains comme pour brasser l'air.

— Si je vous le dis, Monsieur Bensoussan, il faut me croire... répondit la secrétaire en suivant dans le hall son interlocuteur. Pendant la saison estivale, elle ouvre toujours le lundi.

— Et... elle n'a pas changé d'avis, cette dame ?

— Mais faites-moi confiance... je lui ai téléphoné tout à l'heure, j'ai à nouveau insisté en recommandant vos amis, les Pagès. D'ailleurs, elle vous attend dans son magasin pour vous confier les clés.

Gilberte Rocca leva les yeux au ciel et eut un très léger mouvement d'épaules qui traduisait un agacement amusé. Sur son chemisier fleuri tombant sur une jupe bleu marine, elle portait, malgré la température élevée, un gilet qui lui couvrait le dos jusqu'aux fesses. Trapue et courte sur ses jambes mais coquette et bien coiffée – des cheveux courts comme un casque – la petite dame paraissait totalement dans son élément. Lui aussi donnait l'impression de jouer dans une scène très convenue. Personnage chauve et ventripotent, portant chemise blanche à manches courtes sur deux bras poilus et dodus, chaussures noires vernies et cravate bleue rayée, Monsieur Bensoussan paradait, tout à son affaire.

Manuel jeta un coup d'œil au couple cocasse que formaient ces deux fonctionnaires s'adressant moult paroles doucereuses et gestes policés. On aurait dit deux marionnettes tournant sur elles-mêmes et se saluant sans cesse. La secrétaire de mairie et l'employé de préfecture … la brave Catalane, fière d'accorder une faveur à un collègue et le dévoué Pied-Noir heureux de rendre service à des compatriotes rapatriés.

— Vous comprenez, Madame Rocca, la famille Pagès arrive d'Algérie, dans le début d'après-midi, les pauvres avec pas grand-chose, et je leur ai promis qu'ils pourraient tout de suite se rendre à la maison. Je vous ai dit qu'ils sont six dont un vieux grand-père ? Vous croyez que la maison sera assez grande ?

— Mais oui, il y a même une belle remise en rez-de-chaussée. Monsieur Bensoussan, je vous assure que tout se passera bien, répondit son interlocutrice toutes lèvres arrondies. C'était entendu comme ça même si j'ai eu du mal au début à convaincre Madame Fillol qu'il valait mieux louer sa maison que de la garder vide. Et puisque vous y allez, si vous avez besoin d'un coup de main pour ouvrir les volets et aérer les pièces, son fils peut venir vous aider.

— Je pense que je me débrouillerai sans lui. Je

m'en vais juste y faire un tour et je m'arrangerai pour être présent à leur arrivée prévue vers quatorze heures,

Manuel que la scène amusait, devina que Madame Rocca devait parler de Dominique Fillol, le libraire qu'il connaissait de loin, et déduisit qu'une de ces familles Pieds-Noirs dont on évoquait tant l'invasion, allait s'installer dans une des maisons de sa mère. Sans y prêter beaucoup d'attention, il comprit que ces Pagès loueraient la bâtisse avenue Déodat de Séverac, à moins de deux cents mètres de la rue Fontaine d'Amour, des futurs voisins peut-être…

Manuel sortit de la mairie derrière Jacky Bensoussan qui marchait à menus pas rapides. Le jeune homme rejoignait ses jardins où l'attendaient les derniers arrosages qu'il n'avait pas pu faire tôt dans la matinée et le petit homme, transpirant, soufflant, mais une franche lueur de plaisir dans les yeux, se dirigeait vers la boutique de Madame Joséphine Fillol, « Aux Tissus Catalans ».

Au même moment, derrière son comptoir, arborant une superbe robe de percale mauve amidonnée, la propriétaire – haut chignon et boucles d'oreilles en grenat – discutait avec son fils dans l'agitation nerveuse de son éventail. Dominique avait tout de suite approuvé la décision laborieuse de sa mère. Mais là, à l'instant de devoir remettre les clés, elle éprouvait un doute et se demandait encore si c'était si bien que ça de louer sa maison à des rapatriés d'Algérie qu'on n'avait jamais rencontrés et dont on ignorait tout.

— Enfin maman, ne serait-ce que par solidarité, ce sont des gens comme nous ! De toute façon, tu n'en fais rien de cette vieille maison dans le bas de Céret. Et puis le Pied-Noir qui t'a demandé de rendre ce service, ce Monsieur Bensoussan qui travaille à la sous-préfecture, il est tout ce qu'il y a de plus respectable ! Il est installé ici depuis le début de l'année et semble très bien intégré à la ville avec femme et enfants.

— Oui, je sais, mais il m'a prévenu que ce Pagès envisageait d'ouvrir un commerce de je ne sais quoi. J'ai accepté de donner mon accord de principe par courrier.

— Et tu as bien fait. Quand bien même il tiendrait boutique, mère, répliqua Dominique, après tout ce n'est pas une mauvaise idée. Dans le quartier du pont, il n'y a pas grand-chose. Sans compter que cela ne peut que valoriser cet immeuble.

— Tu as probablement raison, fils.

La sonnette de la porte d'entrée de la boutique conclut leur conversation.

— Tiens, voilà Monsieur Bensoussan, intervint Dominique, qui vient justement chercher les clés de la maison. Comment allez-vous, cher Monsieur ? Et votre fille Estelle, comment va-t-elle ? Au fait, on m'a enfin livré le bouquin qu'elle avait commandé.

*

Pendant ce temps, sous une chaleur écrasante, à Port-Vendres, avait lieu le débarquement des passagers du Ville de Tlemcem. Les Pagès, comme la plupart des rapatriés, avaient passé une nuit étrange, courte et fatigante. Sylvie, elle, n'avait rejoint sa sœur en cabine que vers minuit passé et avait tout juste dormi quatre heures. Très tôt, chacun s'était réveillé, comme averti de l'imminence de l'arrivée et quelques-uns étaient montés sur le pont bien avant que n'apparût la ligne découpée de ce pan de montagne des Pyrénées Orientales, à quelques encablures de la côte espagnole.

Le soleil était déjà haut dans le ciel quand le paquebot accosta au quai, affermi aux bites d'amarrage du port. Le personnel de bord du navire se dédiait aux manœuvres et sur le débarcadère s'approchaient dockers et taxis. La température grimpait sous un ciel bleu sans nuage. La mise en place des passerelles s'exécuta et commença alors la lente noria de ces deux mille personnes qui posaient les pieds sur le sol de France. C'était une longue file de gens fourbus, certains hagards, portant encore les stigmates d'un mauvais sommeil. Les adultes se taisaient ne répondant même plus aux questions des enfants étonnés. Sur beaucoup de visages se lisaient résignation, épuisement et inquiétude.

D'autres s'efforçaient de ne rien montrer et c'étaient justement ceux-là qui trouvaient dans l'action un exutoire salutaire.

Le lieutenant commissaire Caradec avait un objectif prioritaire : que tout se déroulât sans anicroche. Sa récente expérience lui avait vite appris que, dans ces circonstances exceptionnelles du rapatriement, le processus du débarquement était aussi lourd que celui de l'embarquement. Calmer l'ardeur de ceux qui voulaient à tout prix se dépêcher de quitter le navire lui importait autant que motiver ceux qui, affaiblis, prostrés, se résolvaient à contrecœur à attraper leurs affaires pour se diriger avec peine vers le pont supérieur.

Caradec s'activait et donnait ses consignes d'étage en étage. Il reconnut Sylvie dans un groupe de personnes d'apparence plus tranquille et digne qui, parmi les premières, allaient emprunter la passerelle de descente. Il s'approcha d'elle et lui demanda si elle avait bien dormi et fait une bonne traversée.

— Je ne sais pas… je crois, pas vraiment. Je vous remercie mais maintenant plus question de se reposer, ce n'est pas le moment.

Il remarqua à ses côtés un grand vieillard sec portant chapeau de feutre usé. Sur sa figure ridée et hâlée, une moustache grise et blanche, dépenaillée accentuait son air sévère. Il se tenait immobile, figé dans son costume fripé, appuyé sur une canne, sans regarder quoi que ce soit.

— Son grand-père, il y a des chances, pensa le commissaire. En voilà un qui ne paraît pas concerné par ce voyage, comme s'il était resté là-bas.

À partir d'aujourd'hui, nul doute que l'Algérie ne serait pour lui qu'un « là-bas » empli de nostalgie et d'amertume. En revanche, chez la jeune fille qui portait un gros sac à dos et une valise à chaque main, on devinait, malgré une allure lasse, un bouillonnement intérieur et une envie d'agir.

— Je vous souhaite du courage et bienvenue dans votre pays, Mademoiselle Pagès, ajouta l'officier de marine. Et maintenant que j'ai eu le plaisir de faire votre connaissance, je ne doute pas un seul instant que vous y creuserez votre sillon sans difficulté.

— Je vous remercie, Monsieur Caradec.

Il avait insisté sur les mots « votre pays ». Il tourna le dos et repartit dans les étages inférieurs. Juliette Pagès qui avait entendu ce court dialogue tourna ses grands yeux expressifs vers sa fille, lui demanda de s'occuper surtout de Gilles et Solange et se mit en marche derrière son mari. On sentait chez elle et dans sa façon d'avancer, décidée et maladroite, la tête haute, les cheveux tirés en arrière, une curieuse force mêlée d'appréhension.

Au sol, dans les locaux de la compagnie maritime, les passagers débarqués attendaient que leurs bagages soient enfin ressortis des soutes. Les formalités administratives s'effectuaient au sein d'un hall spécialement aménagé. Mais même réduites au minimum, elles parurent à tous interminables. L'impatience dominait. Ceux qui devaient prendre un train pour Perpignan se sentaient déjà en retard ainsi que ceux qui prévoyaient de continuer leur voyage en autobus. Heureusement, un grand nombre de taxis, comme à chaque arrivée de bateau, s'étaient placés derrière les quais, prêts à conduire les passagers vers une meilleure destination.

Dès qu'il récupéra cantines et valises, Jean-Marc Pagès se mit d'accord avec le chauffeur d'une camionnette taxi pour rejoindre Céret. Les trente-cinq kilomètres seraient atteints en moins d'une heure.

— Nous voilà enfin en France, déclara Jean-Marc en s'asseyant à l'avant près du chauffeur. N'est-ce pas, Papa ? demanda-t-il en se tournant vers le vieillard enfermé dans son mutisme.

— Là-bas, aussi c'était la France, murmura pour lui-même Hugo Pagès.

— Maman, j'ai soif, dit Solange.

— Maman, j'ai faim, embraya Gilles.

— Un peu de patience, les enfants, répondit Juliette. Dès qu'on verra une épicerie sur la route, on demandera au chauffeur de s'arrêter.

Seule avec ses pensées, Sylvie se taisait. Elle regardait le paysage. Il était près de deux heures de l'après-midi.

Chapitre sept
Les jeux du hasard

Le mardi matin, dès huit heures et demie, Sylvie Pagès arriva devant le bureau de Poste de Céret. Elle avait l'intention de téléphoner au rectorat de Perpignan et connaître les formalités à suivre pour demander une place de surveillante dans un collège du département. Elle aimerait surtout savoir où et comment passer son examen de propédeutique Lettres, ce qu'elle n'avait évidemment pas pu faire à Oran en juin, vu les circonstances. Elle supposait qu'elle pourrait s'inscrire à la session de septembre mais ignorait la marche à suivre. La veille, dans la soirée, enfin lovée au creux d'un lit aménagé en hâte dans la nouvelle demeure inconnue où chaque membre de la famille avait tenté fébrilement de creuser sa place, elle s'était retrouvée en proie à une sévère insomnie. Pragmatique, elle l'avait mise à profit pour essayer d'établir des priorités dans le tourbillon où elle se trouvait plongée. Et au fond, tant pis si elle se trompait dans l'ordre des urgences, l'important c'était de se rassurer en agissant avec méthode…

Au même moment, Manuel Vila poussa la porte de la Poste et la maintint ouverte pour laisser passer la jolie fille apparemment très pressée, qui s'engouffra dans le bureau en secouant d'un air impatient une superbe queue de cheval blonde à reflets roux. Avant de se rendre à Argelès pour livrer sa commande hebdomadaire de fruits et légumes à un client restaurateur, Manuel voulait prendre un rendez-vous médical pour son beau-père au service de cardiologie de la polyclinique de Perpignan. Augustin Rocheteau lui avait demandé ce service juste avant son départ. Manuel n'avait pas trop le temps mais comment refuser ?

Ce fut ensemble que le jeune homme brun et la jeune fille blonde pénétrèrent dans le hall de la Poste et constatèrent que l'attente serait hélas longue même à l'heure d'ouverture, à tous les guichets. En plus des autochtones s'ajoutaient quelques touristes reconnaissables à leur tenue décontractée, shorts et sandales. Toutes les cabines téléphoniques étaient occupées… L'un à côté de l'autre ils prirent la suite de la file. Manuel n'osa pas trop dévisager, à quelques centimètres de lui, la propriétaire de cette singulière chevelure à la couleur si intrigante. Il la devinait nerveuse et pressée et, quand une cabine se libéra enfin, il laissa la jeune fille la prendre en premier, l'invitant d'un sourire cordial.

En attendant son tour, il put enfin la regarder tranquillement à travers la vitre… Plus grande que les filles du pays, mince, la taille prise par une ceinture sur un chemisier blanc et une jupe de coton léger à carreaux blancs et roses, elle lui offrait en toute innocence un spectacle ravissant. Une peau très claire, des yeux d'un bleu sombre, des sourcils dessinés en arc impertinent… certainement pas une Catalane. Ses gestes vifs dans la cabine étroite faisaient penser qu'elle était préoccupée par des choses sérieuses et compliquées. Manuel entendait sa voix mais dans le brouhaha du hall il ne percevait pas ses paroles.

Une autre cabine se trouva libre et Manuel s'y engouffra, espérant que la fille serait encore là quand il aurait fini sa propre communication. Il composa le numéro à toute allure. Le temps d'attente au secrétariat du service de cardiologie lui parut interminable… La prise de rendez-vous n'en finissait pas. Quand il sortit enfin de l'étroite cabine étouffante, Manuel constata que la jeune fille avait disparu. Il paya sa communication au guichet et ressortit, dépité. Mais là, surprise, la queue de cheval brillait sous un albizzia en fleurs. La jeune personne était assise sur un banc, à l'ombre de l'arbre, près d'un bosquet de lauriers roses. Elle était penchée sur un calepin qu'elle tenait posé à plat sur ses genoux et prenait quelques notes. Elle ne le voyait pas s'approcher. Quand il fut près d'elle, elle redressa la tête, le reconnut et lui sourit :

— Au fait, c'est sympa de m'avoir laissé la place. Merci…

— Ce n'est pas la peine, ça m'a fait plaisir.

— Mais si, c'est normal. Après tout, vous auriez pu aussi bien …

— Mais non, voyons…

Tout d'un coup, ils arrêtèrent leur dialogue conventionnel et éclatèrent de rire ensemble. Sans même avoir analysé la situation, le caractère solennel de leurs propos leur avait paru ridicule et vieux jeu. C'était comme s'ils avaient pris conscience de leur jeunesse et de la sève vigoureuse qui coloraient leurs joues et leur autorisaient une tout autre familiarité.

En un éclair ils réajustèrent d'eux-mêmes la tonalité de leur échange, l'accordant à la légèreté de l'air autour d'eux, au chatoiement aérien des fleurs d'albizzia, aux taches de soleil qui dansaient sur leurs épaules. Il y a de ces moments où le monde qui nous entoure nous invite à nous mettre à son diapason.

— Moi, c'est Sylvie ! déclara soudain la jeune fille. Et… et toi ?

— Manuel. Manuel Vila, bégaya-t-il, surpris par le tutoiement.

Sylvie lui souriait mais fidèle à son attitude de jeune fille réservée, laissa un temps de silence entre eux. Sous le regard sombre et doux du jeune homme au visage bronzé qui scrutait le moindre de ses gestes, elle rangea avec soin le petit carnet dans son sac en tissu, une sorte de besace très féminisée, avec un fermoir-broche en métal argenté.

Manuel l'observa un long instant, ne sachant pas si ce silence devait clore leur brève conversation ou s'il était une étape avant de la poursuivre. Malheureusement il la sentait prête à partir de son côté, à reprendre son chemin, avec une indifférence gentille. Lui, il cherchait désespérément à prolonger cette rencontre imprévue. Il aurait voulu ne pas la quitter, marcher avec elle, ne fût-ce qu'un bout de chemin ensemble. Alors à tout hasard, bien qu'intimidé, il se lança :

— Tu… tu habites par ici ? Je ne t'ai pas encore vue à Céret. Et je connais pourtant pas mal de monde…

— C'est vrai, excuse-moi, coupa Sylvie. Je suis arrivée d'Algérie hier avec toute ma famille. Nous nous sommes installés dans l'après-midi. On habite sur le boulevard Déodat de Séverac…

— Ah ! Avenue Déodat de Séverac, corrigea Manuel. Vous ne seriez pas par hasard les euh… qui vont louer une des maisons de Madame… les… ?

Dans sa précipitation et son trouble, il n'arrivait à terminer aucune phrase. Amusée, Sylvie vint à son aide avec un soupçon d'ironie :

— Oui, les Pieds-Noirs, qui s'installent chez une certaine Madame Fillol, qu'on ne connaît pas d'ailleurs, puisque c'est un ami, Monsieur Bensoussan, qui a servi d'intermédiaire… Nous, c'est les Pagès.

Manuel comprit qu'elle faisait partie de la famille

qui venait de s'installer plus bas dans la rue, pas loin de chez lui. Cette nouvelle lui procura une grosse bouffée de plaisir. Alors, sans hésiter, il lui offrit de la raccompagner chez elle, en lui expliquant que c'était son chemin et qu'il habitait juste à côté.

Sylvie accepta et monta sur le siège avant défoncé de la Juva 4 branlante.

— Si j'avais su, j'aurais pris ma 2 CV toute neuve… Enfin toute neuve pour moi. C'est une voiture d'occasion… Mais elle est un tout petit peu plus confortable quand même !

— En tout cas, celle-ci est très parfumée ! remarqua Sylvie, les narines chatouillées par la bonne odeur de fruits dans le véhicule garé en plein soleil.

— Oui, je suis maraîcher. Je dois livrer une commande pour un restaurant d'Argelès, au bord de la mer…

— Ah… la mer ! dit Sylvie en poussant un gros soupir.

Manuel, pour qui les jeunes filles restaient encore une énigme, ne sut pas trop interpréter cette exclamation. Mais il crut deviner dans ce cri du cœur qu'elle aurait aimé se promener au bord de la mer.

Une idée folle traversa son esprit, proposer à Sylvie de venir avec lui et lui montrer la plage d'Argelès. Mais il se tut, se rendant compte que tout les en empêchait pour l'instant et que cette proposition serait totalement incongrue et déplacée : « Non seulement je suis un inconnu pour elle mais en plus, elle doit être débordée, en plein emménagement. Quant à moi, je n'ai pas trop le temps non plus ! »...

Le trajet jusqu'au quartier Fontaine d'Amour fut hélas très court. Manuel gara le véhicule au début de la paisible rue, près d'une placette ombragée par d'épais platanes au feuillage dru. Ils descendirent et Sylvie découvrit ce coin tranquille de Céret. De modestes maisons anciennes aux volets mi-clos entouraient la place. Chacun, à cette heure matinale, devait s'affairer à l'intérieur des murs. L'endroit semblait désert. Une puissante odeur de terre mouillée montait des jardins frais tout alentour. Un fin bruissement d'eau qui courait dans la profondeur de canaux, de part et d'autre de la petite place, rappelait que la montagne n'était pas loin. D'ailleurs, il suffit à Sylvie de lever les yeux pour voir la masse vert sombre des Albères au-dessus de la ville. Les Pyrénées semblaient s'être rapprochées d'un seul coup.

— Hier je n'ai pas eu le temps de m'en rendre compte, dans la bousculade de l'arrivée... mais, c'est incroyable ce qu'on se sent à la campagne ici !

— Oui, rien à voir avec le centre de Céret, plus haut, approuva Manuel. Ici, c'est le quartier des jardins. Du moins c'est comme ça que tout le monde l'appelle. J'aime beaucoup ce coin. Moins commerçant et moins animé que le centre-ville. On est plus près de la nature...

Sylvie se taisait, soudain plongée dans la vision

secrète du quartier surpeuplé et bruyant où elle avait toujours vécu à Oran, et qu'elle n'avait quitté que deux jours auparavant.

Encore un gros silence… Manuel laissa s'écouler cette minute chargée des pensées mystérieuses de la jeune fille, puis il ajouta :

— Tu vois, on est presque voisins. Toi tu habites là …

Il lui montra du doigt, à une petite centaine de mètres de la placette, le début de l'avenue Déodat de Séverac bordée de maisons et d'immeubles vieillots. Dans le prolongement de la très commerçante rue Saint-Ferréol, juste après un vieux pont qui semblait enjamber une enfilade de parcelles de terres sèches et empierrées, l'avenue plus résidentielle, calme et sans boutiques, descendait du centre-ville pour rejoindre, plus loin, au-delà du Pont du Diable, la route nationale vers la mer et Perpignan.

— Et toi, Manuel ? Ta maison, elle est où… ?

En entendant son prénom prononcé par cette jolie compagne, le jeune homme ressentit comme une caresse. Il se retourna à l'arrière vers les jardins qui escaladaient en douceur le dos de la montagne et désigna, au bout d'un long chemin de terre, la haute maison des Vila avec ses persiennes vertes qui se détachaient sur le mur blanc.

— C'est une très grande maison ! commenta Sylvie, admirative. Et le jardin a l'air immense !

— C'est vrai… et pourtant, on n'en voit qu'une

partie, d'ici. L'essentiel est derrière…

Et, comme pour minimiser cette apparence d'opulence, il précisa :

— En fait, ces terres maraîchères, c'est notre gagne-pain !

Derrière la nuance de modestie, Sylvie avait perçu une pointe de fierté et elle ajouta avec un à-propos dont elle ne pouvait entrevoir la perspicacité :

— Quel travail ça doit représenter ! Mais moi je n'y connais rien en jardinage !

Et, sans attendre la réponse que le jeune homme s'apprêtait pourtant à lui donner, elle lui tendit la main d'un geste vif et décidé, un « au-revoir » au bord des lèvres.

Alors, prêt à faire n'importe quoi pour retenir cette belle fille pressée encore une minute, Manuel se précipita à l'arrière de la camionnette, ouvrit le hayon et se pencha sur les cageots empilés. Elle l'observait, interdite, attendant de pouvoir le saluer et le quitter. Après tout, elle avait hâte de rentrer près des siens – elle avait encore du mal à penser « à la maison » – où elle savait qu'on avait besoin d'elle. Elle fut sur le point de lui dire : « Il faut que j'y aille. J'ai plein de choses à faire pour aider mes parents. »

À ce moment-là le garçon se retourna et, dans sa paume ouverte, lui présenta trois gros abricots joufflus, d'un orange tirant sur le rouge.

— Tiens, c'est pour toi, ils sont à point.

La bouche de Sylvie s'arrondit dans un petit

« Oh !» de surprise heureuse. Son visage s'éclaira devant ce geste généreux. C'était comme une scène de paradis, avec trois abricots au lieu d'une pomme… Et là, c'était Adam qui voulait séduire Ève.

— Oh merci ! J'en mange un tout de suite ? dit-elle, s'accordant un répit avant de rejoindre sa famille.

— Et même les trois, si tu veux. Je les ai cueillis ce matin de très bonne heure et les fruits, chez les Vila, tu sais, ils ne sont pas traités avec des produits chimiques. C'est garanti !

— Et ces aubergines ! s'exclama Sylvie qui s'était finalement approchée du coffre ouvert de la voiture. Elles sont magnifiques. Et les poivrons, les courgettes… Ils sont énormes, ces légumes ! Si ma mère voyait ça ! Elle qui adore cuisiner !

Ils descendirent alors les quelques marches qui menaient à la fontaine et dans un mouvement spontané, elle s'assit sur le rebord en pierres couvertes de mousse. Lui, resta debout à la contempler. Sylvie se pencha en avant pour mordre dans le fruit juteux dans une posture enfantinc :

— Je ne veux pas tacher ma robe. Il n'y a pas de machine à laver le linge dans notre maison… Maman nous a recommandé à tous d'éviter de trop salir nos vêtements en attendant qu'elle en trouve une à acheter... D'ailleurs, il nous manque plein de choses ! Cet après-midi mes parents vont essayer de compléter l'ameublement de cette grande baraque à moitié vide.

Manuel pensa aussitôt à proposer son aide, imaginant que sa mère serait heureuse d'aider la mère de Sylvie pour des petites choses pratiques du ménage… Mais par discrétion il se retint.

Sylvie évoqua à courtes phrases pudiques la pagaïe de leur installation, l'agitation de sa petite sœur Solange et la nervosité de son frère Gilles qui ne lui avait jamais paru aussi rebelle que depuis leur départ d'Oran.

— Mes parents n'arrivent plus à se faire obéir. J'espère que ça va lui passer. Il n'y a qu'avec mon grand-père qu'il se montre à peu près gentil…

Elle laissa sa phrase en suspens, comme absorbée par des pensées sombres. Manuel aurait voulu prolonger ces minutes exceptionnelles mais il avait peur de trop parler, de lâcher des paroles creuses ou déplacées. Il devinait le désarroi de cette famille à peine débarquée, malgré la réserve qu'affichait Sylvie pour tempérer ses propos. Alors lui aussi se tut, soudain impressionné par les ombres qui pesaient sur cette famille.

Finalement, il lui proposa de la raccompagner à pied jusqu'à chez elle. Sylvie avait enfoui les deux autres abricots dans son sac en précisant : « C'est pour Solange et Gilles ».

Ils s'arrêtèrent sur le trottoir, devant la façade de la nouvelle demeure des Pagès. Il s'aperçut que la jeune fille ne l'écoutait plus. Elle avait levé son visage vers une fenêtre du premier étage. Un voilage furtif s'était écarté et elle avait croisé le regard tourmenté d'Hugo Pagès. Le vieil homme avait esquissé un pâle sourire en apercevant les deux jeunes gens. Le cœur de Sylvie se serra … « Si seulement je pouvais aider grand-père à garder ce sourire, à retrouver un semblant d'apaisement ! ».

*

Tout en conduisant à vive allure sur la route nationale pour respecter à peu près l'heure de sa livraison, Manuel ébloui revoyait en une rêverie très douce, la collection d'images lumineuses que venait de lui offrir en à peine une heure une créature ravissante, une inconnue pour lui encore le matin même. Et à présent une voisine…

Chapitre huit
Au Mas Cigalou

Le Mas Cigalou était moins affriolant que ne le laissait entendre son nom. Sur près de cent mètres carrés, il rassemblait quatre grandes pièces de ciment brut surmontées de tuiles romaines calcinées. Les murs extérieurs qui avaient dû un jour être peints affichaient de vastes traînées grises et ocrées. Sur le côté gauche, adossée à la bâtisse, une énorme citerne recueillait l'eau de pluie servant aux arrosages. Par devant, des ferrailles tortueuses s'érigeaient en arc de cercle, venaient s'appuyer sur quasiment toute la façade et laissaient s'agripper de fragiles rameaux de vignes qui partaient à l'assaut du ciel. Une sorte de terre-plein de caillasses plates tenait lieu de terrasse et la vigne, en rangs rocailleux, s'échappait, à partir de là, de palier en palier vers le fond du vallon.

— On n'est pas bien là, hein, Kader ?

Pietro Garbani et Kader s'étaient installés cinq jours plus tôt au Mas Cigalou près de Llauro. L'endroit, appartenant à Jules Molas, vigneron à Thuir, jouissait d'une vue magnifique sur les collines couvertes de chênes verts et plus loin encore vers l'Espagne.

— Tu as vu, hein Kader ? comment je l'ai entortillé, le Molas, en lui racontant que j'étais prêt à payer comptant ce mas, si un jour il voulait le vendre. C'est sûrement ça qui l'a décidé à me le louer. Tu vois, Kader, ici, je crois qu'on va pouvoir tranquillement oublier Alger et ses événements.

Garbani vivait en France depuis près d'un mois. Arrivé à Marseille par le paquebot Kairouan après une traversée mouvementée, il avait fui la cité phocéenne pour chercher un lieu plus calme. Il avait suivi la côte jusqu'à Perpignan. Les Pyrénées-Orientales lui avaient paru tout indiquées. Là, il avait senti qu'il lui serait plus facile de tirer un trait sur un passé obscur, refaire des connaissances et tisser de nouveaux liens.

— Kader, tu m'entends ?

Garbani se tourna vers l'intérieur du mas. On approchait les onze heures, ce moment incertain de la matinée où l'on ne sait plus s'il faut aborder un travail ou continuer à se reposer jusqu'à l'heure du repas. L'homme était allongé, en short et maillot de corps, sur une antique chaise-longue à la toile cuite de soleil et de vent. C'était un individu d'un peu plus de quarante ans, à la peau mate, très brun, avec un torse puissant, des épaules musclées rôties par la lumière, un large visage à la bouche sensuelle.

Deux narines frémissantes qui semblaient humer l'air ambiant avec délice, un sourire permanent en léger rictus, un regard noir et perçant sous des sourcils épais, qui insistait derrière ses lunettes noires pour fixer les gens, lui donnaient une allure de séducteur de pacotille comme on en voit souvent dans le cinéma italien. Il arborait un chapeau en paille légère, à demi relevé sur une chevelure drue et ébène. L'homme donnait l'impression d'être chez lui partout même chez les autres et prenait ses aises avec un aplomb imperturbable.

— Purée, Kader ! tu vas répondre… quand je t'appelle. J'ai soif, apporte-moi la bouteille d'anisette.

Le vieux Kader, qui s'était bien gardé de répondre aux précédentes questions de Pietro, sortit de la pénombre dans laquelle était plongée la maison. Il la maintenait tous volets fermés pour se protéger de l'ardeur du soleil.

Kader était un berbère, un arabe venu de Kabylie, cette province située dans le nord du pays, à l'est d'Alger. Dans sa première jeunesse, il avait vécu une grande partie de son existence de fellah, dans cette terre de montagnes bordée au sud par de hauts plateaux, en travaillant très tôt pour divers colons cultivateurs. Ce paysan qui parlait un français rudimentaire et à peine mieux l'arabe, sa langue maternelle, était doué d'un esprit simple et primitif qui se satisfaisait de rien. Sans famille et illettré, il avait néanmoins servi pendant la deuxième guerre mondiale avant de se retrouver libre en 1945. Perdu dans la capitale Alger, ne sachant pas où aller et n'étant même pas capable de demander avec clarté son chemin, il avait déambulé, misérable. Dans cette immense ville blanche qui fêtait tout autour de lui la victoire des alliés sur l'Allemagne, il avait retrouvé près d'un bar sur le port un jeune soldat de sa compagnie, récemment libéré comme lui, Pietro Garbarni. L'homme l'avait aidé et lui avait proposé de le prendre à son service en lui fournissant gîte et couvert. Kader lui avait été d'une reconnaissance sans limites et l'aurait suivi jusqu'au bout du monde. Et cela se déroulait ainsi depuis maintenant près de dix-sept ans. Garbarni s'occupait de ses affaires ici ou là et Kader restait, en domestique zélé, dans le petit appartement sans confort mais avec balcon qu'ils habitaient à Bab-El-Oued. Dans ce quartier Pied-Noir où se brassaient les langages et les cultures, le Berbère accomplissait quelques tâches ménagères et cuisinait pour l'homme qui lui assurait sa sécurité. Pendant toutes ces années d'après-guerre et durant les événements qui secouèrent l'Algérie dès 1954, Kader ne s'était pas posé de question. Fidèle au poste, il obéissait à cet homme qui aurait pu être de l'âge du fils qu'il n'avait jamais eu, cet homme qui l'avait sauvé et le protégeait de tout.

Kader avait la démarche lente et digne des serviteurs orientaux qui savent toujours quand il faut se taire et quand il faut agir. Vêtu d'une longue chemise blanche tombant sur un pantalon de toile légèrement bouffant, il portait, sur un crâne dégarni, une chéchia marron d'un tissu bien fatigué. Long et maigre, son visage émacié, restait impénétrable. On ne voyait rien de ses yeux allongés comme des fentes de mystère.

Kader déposa sur la table en bois, formée de lattes branlantes, un verre, la bouteille demandée ainsi qu'un broc d'eau tirée de la citerne.

— Y a pas de glace, patron, dit-il sobrement. Mais l'eau est fraîche.

— Je sais … je sais. Il va falloir que je trouve un frigidaire ou que j'achète une vieille glacière et que je la remplisse de blocs de glaces, j'ai vu un type en bas à Céret qui en fabriquait… Nous devons être patients, Kader. Pour l'instant, nous sommes logés, c'est déjà ça. J'aime bien ces tuiles anciennes et l'allure surchauffée de cette maison, ça me rappelle le pays. Il faudra aussi que je t'achète de la peinture … que tu me redonnes un coup de blanc sur tout ça, hein Kader ?

Kader ne répondit pas. À son habitude, il demeura debout, la tête immobile comme au garde à vous. En serviteur attentif, il attendait l'ordre suivant qui là ne vint pas. Il devinait son employeur préoccupé par des pensées diverses où se mêlaient espoirs et inquiétudes. Il lui aurait été impossible d'en formuler une seule, de ces pensées, mais il sentait chez Garbani cette fausse sérénité révélatrice de nervosité. Tout au long de ces derniers mois tragiques, alors que s'intensifiaient les attentats en ville, les manifestations et les contre-manifestations, Kader avait vaguement compris que Pietro Garbani s'agitait de plus en plus et que ses nombreuses activités n'étaient pas forcément des plus recommandables.

Kader ne savait rien du passé de Pietro. Il ignorait tout de son enfance dans un orphelinat de la banlieue d'Alger et des milieux dans lequel il s'était façonné une envie de vaincre, coûte que coûte et de gravir des échelons dans une société où l'arnaque et la lutte semblaient les seules vraies règles. Il ne voyait en lui qu'un sauveur, disposant toujours de l'argent nécessaire à la marche de leur vie et c'était l'essentiel. Mais à Alger, dans la nébuleuse où nageait Garbani, Kader ne distinguait qu'un avenir bien sombre. Toutefois il n'avait pas voix au chapitre.

Puis les choses avaient empiré avec les tensions entre le F.N.L, l'O.A.S et l'armée française. Coupé de ses racines, sans famille ni amis ou si peu dans sa Kabylie lointaine où il savait qu'il ne remettrait jamais les pieds, Kader n'avait pas eu d'alternative lorsque Garbani lui avait offert de le suivre en France. Il avait accepté comme parfois se subit une aventure écrite d'avance par les autres. Il s'en remit à Garbani.

Ce fringant célibataire aux dents longues, grand amateur de jolies femmes et de bonne chère — deux éléments qui pour lui n'allaient pas l'un sans l'autre et finalement pouvaient se comparer – débordait d'ambition. Grâce à sa récente aisance financière, il se sentait pousser des ailes et envisageait sa reconversion sur le territoire métropolitain avec jubilation.

— Hé Kader, tu les entends, les cigales ? On dirait qu'elles vont exploser la terre. Et nous qu'est-ce qu'on va faire ? Ici à Céret ? D'abord se reposer mais après, tu verras, mon vieux Kader, on va accomplir des miracles, je te jure. Dis-moi, Kader, il nous reste de quoi manger ?

— Non patron, à part les tomates, les poivrons et juste un morceau de pain, il est même pas frais.

— Et purée, pourquoi tu l'as pas dit plus tôt, bourricot ?

La voix de Garbani était soudain montée d'un ton, à la fois plus vigoureuse et chargée de courroux, avec son accent Pied-Noir. La colère accentuait encore le côté chuintant de son élocution.

— De toute façon, je devais faire un saut en ville, j'en ramènerais du pain. Toi, tu restes ici, Kader, tu bouges pas.

— Oui, patron, répondit Kader fébrilement. Je fais le ménage partout. Y a besoin.

— Tu as raison, travaille. En attendant, je vais m'habiller. Et, si tu as le temps, arrose un peu ces trois malheureux lauriers roses qu'on dirait qu'ils vont crever !

— Bien patron.

Les liens de subordination non dénués d'affection qui unissaient ces deux hommes avaient quelque chose de fascinant et d'étrange. Le Kabyle semblant toujours prêt à tout supporter de cet homme lourd et brutal mais qui lui garantissait une vie sans souci où qu'ils aillent et encore plus à présent dans ce qui ressemblait pour lui à un pays inconnu rempli d'incertitude. Et le Pied-Noir, à la limite de la caricature avec ses manières de conquérant qu'il étalait en général devant tout le monde, son parler fort et ses gestes excessifs, exprimant, dans son rapport brutal avec Kader, une étonnante dépendance. Tous deux formaient un assemblage curieux et néanmoins solide, appuyé sur la similitude de destinée et établi sur l'expérience de la durée.

*

Pietro Garbani se leva, entra dans le mas et ressortit quelques minutes plus tard. Il avait enfilé un pantalon clair, mis des chaussures vernies noires et passé une chemisette jaune poussin. Il s'était rasé et avait passé de l'eau de Cologne sur ses joues à grandes tapes sonores.

Il se dirigea vers le haut du terrain, sur lequel

il avait garé la 403 bleue presque neuve qu'il avait achetée à Marseille en liquide pour tout juste cinq cent mille anciens francs ... « seulement cinq mille francs nouveaux », avait rectifié le vendeur. Payer en espèces en beaux billets neufs avait toujours un effet performant dans les négoces qu'il entreprenait et qu'il comptait bien entreprendre.

Il ouvrit les vitres avant de démarrer et lança :

— Oh, Kader, fais-nous griller les piments et prépare-les avec les tomates qui restent dans la cuisine... O.K. ?

De loin, le domestique lui fit un signe de tête montrant qu'il avait compris. La veille, avec quelques pierres rondes et hautes, ils avaient aménagé un foyer sur lequel ils avaient entrecroisé des tiges de fer trouvées derrière le mas et qui leur serviraient de grille. Les sarments secs de vigne en abondance sur le terrain offriraient de délicieuses cuissons à l'air libre.

*

Garbani parcourut les six kilomètres qui le séparaient de Céret en suivant les lacets de la route qui descendait vers la vallée. Il fredonnait une chanson apprise pendant son engagement militaire dont il aimait le rythme entraînant : « C'est nous les Africains qui revenons de loin ... et ... et nous avons au cœur, une invincible ardeur et nous irons... porter haut et fier, le beau drapeau de notre France entière… ». Très vite, il remplaça les paroles oubliées, plus ou moins bousculées, par un sifflotement aigu et joyeux.

Garbani entrevoyait des jours heureux. Le magot d'argent frais dont il disposait lui permettrait de démarrer des projets productifs, il en avait la certitude même s'il n'avait aucune idée de ce qu'il comptait faire précisément. La région lui paraissait propice à tout et la population catalane suffisamment accueillante pour développer des idées lucratives. D'abord vérifier discrètement si d'autres Pieds-Noirs étaient arrivés dans le coin et entrer en contact avec eux pour, sait-on jamais, monter une action commune. Les bistrots lui paraissaient les meilleurs endroits pour se mêler à la population et y faire des rencontres.

Voilà que lui, qui avait toujours vécu en ville en s'acclimatant aisément des méandres et des remugles de certains quartiers, se ressentait des envies de grand air, de nature et même d'agriculture. Dans cette région de vins et de fruits où dans chaque village les habitants possédaient des terres, il devrait trouver moyen de se bâtir un territoire. Petit à petit, l'idée de devenir un propriétaire terrien s'était infiltrée et trônait dans son cerveau. Il se voyait acheter à bon prix quelques hectares de vignes ou bien quelques maraîchages et y employer du personnel local. Ou encore – mais là, il lui faudrait alors trouver quelques associés – se lancer dans la promotion immobilière en aménageant des zones d'habitation et en créant des lotissements.

Rien ne lui serait impossible. Il allait enfin pouvoir exprimer tous ses talents. En attendant, Céret serait un excellent terrain de chasse sur tous les plans, les touristes étaient là. Les belles vacancières aussi comme les jolies commerçantes qui, sans aucun doute, ne demanderaient qu'à se laisser séduire par sa faconde. Il n'en doutait pas une seconde.

De virage en virage, il continuait à siffloter dans le vibrant paysage méditerranéen qui s'offrait à tous ses sens, brûlant de chaleur sous un vent actif. Il trouvait beau ce panorama parce que le vert sombre des chênes lièges et la terre ocrée jouaient avec le bleu métallique du ciel grand ouvert. Mais il le ressentait aussi rassurant et tranquille parce que sans risque d'attentat ni d'agression. Ah, comme Alger était loin déjà…

Il atteignit le bas de Céret, jeta un coup d'œil au vieux pont du Diable qui enjambait le Tech et remonta sans se presser le boulevard bordé de jardins maraîchers puis les rues qui conduisaient au cœur de la cité.

Il sifflotait encore lorsqu'il se gara près du Café Catalan et pénétra dans l'établissement.

Chapitre neuf
Fragiles repères

— Tu te rends compte, Juliette ! s'exclama Jean-Marc Pagès en s'écroulant sur un vieux canapé aux ressorts fatigués. Vendredi dernier, à cette heure-ci, nous étions encore à Oran, en train de boucler nos valises !

— Eh oui, soupira Juliette en se rapprochant de son mari. Nous voilà en France depuis déjà cinq jours… C'est à peine croyable. Je suis complètement déboussolée !

Les Pagès prenaient enfin le temps de s'accorder une petite pause. Il était très tard, ce vendredi soir, et le couple se sentait éreinté. Mais avant de monter se coucher à l'étage, ils avaient eu envie de se poser dans ce coin de la salle de séjour qu'ils avaient réussi tant bien que mal à aménager en modeste salon avec un mobilier en assez bon état acheté la veille dans une brocante de Céret.

Juliette avait réchauffé un reste du café de midi et ils savouraient cet instant de tranquillité après l'agitation de ces derniers jours. Le travail d'aménagement de leur nouvelle demeure était loin d'être terminé mais le plus gros était fait. Ils pouvaient souffler. Tout fonctionnait à peu près. Les enfants avaient regagné leurs chambres. Un silence apaisant feutrait ce début de nuit.

Avec un entrain et une volubilité qui prouvaient qu'elle n'était pas aussi désemparée qu'elle le prétendait, Juliette ajouta :

— Je te sers une tasse, Jean-Marc ? Tu veux goûter une *rousquille* ? Ils sont vraiment délicieux, ces petits gâteaux catalans à l'anis... J'essaierai de trouver la recette…

Jean-Marc acquiesça, tendit sa tasse et, passant un bras autour des épaules de sa femme, il commenta avec un sourire amusé :

— Je trouve que tu t'en sors plutôt bien, ma chérie, de ce grand remue-ménage. Et d'ailleurs ça ne m'étonne pas de toi. Tu as toujours eu un ressort incroyable en toutes circonstances. De nous deux, tu es, j'en suis convaincu, la plus résistante !

Juliette fit une petite moue dubitative.

— Si, si, renchérit son époux. Je confirme. En à peine une semaine tu as réussi à organiser notre vie à tous dans cette maison inconnue…

— Oui, enfin… pas toute seule, Jean-Marc. On est deux, quand même, précisa Juliette. Et puis tu sais, moi, agir, ça m'aide à tenir le coup… Surtout devant les enfants. Ce n'est pas le moment de les perturber davantage avec mes états d'âme.

— Rassure-toi, Juliette, les enfants ont l'air d'aller pas trop mal. Ils sont jeunes, dit Jean-Marc avec force comme pour se rassurer, et certainement plus capables que nous de s'acclimater aux changements et de refaire des habitudes. De plus, à part Solange, ce ne sont plus tout à fait des enfants.

— Tu as raison… sauf que Gilles est un adolescent à mon avis pas très stable qui se cherche et j'ai l'impression qu'il nous échappe en ce moment… Mais bon, globalement, j'ai confiance en eux, moi aussi. Ils s'en sortiront. Par contre, il y en a un qui m'inquiète… Et lui ce n'est plus un gamin !

— Tu veux parler de mon père, coupa Jean-Marc. Oui tu as raison. Je me soucie beaucoup pour lui.

— J'ai beau lui demander de descendre et de rester près de nous, rien à faire, à part les repas où il picore avec un appétit d'oiseau, il reste prostré à l'étage, dans sa chambre, assis derrière la vitre. Et quand il se lève, c'est pour tourner en rond comme un animal en cage. C'est triste.

— D'autant plus triste que je ne vois pas du tout ce qu'on pourrait faire pour l'aider… Et en plus, sincèrement, il faut avouer que ni toi ni moi n'avons le temps de nous occuper de lui…

— Les enfants prennent le relais, dit Juliette avec douceur. N'oublie pas que Gilles dort dans la même chambre que lui, ça me rassure. Et j'ai vu Sylvie parler avec son grand-père un long moment l'autre jour, après le déjeuner. Je ne sais pas ce qu'ils se racontaient mais Solange et Gilles les ont rejoints et ils ont entamé une grande partie de cartes. À la fin, j'ai entendu ton père qui leur disait : « Vous êtes bien gentils, mes petits, bien gentils, oui, de vous occuper de votre vieux Pépé Hugo ».

— C'est mieux que rien en effet, soupira Jean-Marc. Et de toute façon, c'est beaucoup plus que je n'ai fait moi-même ces derniers jours. Mais ce n'est pas une simple partie de belote qui va lui remonter le moral, à mon pauvre bonhomme de père…

Juliette sentit qu'ils arrivaient à une impasse et, ne sachant pas comment répondre à l'inquiétude de son mari, changea de sujet et orienta la conversation vers une préoccupation plus concrète et donc bien plus facile à résoudre : la nécessité urgente d'acheter au plus tard dans le week-end la machine à laver le linge à essorage manuel qu'elle avait repérée chez le marchand d'électroménager de la rue Saint-Ferréol… Une machine neuve, mais on pouvait encore s'autoriser ce petit luxe.

- Tu comprends, Jean-Marc, ça ne peut plus attendre ! Que les corbeilles de linge sale, elles se remplissent à une vitesse pas possible…

*

Même si les deux premiers jours s'étaient déroulés à un rythme complètement décousu et dans une immense pagaïe de valises et de sacs où chacun passait un temps fou à mettre la main sur ce qu'il cherchait, les Pagès avaient vite repris le dessus.

Le jour de leur arrivée, dans la maison louée à Joséphine Fillol, un brutal affolement avait saisi à la gorge les six membres de la famille. Après les avoir accompagnés jusqu'à leur nouvelle adresse, Jacky Bensoussan, rappelé à l'ordre par son propre emploi du temps, n'avait pu s'attarder et les avait laissés devant le seuil, leur répétant de ne pas hésiter à faire appel à lui et à sa femme. De toute façon, il passerait dans la semaine pour voir si tout allait bien.

Les Pagès avaient alors pénétré dans cette maison où personne n'était venu depuis de longs mois. Juliette avait ouvert les persiennes de la première pièce au rez-de-chaussée, une cuisine. Ils s'étaient rassemblés tous là, spontanément et, debout autour d'une table nappée d'une toile cirée couverte de vieille poussière, ils avaient laissé tomber leurs bagages à leurs pieds et s'étaient regardés en silence les uns les autres. Et chacun lisait dans les yeux des autres ce qu'il ressentait lui-même, une sorte de vertige bien plus nauséeux que le mal de mer. Ils étaient restés là, un long moment en silence, devant cette table peu engageante, dans cette maison encore inconnue qui devrait coûte que coûte devenir la leur, où la plupart des meubles manquaient à l'appel, où chacun ignorait encore dans quelle pièce il dormirait le soir.

Et puis, parce qu'il le faut bien de toute façon, ils avaient réussi à sortir de leur engourdissement. Juliette s'était réservé le récurage minutieux de la cuisine, de la salle d'eau et des toilettes. Et sans qu'ils aient pu se rendre compte avec précision de la façon dont les choses s'étaient déroulées, chacun avait travaillé jusqu'à la tombée de la nuit et chacun avait fini, ce soir-là et les jours suivants, par trouver sa place dans cette coquille creuse qu'ils allaient remplir de leur existence.

La maison du 24 avenue Déodat de Séverac s'élevait sur trois niveaux, étroite et banale bâtisse, semblable à ses voisines dont elle était mitoyenne des deux côtés. À chaque étage, la façade recouverte d'un crépi ocré que le soleil avait fané au fil des ans, se trouait de deux hautes fenêtres flanquées d'épais volets en bois d'une couleur vert olive elle aussi délavée par le temps. Des balustrades en fer forgé d'un noir rouillé réussissaient malgré tout à donner un semblant d'allure à ces ouvertures austères. À l'arrière, les ouvertures donnaient sur les jardins et ravins environnants, toute une verdure en fouillis...

En guise de toit, le bâtiment était surmonté d'une terrasse carrée, où Juliette Pagès avait vite repéré les cordes qui lui permettraient d'étendre son linge... quand elle pourrait enfin faire des vraies lessives, ailleurs qu'à la main dans une bassine. Sylvie avait glissé à l'oreille de Solange que ce serait également un excellent endroit pour des bains de soleil...

— Regarde cette vue magnifique sur les toits de la vieille ville et sur la montagne ! avait-elle ajouté. Il n'y a pas de jardin, mais nous aurons quand même des beaux moments ici !

Par manque de place, les deux filles devaient partager la même chambre et elles s'étaient plusieurs fois énervées l'une contre l'autre. Solange s'était fait rabrouer par Sylvie qui se méfiait des bavardages intempestifs de sa petite sœur. Elle aurait tant aimé profiter de l'aubaine d'une chambre commune pour partager des secrets avec son aînée. Elle avait vite compris qu'il lui faudrait renoncer à cette connivence. En tout cas, il n'était pas question pour cette jeunette dynamique et bavarde de se contenter de vagues perspectives de « beaux moments » sur une terrasse surchauffée, à admirer en silence le paysage !

Solange avait en quelques jours rencontré toutes les gamines de son âge dans le quartier et connaissait déjà le nom de celles avec qui elle ferait sa prochaine rentrée dans la classe du cours moyen 2ème année de l'École Jules Ferry, et même le nom de la maîtresse, Madame Jove… « Sévère, mais juste » lui avait assuré Mado Mas, une brunette ravie de cette copine débarquée d'un continent inconnu, qui avait toujours une réserve de roudoudous dans ses poches et plein de choses extraordinaires à raconter.

Chaque membre de la famille, forcé par les circonstances à une sorte de sagesse fataliste, avait fini par se forger des repères et des arrangements de fortune dans cette demeure imposée par le destin. Seul le grand-père Hugo, accroché à son mutisme apathique, restait la plupart du temps enfermé dans sa chambre du premier étage avec vue sur la rue. Son unique sourire depuis son arrivée avait été pour Sylvie, le matin de sa rencontre avec Manuel.

Le soir, Jean-Marc Pagès et sa femme, au calme dans la plus grande chambre de la maison, celle qui jouxtait le cabinet de toilettes, passaient beaucoup de temps à discuter pour savoir comment tirer parti de l'ancienne boutique aménagée au rez-de-chaussée.

Ce vaste espace donnant sur la rue par une baie vitrée protégée par des barreaux sur des rails coulissants rouillés, était déjà bien structuré avec ses étagères sur deux murs parallèles, son long comptoir de présentation et sa caisse près de la porte d'entrée. Ce qui avait été naguère un magasin communiquait par un couloir avec le reste de la maison et s'ouvrait sur une remise à l'arrière. Jean-Marc s'était renseigné : les anciens locataires avaient tenu là pendant des années un modeste commerce d'épicerie. Outre quelques conserves de légumes, du café, de la farine, des plaquettes de chocolat et des bonbons en vrac dans des bocaux de verre, le couple qui les avait précédés dans ce local et qui avait pris depuis longtemps sa retraite, vendait aux habitants du quartier la production des petits maraîchers locaux, des légumes, des fruits et des fromages fermiers. On pouvait aussi se dépanner chez eux en articles de droguerie élémentaire. À l'époque, les gens du quartier étaient unanimes, l'activité était rentable…

— Mais voilà, disait Juliette, la boutique est fermée depuis plus de dix ans ! Les gens ont pris de nouvelles habitudes… Ce ne sera pas facile de les faire revenir.

— Il faudrait trouver moyen d'attirer les clients en innovant…

Bref, ils discutaient beaucoup pour arriver à imaginer un projet viable, c'est-à-dire qui leur permette de gagner leur nouvelle vie.

*

Estelle Bensoussan n'avait pas tardé à rendre visite à Sylvie. Elle était passée un soir à l'improviste et avait salué avec chaleur les Pagès qui finissaient de dîner autour de la table en formica jaune toute neuve qu'ils venaient d'étrenner. Les deux amies s'étaient éclipsées, grimpant sur la terrasse pour discuter tranquilles.

Estelle, toujours aussi émotive, avait été bouleversée d'apprendre la violence montante des événements qui, depuis le départ de sa famille en début d'année, avaient touché les Français d'Algérie. Et comme toujours, elle admirait Sylvie et enviait sa capacité à rebondir après des épisodes aussi tragiques que l'attentat qui avait coûté la vie à sa grand-mère Aurélia.

Sylvie lui apprit que cela s'était passé sept mois plus tôt, un jour de marché à Oran. Trois jours avant Noël, une grenade assassine avait explosé au milieu de la foule.

— Ah bon, ta grand-mère est morte ! Juste avant notre départ pour la France ! Et ton grand-père a dû partir en la laissant là-bas ! Le pauvre homme ! s'était exclamée Estelle, les larmes aux yeux. Je comprends mieux maintenant son air accablé. Ça m'a frappée tout à l'heure.

Puis Estelle avait elle-même longuement évoqué sa vie depuis leur arrivée dans les Pyrénées-Orientales. Elle avait beaucoup parlé de la détresse de sa mère qui ne parvenait pas à surmonter le choc de leur déracinement…

— Tu comprends, avait-elle expliqué, les Bensoussan et les Amar – la famille de ma mère – comme tous les juifs d'Algérie, ça fait plusieurs siècles qu'ils vivent en Afrique du nord. Elles sont là-bas nos racines, même si nous sommes Français depuis 1871. Je suppose que c'est ça qui déprime maman. Papa, ce n'est pas pareil, il a son travail à la sous-préfecture. Il se donne à fond, comme d'habitude. Alors, ça lui permet d'oublier…

— Et finalement, avait conclu Sylvie, tu restes à la maison pour soutenir ta mère ? Tu ne vas même pas essayer de t'inscrire dans une fac, à Perpignan

? Tu abandonnes vraiment ton projet d'une licence d'histoire ou tu l'as juste mis entre parenthèses ?

— Pour l'instant je ne sais pas. D'ailleurs je ne sais plus rien, avait soupiré Estelle avec tristesse. Il me semble que la priorité, c'est de me rendre disponible pour ma famille. Mes quatre petits frères ont besoin de moi, tant que maman est aussi perturbée.

— Moi, je vais passer quand même mon examen de première année en septembre et, je me suis renseignée, je m'inscrirai peut-être à des cours par correspondance. Tu pourrais tenter ça, toi aussi, non ?

— On verra. En attendant, je dévore des bouquins, comme toujours. Voilà au moins quelque chose qui n'a pas changé ! ajouta-t-elle en souriant... À propos, je voulais te dire... Justement samedi matin, j'irai chercher le livre que j'ai commandé à un libraire de Céret, le Manuel d'ethnographie de Marcel Mauss. Ce libraire, il est génial... un ouvrage publié en 1947, un titre épuisé, a priori introuvable... eh bien il a fini par le dégotter chez un collègue. Mais j'y pense, c'est le fils de votre propriétaire : Dominique Fillol ! Il est adorable, courtois, cultivé, serviable et... plutôt joli garçon avec ça ! Tu veux venir avec moi samedi ?

Une pensée furtive avait traversé l'esprit de Sylvie : son amie n'avait-elle pas commandé un titre introuvable pour le simple plaisir de fréquenter ce dévoué commerçant !

*

Curieuse de rencontrer ce jeune homme qui avait de toute évidence séduit Estelle et lui redonnait un vrai sourire, Sylvie avait accompagné son amie. Par ailleurs, en cette matinée détendue de fin de semaine, elle avait aussi envie de s'offrir une heure de balade en ville et de flânerie dans une bonne librairie…

Dominique Fillol, dès qu'il vit entrer dans sa boutique cette grande jeune fille blonde aux côtés d'Estelle Bensoussan, sentit un pincement d'excitation qu'il reconnaissait bien. Enfin apparaissait quelque chose de neuf dans sa vision de célibataire infortuné ! Estelle avait fait les présentations. Sylvie, restée dans la clarté de la porte ouverte, rayonnait d'un halo doré qui rappela aussitôt à cet esthète les portraits de madones préraphaélites chères aux Romantiques. Il continua de s'acquitter de son travail, allant et venant pour servir ses autres clients mais glissait un regard intéressé vers Sylvie qui feuilletait des nouveautés devant les rayonnages.

Estelle, toute à son affaire, était ravie de tenir en main son ouvrage, comme s'il lui annonçait, avec le retour de son amie, une période de renouveau intellectuel et l'annonce de journées moins mornes. Souriante, elle présenta Sylvie à Dominique et tous trois bavardèrent à bâtons rompus comme s'ils se connaissaient de longue date. L'heure coula pour tous dans une sorte d'enchantement. Sylvie se sentait observée par le fringant libraire et, flattée, n'était pas insensible à cette attention délicatement appuyée. Quant à Dominique, il était, à la lettre, tombé sous le charme de cette nouvelle amazone à conquérir, une de plus après la fascinante Estelle. Allait-il enfin sortir de son ennui ?

Chapitre dix
Un jeune homme amoureux

Dans la petite ville secouée de sa torpeur estivale par les va-et-vient animés des vacanciers et les récentes arrivées de Pieds-Noirs, il n'y avait pas que Dominique Fillol qui pensait à Sylvie.

— Qu'est-ce que tu as, mon grand ? demanda Maria Vila à son fils attablé devant elle. Tu as mauvaise mine. On dirait que tu as vu un fantôme.

— Rien, rien, Maman. Tout va bien mais…

Manuel avalait son café au lait à grandes lampées. Il était à peine sept heures. Dans la cuisine où vrombissaient les premières mouches du matin, ils étaient tous les trois devant la cafetière fumante, le pot de confiture de figues, la plaque de beurre et le gros pain entamé. Le beau-père Rocheteau, silencieux comme à son habitude, le corps appuyé sur la jambe qui le faisait le moins souffrir, mâchant d'épaisses bouchées. La mère, bardée dans sa blouse sans manches, les cheveux frisés tirés en arrière, accomplissant les derniers gestes tranquilles d'avant le labeur. Dehors les attendaient la cueillette des tomates mûres et le tri des aubergines dans leur robe violine.

— Mange au moins une tartine, implora la mère perplexe, à demi-rassurée par la réponse de son rejeton.

— Non, je n'ai pas très faim, répondit Manuel. Il faut que je te dise...

— Qu'est-ce qu'il y a, fiston ?

Manuel ne dormait plus. Ou si peu. Depuis qu'il avait rencontré Sylvie Pagès à la poste de Céret, il vivait de mauvaises nuits à rêver d'elle et, tout au long des journées torrides, au bout des plates-bandes de laitues ou des allées de pêchers, elle apparaissait comme un mirage dans le désert. Il ne comprenait pas du tout ce qu'il lui arrivait. Sans le savoir, sa mère était tombée juste en parlant de fantôme, l'image de Sylvie le précédait et partout elle semblait l'attendre. En ville, il avait cru, à plusieurs reprises, la reconnaître dans la foule des touristes.

Mais il n'avait aucune envie de confier à sa mère le tourment qui l'agitait, alors ce fut autre chose qui, à son insu, prit le devant. Parfois, il advient que sortent de soi des paroles inattendues comme si elles avaient été là, enchevêtrées dans un petit paquet ficelé, attendant une occasion propice et soudain le tout se décide à jaillir de la gorge, tel un poids dont il faut absolument se défaire.

Reposant son bol, Manuel leva son visage vers sa mère et lui dit :

— Je suis crevé. Ce n'est plus possible. Je crois que j'en ai marre...Il faut que je prenne un jour de repos de temps en temps... une journée, c'est pas grand-chose, non, tu ne crois pas ?

Il s'arrêta net, abasourdi par ce qu'il venait de déclarer d'une traite. Cela faisait des mois et des mois qu'il trouvait que le rythme de travail qu'il s'imposait était insupportable, cela faisait des semaines et des semaines qu'il cherchait le courage pour discuter de cette question avec sa mère qui, elle, ne s'arrêtait jamais entre la maison et les jardins. Et là, brutalement, sans avoir prémédité ses mots, sans se demander si c'étaient le moment et le lieu, lui qui appréhendait cette conversation, il s'apercevait qu'il venait de la mettre là sur la table, tel un sujet tabou enfin abordé, tout à trac...

Stupéfaite, Maria Vila le regarda fixement. Sur son visage se mêlaient l'étonnement de ce qu'elle venait d'entendre et l'inquiétude maternelle qu'elle avait ressentie ce matin-là, en le voyant descendre de sa chambre, hagard, les yeux cernés, la démarche triste et traînante. Ne sachant quoi répondre, elle se contenta de poser une main affectueuse sur l'épaule de son fils tout en jetant un coup d'œil à son mari muet de stupeur.

— Qu'est-ce que tu en penses, Augustin ? Dis quelque chose, pour une fois.

Le vieil homme qui avait tout suivi du dialogue inhabituel entre la mère et son fils et qui, pour rien au monde, ne s'en serait mêlé, fidèle à son parti-pris de neutralité, néanmoins remua les lèvres :

— Je crois qu'il a raison, ce garçon. Travailler comme ça, à quoi ça rime ? Il a le droit d'être fatigué et de vouloir se reposer.

— C'est bien possible, Augustin, dit Maria, après un temps de réflexion silencieuse.

Et voulant montrer sa bonne volonté, elle ajouta :

— Manuel, fais comme tu l'entends… Et, si tu crois qu'on peut se le permettre, prends quelqu'un pour t'aider une fois de temps en temps. Tu peux bien trouver un jeune en vacances qui voudrait se faire un peu d'argent de poche.

Manuel ragaillardi, se leva, encore surpris de ce bref échange impromptu. Se rendant compte qu'il disposait en plus du soutien de son beau-père, il prit conscience qu'au fond, pour lui, le plus dur était passé : ils étaient d'accord pour qu'il modifie sa cadence de travail, c'était l'essentiel. Cela ressemblait à une belle victoire rapide sans même de bataille engagée. Pourquoi avait-il tardé à soulever cette question ? Il eut un léger sourire et lança :

— Bon. On verra, pour l'instant, ne nous mettons pas en retard, Maman, les tomates nous attendent.

*

Il était soulagé de n'avoir pas évoqué Sylvie devant sa mère et son beau-père. Pouvait-il leur déclarer qu'il avait découvert une jeune fée à l'allure de princesse ? Pouvait-il leur raconter que le visage de cette magicienne s'était imprimé dans son esprit comme une marque au fer rouge ? Heureux et torturé, du matin au soir, entièrement tourné vers elle, il la cherchait et la trouvait toujours. Derrière ses paupières, s'était installé le tableau d'une Sylvie se promenant à son bras, bavardant avec lui.

Curieusement se sentir dans un tel état, ça allait jusqu'à l'agacer... C'était bizarre, totalement inédit. À la fois, cela lui donnait des ailes, comme si, à présent, la vie n'était plus qu'un doux nuage sur lequel on glissait. Et, en même temps, cela lui tordait l'estomac, secouait ses entrailles, fouettait son sang comme s'il avait de la fièvre. Il lui fallait s'avouer que depuis, tous ses repères avaient disparu.

Sans pouvoir mettre un nom sur le sentiment qui, petit à petit, s'inscrivait en lui pour occuper toute la place dans son âme et l'empêchait parfois même de faire sa besogne correctement, il se laissait aller à l'envahissement de cette troublante émotion qui accélérait les battements de son cœur d'une manière anarchique dès qu'il pensait à Sylvie.

Les sentiments de Manuel étaient complexes

parce que douloureux et joyeux à la fois et qu'il n'avait jamais éprouvé quelque chose d'équivalent. Son existence venait de changer. Chaque fois qu'il prenait le temps de se remémorer avec précision Sylvie, ses cheveux de cuivre doré, sa démarche altière et sa voix cristalline et qu'il se regardait dans son pantalon de toile, transpirant sous le poids des cageots qu'il chargeait dans la Juva 4, peu sûr de ses mots, maladroit dans ses phrases et parfois aussi dans ses gestes, la bouffée de joie qui l'envahissait laissait vite place à la crainte. Comment imaginer qu'il pourrait un jour séduire une fille aussi brillante que cette étoile filante manifestement si différente de lui. Manuel n'avait jamais été amoureux et il ne savait pas quel nom donner à ce flot impétueux qui l'emportait vers Sylvie.

S'il avait connu plusieurs flirts, jamais encore son cœur ne s'était embarqué d'une telle manière. À part deux ans plus tôt, avec cette voisine, Jacqueline Delmas, une veuve, mère de deux jeunes enfants, qui lui avait fait des avances à une sortie de corrida. La femme était belle comme un fruit mûr, délurée comme un torrent de montagne et ne cachait pas son désir d'homme. Son choix s'était porté sur Manuel qu'elle entraîna dans une histoire passionnée où dominaient la violence des sens et la pulsion des sexes embrasés. Pendant quelques mois, cette relation fit scandale dans le quartier de la Fontaine d'Amour surtout en raison de leur différence d'âge, et emporta Manuel dans un tourbillon sensuel qui s'arrêta d'un coup lorsque la jolie veuve, sur un coup de tête, disparut de la région. Jacqueline Delmas venait d'épouser un officier qui emmenait femme et enfants dans ses bagages de militaire. Manuel avait conservé de cette aventure, un souvenir brûlant mais encore plus une impression que la femme était plus que jamais une terre inconnue pleine de mystères cachés.

Et là, il ne savait pas comment s'y prendre pour revoir Sylvie. Sa timidité naturelle le bloquait telle une pierre barrant le chemin. Plusieurs fois déjà, en revenant de Saint-Ferréol, il avait ralenti son véhicule, tourné la tête vers la maison qu'elle habitait, tentant de deviner à quelle fenêtre elle aurait pu se pencher. Il la supposait le soir derrière une vitre lisant ou écoutant de la musique et il ne trouvait toujours pas sous quel prétexte il pouvait frapper à sa porte.

*

Ce matin-là, revigoré, électrisé par le dialogue qu'il avait eu avec sa mère et ce tout nouveau droit qu'il venait d'obtenir – prendre du temps pour lui-même et, s'il le fallait, se faire aider – il se sentait plus fort, empli d'une audace invincible pour aller au devant de Sylvie. Il n'allait pas attendre que le hasard les fît à nouveau se rencontrer.

Vers dix heures et demie, il laissa sa mère qui partait en cuisine préparer le repas de midi. Retournant à la remise, il choisit, parmi celles qu'il venait de cueillir, quelques grosses tomates qu'il disposa dans une cagette. Il empila avec soin les fruits joufflus. Il sortit, descendit l'avenue et marcha d'un bon pas vers la maison des Pagès. Il ne savait pas du tout comment il s'y prendrait. Une chose était certaine : il fallait qu'il revît Sylvie au plus tôt et qu'il lui parlât.

Mais c'était un homme qui se trouvait là, au rez-de-chaussée, une grosse éponge à la main. Monté sur un escabeau, il lavait à grande eau les murs de ce qui avait été l'ancienne boutique au pied de cet immeuble. Il avait ouvert la grille, les volets, la porte vitrée, pour aérer. Manuel posa délicatement sa caissette de tomates sur un sorte de comptoir et, d'une voix timorée, s'adressa à cette silhouette qui lui tournait le dos et qui devait, selon lui, être celle du père de Sylvie :

— Bonjour Monsieur.

— Bonjour, répondit Jean-Marc d'une voix bourrue en se tournant vers le jeune homme inconnu qui lui adressait la parole.

Manuel, devant son air interrogatif, précisa tout de suite:

— Je suis Manuel Vila, j'ai raccompagné votre fille Sylvie en voiture l'autre jour, nous nous sommes rencontrés à la poste.

— Ah, c'est vous le maraîcher ? Vous habitez

plus haut, je crois, il paraît que vous avez des fruits et des légumes magnifiques. Sylvie nous a raconté ça. Moi, je suis son papa, Jean-Marc.

Sylvie leur avait donc parlé de lui. C'était bon signe. L'homme avait un visage à la fois bougon et avenant, un regard bienveillant sous des sourcils noirs. Il lui tendit une main bien franche et humide que Manuel serra en rougissant. Dansant d'un pied sur l'autre, Manuel baissa les yeux vers la cagette :

— Justement, je vous ai apporté des tomates, elles sont mûres à point. Je vous les offre, vous m'en direz des nouvelles, elles ont un vrai goût de légumes du jardin. Ici elles poussent toutes seules, rien qu'avec du soleil et de l'eau. Vous pourrez les faire en salade ou en conserve.

Jean-Marc Pagès, que ces considérations légumières réjouissaient, eut un grand rire bon enfant :

— Oh la la qu'elles sont magnifiques, ces tomates ! s'exclama-t-il dans un accent typique. Vous êtes bien gentil, jeune homme.

Et, levant la tête vers l'escalier, il cria :

— Juliette, viens voir ce qu'on nous apporte là. Hé, tu arrives, Juliette ?

Manuel aurait préféré qu'il réclamât Sylvie. Il vit descendre en sandales, jupe droite de cotonnade bleue et chemisier blanc une belle femme aux formes pleines qui lui rappela immédiatement Sylvie, sauf pour la couleur des cheveux, plus clairs, moins cuivrés.

— Té, regarde ces légumes, Juliette, dit Jean-Marc. C'est pour nous. Manuel Vila nous les donne de bon cœur.

— Oh, merci, jeune homme. Vous prendrez bien une goutte de café ? Je viens d'en faire.

Et sans attendre la réponse, elle remonta et redescendit avec une casserole et des tasses. Dans une assiette, elle avait posé de drôles de gâteaux blancs en forme de petits tas, saupoudrés au sommet d'une touche de cannelle.

— Vous gouterez bien un *montecao*. C'est une spécialité d'Algérie mais peut-être que vous connaissez ici aussi, il y en a dans le sud de l'Espagne. Je les ai fait cuire tout à l'heure dans le four. C'est la première fois que je m'en sers, de cette cuisinière. Alors, je ne garantis pas le résultat.

Et une conversation tranquille s'instaura dans cet étrange salon improvisé où Jean-Marc Pagès était content de faire une pause. Il avait retroussé ses manches et tout en buvant son café, il observait Manuel. Ils parlèrent de tout et de rien y compris du temps qui rappelait aux Pagès celui d'Oran. Manuel qui bavardait avec des Pieds-Noirs pour la première fois – à part le temps de sa rencontre avec Sylvie – les trouva agréables et simples. Il se sentait bien dans l'ambiance amicale et chaleureuse que le couple savait créer par son bavardage abondant. Il apprit ainsi un flot de détails sur leur traversée, leur arrivée, leur aménagement dans cette maison louée et également sur leurs projets encore flous. Manuel approuva l'idée de remettre en fonction dans le local une activité de commerce d'épicerie ou de fruits et légumes, ils ne savaient pas vraiment. Le jeune homme écoutait avec attention tout en mordant par petits coups dans son « *montecao* » qui lui faisait penser à quelque chose d'étouffant, à la fois sablonneux, huileux et sucré. Sans doute devait-on réussir à s'habituer à cette étrange saveur. Poli, il alla jusqu'à dire qu'il trouvait cela très bon. Juliette en profita pour lui fourrer dans les mains quatre autres de ces étranges friandises :

— Faites-les goûter à vos parents, Manuel. Je suis sûre qu'ils aimeront.

Manuel en doutait mais remercia. Pour l'instant, les pâtisseries d'Algérie ne valaient pas les catalanes.

Ils bavardèrent plus d'un quart d'heure et, à chaque minute qui s'écoulait, Manuel aurait tant voulu voir apparaître Sylvie. Il jetait des brefs coups d'œil vers l'escalier mais n'osait même pas demander si elle se trouvait dans la maison. Il sentait bien que la parenthèse de ce moment allait se refermer et que son espérance allait fondre. Jean-Marc Pagès bientôt reprendrait son seau d'eau savonneuse et son éponge. Juliette Pagès remonterait d'un instant à l'autre dans les étages où – disait-elle avec ardeur – plein de ménage l'attendait. Il fallait bien se décider à partir.

— Sylvie n'est pas chez vous… aujourd'hui ?

arriva-t-il enfin à articuler dans une sorte de glapissement lamentable.

La figure de Juliette s'éclaira d'une lueur amusée.

— Ah, ah, vous auriez voulu la voir, Manuel ? Je comprends. Ce matin, elle est allée à Perpignan pour déposer un dossier au Rectorat, elle ne rentrera que ce soir.

— Ah, bon, ce n'est pas grave, se résigna-t-il. Dites-lui que je suis passé et donnez-lui mon bonjour.

— Nous n'y manquerons pas, ajouta Jean-Marc, et revenez quand vous voulez.

À la déception qui lui mordait le cœur, Manuel comprit qu'il était devenu amoureux.

Chapitre onze
La première sardane

— Dis, Sylvie, quémanda Solange de sa voix la plus sucrée, tu me laisseras aller avec toi à la sardane, ce soir ?

Peu avant le dîner, Solange avait rejoint sa sœur dans leur chambre. Elle s'était approchée en douceur du bureau où Sylvie était en train de prendre des notes, le doigt posé sur la page d'un gros volume ouvert devant elle.

— Tu n'as pas l'impression que tu me déranges, là ? Tu ne vois pas que je travaille… J'ai un examen à préparer pour septembre, moi ! lança Sylvie en posant son stylo.

Elle jeta à sa petite sœur un regard bleu sombre, ce bleu nuit profond que tous lui connaissaient dans la famille quand elle était contrariée.

— Et d'abord, tu devrais commencer par demander à Papa et Maman s'ils te donnent la permission de sortir le soir… Franchement, ça m'étonnerait !

Devant l'air boudeur de sa sœur, Sylvie enfonça le clou sans pitié :

— Ne compte pas sur moi pour te chaperonner. Ce soir, je vais en ville, mais sans toi, tu entends !

C'était péremptoire et Sylvie regrettait d'avoir bousculé ainsi la gamine qui battit en retraite en bougonnant. Mais cette soirée du vendredi 13 juillet, Sylvie l'avait organisée en secret. Elle voulait aller à sa première soirée de sardane. Elle tenait à s'y rendre, libre de toute contrainte. Et au fond de son cœur, elle espérait qu'elle aurait même l'audace de se lancer dans la ronde et d'y risquer ses tout premiers pas…

*

En cette année 1962, la fête nationale tombait un samedi. Et déjà depuis le vendredi matin, s'élevaient dans la ville les bruissements des réjouissances à venir.

Il émane des veilles de fête un air toujours semblable d'excitation joyeuse. Dans le moindre village comme dans les plus grandes villes, quelque chose de spécial frémit dans l'atmosphère de ces longues journées de chaleur alanguie. Chacun sent qu'approche le soir de la retraite aux flambeaux, le soir du feu d'artifice, le soir du grand bal nocturne du 14 juillet. La magie de la fête tourne les têtes avant l'heure.

À Céret, comme pour apaiser cette fièvre montante dans une ambiance plus typiquement régionale, la municipalité avait décidé de programmer des concerts de sardanes dès le vendredi 13 au soir dans plusieurs quartiers.

Pour certaines personnes cependant, cette année-là, l'esprit de la fête était absent des cœurs. Les rapatriés d'Algérie commençaient à peine à se ressaisir du choc de leur périple, la plupart d'entre eux se débattaient dans des difficultés administratives et matérielles qui laissaient peu de place à la détente et encore moins à l'amusement frivole.

Sylvie elle-même, malgré sa combativité et son désir intense de s'insérer dans ce nouveau cadre de vie, ressentait par moments le poids d'une nostalgie confuse. Elle pensait de temps en temps à ses camarades de faculté à Oran, se demandant où ils avaient pu atterrir. Elle avait reçu des nouvelles d'amies qui lui avaient envoyé une carte postale pour dire où elles habitaient désormais. De Grenoble à Bordeaux et de Marseille à Lille, les Pieds noirs s'éparpillaient dans tout le tissu métropolitain. Mais ces messages étaient insignifiants et au fond ne servaient à rien. Quelques mots anodins auxquels elle se promit de répondre un jour, tout en se rendant compte que probablement ces ébauches de correspondance allaient s'évanouir dans l'oubli.

Même Francis, son ex petit ami, lui avait adressé de Brest une lettre gentille mais terriblement banale avec des formules convenues qui l'avaient fait sourire. Il avait beau prétendre qu'il tâcherait de « descendre un de ces jours dans le midi », Sylvie n'en croyait rien. De toute façon elle ne s'en formalisait pas, bien que, de tous les flirts plus ou moins approfondis qu'elle avait connus depuis son adolescence, Francis ait été son préféré. Leur aventure avait duré un bref semestre au début de leur première année à l'Université d'Oran puis avait été brutalement interrompue dès le printemps par le départ de Francis et de sa famille pour la métropole. Le plus marquant de cette histoire avait été la fugitive soirée qu'ils avaient partagée quelques jours avant le départ de Francis. Ce soir-là, les deux jeunes gens s'étaient offert l'un à l'autre leur virginité dans une sorte de pulsion où l'émotion de la séparation et une curiosité intriguée avaient beaucoup plus joué que le sentiment amoureux. Du moins la chose s'était-elle faite avec douceur et respect, sous une forme assez rudimentaire de timide tendresse, le tout dominé par d'infinies précautions techniques pour éviter un risque de grossesse… Rien de très romantique, finalement. Sylvie n'éprouvait aucun regret d'avoir perdu sa candeur avec Francis, elle n'éprouvait non plus aucun regret d'avoir perdu Francis.

Pourtant, dans cette chambre exiguë partagée avec une petite sœur au sommeil agité, les longues insomnies de ses premières nuits à Céret, peuplées de ces êtres fantômes évaporés depuis la terre d'Algérie, lui semblaient pénibles à supporter. Le réveil était amer. Et que ses souvenirs fussent plaisants ou graves ne changeait rien à l'affaire. Il fallait simplement admettre que tout cela était fini. Totalement englouti dans le passé.

L'atmosphère de la maisonnée aussi semblait à Sylvie assez perturbée. Elle devinait à quantité de détails les efforts que ses parents déployaient pour masquer leur désarroi. Elle avait remarqué leur activité débordante, leurs conciliabules interminables jusqu'à minuit passé dans ce qu'ils nommaient déjà « la boutique » et elle sentait bien qu'ils avaient besoin de s'étourdir de gestes et de paroles pour dépasser leur vertige. L'obsession de propreté de sa mère et sa nouvelle manie de tout récurer dans la maison lui paraissaient un signe de nervosité qu'elle souhaitait voir se calmer au plus vite. Mais tout cela n'était pas trop grave et il fallait seulement que du temps s'écoulât pour que se rétablît un nouvel équilibre dans les corps et les esprits bousculés. L'attitude de plus en plus prostrée de son grand-père lui semblait en revanche vraiment alarmante. Et Sylvie ne voyait pas comment y remédier.

Pour contribuer à noircir le climat, elle avait surpris la veille une conversation inquiétante entre ses parents. Il était question d'événements dramatiques survenus à Oran à peine quelques jours après leur propre départ. Comme ils chuchotaient, elle n'avait pas pu tout saisir mais avait cru comprendre qu'il s'agissait de vengeance et d'assassinat à l'encontre des Français pas encore partis. Toutefois elle avait entendu son père préciser :

— C'est Monsieur Bensoussan qui me l'a raconté très rapidement… Il me donnera des détails. Pour l'instant, Juliette, il vaudrait mieux que les enfants ignorent tout ça. Il y a eu des morts par dizaines.

Sylvie se promit de demander des éclaircissements là-dessus à Estelle.

… Ainsi les raisons de tristesse et de chagrin abondaient dans la maison. Et il aurait été facile de s'y laisser engluer. Mais ce n'était pas dans le tempérament de Sylvie. Aussi pour se divertir et se forcer à penser à autre chose, elle avait décidé de partir activement à la découverte de Céret, cette ville inconnue.

*

Dans les dédales de la vieille cité catalane, Sylvie n'avait pas tardé à se créer des jalons souriants. Il est vrai que la ville n'était pas grande. Et à force d'arpenter les rues et les ruelles s'ouvrant sur des placettes fraîches où bruissaient des fontaines, en à peine quelques jours elle s'y sentit quasiment aussi à l'aise que dans son ancien quartier d'Oran.

Elle eut tôt fait de dénicher la bibliothèque municipale, non loin de la poste. Elle s'y inscrivit aussitôt et se promit de venir s'y retirer pour y lire et préparer son examen de septembre. Julie Ventura, la bibliothécaire, l'y ayant encouragée, elle entra aussi dans le musée des beaux-arts, modestement adossé à la bibliothèque, où elle fut saisie de découvrir des murs entiers couverts par les toiles des premiers peintres du cubisme, une série d'assiettes de Picasso à la gloire de la corrida et des sculptures de Maillol. Elle était ressortie enthousiaste de ces salles magiques. Céret venait d'apporter à Sylvie un trésor d'émotions qui pourraient chasser son spleen dès qu'elle en ressentirait la nécessité. Elle se promit de venir passer là des moments de rêverie et de paix dans le silence de ces œuvres offertes.

Mais sa découverte la plus bouleversante, elle la fit alors qu'elle déambulait dans l'enceinte des anciens remparts. Elle s'était retrouvée au milieu d'une place entourée de grandes demeures de belle allure, au style classique, aux fenêtres hautes, ombrées par d'immenses platanes. Des portes grandes ouvertes d'un bâtiment plus ancien que les autres, surmonté d'une croix et au fronton duquel elle put lire l'inscription « Salle Saint-Pierre », sortait une musique inconnue qui la fit frissonner.

Sylvie n'avait jamais rien entendu de semblable… une tonalité complexe, à la fois nasillarde, profonde et sourde, qui déroulait ses volutes envoûtantes. Fascinée, elle entra dans la salle qui lui parut obscure parce qu'elle-même était encore tout éblouie par le soleil du dehors. La mélodie, émanant d'un simple petit électrophone, vibrait dans cette pénombre et faisait bondir ses pulsations mélodiques entre les murs. Dans un coin de la grande pièce nue, une vingtaine de personnes, probablement des touristes, quelques garçons et surtout des jeunes femmes, entouraient un immense gaillard chauve, au visage brun barré d'une énorme paire de moustaches retombantes. Au milieu de ce cercle attentif, ce cosaque s'agitait, bras dressés comme un arbre déployant ses branches et il sautillait dans un complexe mouvement de pieds, tout en tonitruant pour que sa voix parvienne à couvrir la musique :

— Court, court, long, long, court, court, long, long, contrepoint, long, contrepoint, long… Bon, alors, vous avez compris ? À vous de jouer ! Je vous regarde.

Sylvie profita de cette interruption pour s'approcher de l'homme qui se présenta :

— Marcel Marty, professeur de musique et en ce moment de sardane. Vous voulez apprendre à la danser ? C'est le moment ou jamais, mademoiselle ! Profitez-en, c'est gratuit… offert par la municipalité !

Quelque chose d'inexplicable traversa l'esprit de Sylvie… une sorte d'appel mystérieux. Il lui sembla que cette sardane – cette musique et ces pas de danse – lui donnerait accès à l'âme véritable de cette ville et de cette Catalogne française où son destin venait de la conduire. Dans un mouvement spontané et après un bref échange avec Marty à propos des heures et de la fréquence des cours, elle prit sa première leçon de sardane, s'intégrant aussitôt dans le groupe déjà constitué…

En sortant, elle acheta un 45 tours de sardanes dans le magasin d'électroménager de la rue Saint-Ferréol, qui vendait aussi quelques disques. Elle s'imprégna toute la soirée de l'étrange musique mélancolique et solennelle, en dépit des protestations de Gilles qui aurait préféré monopoliser le Teppaz familial pour écouter le dernier succès des Chaussettes Noires.

Sylvie retourna à la Salle Saint-Pierre deux après-midis de suite et après quatre heures d'entraînement intensif, ses oreilles résonnaient des sons entêtants du flaviol et des martèlements du tambourin et il lui sembla qu'elle pourrait, le soir du 13 juillet se lancer dans sa première sardane, pour de vrai !

*

Il était près de dix heures et les badauds s'étaient peu à peu attroupés autour des trois sardanes qui tournaient lentement sur les boulevards de la ville. Les lumières des cafés éclairaient les larges cercles de bras levés, comme des auréoles à la gloire de la lune dressée dans le ciel tiède.

Pietro Garbani, attablé à la terrasse du Café Catalan, jambes écartées et cigarette aux lèvres, se sentait en pleine forme. Ces soirées de fête au milieu de la foule lui convenaient à merveille. Pour le mâle rapace qu'il était au fond, elles constituaient un terrain d'observation et de chasse épatant. Sirotant tranquillement quelques verres de muscat, il laissait se consumer sa Marlboro, affûtant son regard sur les jambes des danseuses qui sautillaient en rythme à quelques mètres devant lui. Il avait remarqué une jolie blonde qui semblait hésiter à entrer dans la ronde. Sa chevelure retombait sur ses épaules nues et il devinait son visage frémissant du désir de se mêler aux danseurs. Une brutale envie d'inviter à sa table ce beau brin de fille lui fit monter l'eau à la bouche… Il jugea agréable de laisser ce désir envahir son corps. Rien ne pressait. Les proies sont meilleures quand on fait durer le plaisir de l'attente… Et puis, il avait donné rendez-vous à une touriste belge en vacances au camping…

La drogue puissante de la musique enveloppait les choses et les êtres. Les danseurs, concentrés sur le calcul des pas longs et courts, attachés les uns aux autres par leurs mains soudées, semblaient ne faire qu'une même entité, vibrant au même rythme vital.

La régularité de leurs mouvements était si parfaite que Sylvie n'osait se creuser une place entre les deux danseurs qui, devant elle, bondissaient sur leurs espadrilles. Malgré ses quelques heures d'apprentissage, elle se sentait novice et restait là, figée, paralysée par la crainte de froisser cette harmonie par sa probable maladresse. Pourtant elle en mourait d'envie. Peut-être à la prochaine danse…

À cet instant, elle sentit une main ferme et douce se poser sur son épaule et une voix dont elle avait gardé le souvenir, prononça son prénom dans un chuchotement :

— Sylvie, tu veux danser cette sardane ?

Se retournant d'un bloc, elle se retrouva à un souffle du visage rayonnant de Manuel Vila. Le jeune homme plongeait son regard de jais dans les yeux de Sylvie.

Manuel faisait partie d'un autre groupe de danseurs et avait repéré la jeune fille dans la foule des spectateurs. Sans une hésitation, le cœur allègre, il était sorti de sa ronde pour la rejoindre. Son cœur s'étouffait de bonheur. Elle… ici ! C'était inespéré !

— Tu veux danser à mes côtés ? insista-t-il. Viens, viens avec moi…

Et sans attendre sa réponse, avec un élan joyeux, il l'entraîna dans le cercle mouvant qu'il venait juste de quitter. Médusée, Sylvie se retrouva emportée dans la danse et, surprise, constata qu'elle enchaînait sans trop d'erreurs ces mouvements de jambes qu'elle venait à peine d'acquérir. Sa main gauche emboîtée dans la main droite de Manuel, son autre main glissée dans celle d'un vieux Cérétan, elle fit ce que Marcel Marty avait conseillé à son public d'amateurs. Elle se laissa guider par les signaux qui passaient dans le fil invisible reliant ces danseurs, telles les perles d'un collier. Aux changements de rythmes, chacun ressentait dans sa paume une légère secousse transmise dans un réflexe instantané à travers cette chaîne humaine. Sylvie comprit qu'il lui suffisait, pour observer la cadence exacte de cette danse si codée, de rester attentive au message subtil qui traversait la ronde.

C'était grisant, inouï... Sylvie eut le sentiment poignant que cette première sardane au bras de Manuel s'inscrirait pour toute sa vie comme un morceau d'éternité. Manuel, transporté de bonheur, serrait dans sa main le précieux coquillage de la main de Sylvie. Il n'osait croire à cette chance qui lui avait été offerte de croiser la jeune fille au sein de cette foule drue. Il n'avait qu'un désir, prolonger cet instant qui allait s'évanouir comme une étoile filante dans l'enchantement de la nuit.

Ils dansèrent à la suite deux autres longues sardanes jusqu'à ce que Sylvie, épuisée, demandât grâce.

— Je dois rentrer à la maison. Tu m'accompagnes ? proposa-t-elle.

Ils s'éloignèrent dans les rues calmes, bavardant sans retenue. Le jeune homme buvait les paroles de Sylvie, heureux qu'elle lui confiât à quel point elle appréciait sa nouvelle ville. Devant la maison des Pagès, ils s'arrêtèrent à regret et Manuel lui demanda avec ferveur :

— Une promenade dans les collines du côté de Saint-Ferréol, ça te plairait ? un jour que je serai libre ?

Son audace le surprenait. L'accord instantané de Sylvie le rendit fou de joie.

Chapitre douze
Le nouveau pilier du Café Catalan

Pietro Garbani avait installé son quartier général au Café Catalan de Céret. Très vite la compagnie de Kader, là-haut, sur la colline gorgée de soleil, ne lui suffisait plus, il éprouvait le besoin de voir des gens et d'engager la conversation. Là-haut, au Mas Cigalou, le silence lui pesait et les images les plus noires de son passé resurgissaient. Il lui fallait retrouver la vie, scruter l'allure des femmes, copiner avec les hommes. Le grand café était le meilleur endroit pour se livrer à ce formidable passe-temps et pour capter les bruits et les rumeurs qui agitaient la ville. Et au-delà, pour se faire apprécier par chacun, pour fréquenter tout le monde ou à peu près, un débit de boissons animé du matin au soir était le lieu idéal.

Cette ambiance bruyante d'habitués, de vacanciers décontractés, cette terrasse quasiment toujours pleine, ces conversations énergiques dans des langues diverses – le catalan côtoyait le français, l'espagnol et parfois même l'anglais – tout cela le distrayait exactement comme il aimait.

Une des règles qu'appliquait ce genre d'hommes où qu'il allât : sympathiser avec tous les membres d'une communauté pour être à peu près sûr au bout du compte de rencontrer les personnes importantes, celles avec qui se prennent les décisions, avec qui il pourrait un jour envisager une affaire en associé ou partenaire. Et puis, c'était pour lui le meilleur moyen de connaître la société locale. Le Pied-Noir avait sa méthode, sourire, se montrer en permanence ouvert et disponible. Et bien sûr, payer à boire ne lui faisait pas peur.

Il s'était déjà fait, par ses larges pourboires, un grand ami du serveur Marcelin Py qui le saluait avec respect dès qu'il arrivait. Il avait usé du même procédé avec Felip, le jeune extra que Marcelin avait réussi à faire embaucher par son patron pour la saison.

— Bonjour, Monsieur Garbani. Vous avez vu comme il fait chaud. Ici, c'est tous les jours comme ça.

— Eh, Felip mon ami, tu me sers un muscat, mon fils !

Cette manière d'appeler les jeunes gens « fils », de franchir rapidement le pas du tutoiement et de sortir des phrases sur un mode exclamatif lui permettait de donner l'illusion d'une ample complicité.

— Tout de suite, Monsieur Garbani, tout de suite, il arrive.

— Et tu en amènes un autre pour Monsieur

Molas, mon propriétaire que je vois arriver. Venez, venez Monsieur Molas. Asseyez-vous à côté de moi.

Pietro Garbani était attablé près de l'entrée, à moitié sur le trottoir, juste sous l'affiche mouvementée de la prochaine corrida. La vue sur le boulevard était large et colorée et l'animation ne cessait pas. Il avait posé son paquet de cigarettes blondes et tapotait ostensiblement son briquet en or, en rythme avec les tressautements nerveux de ses jambes. Les pieds nus dans des mocassins blancs, un pantalon de lin clair, une chemise bleue évasée et autour du cou une chaîne, en or elle aussi, complétaient l'image de l'homme riche qu'il voulait offrir à tout prix.

— Alors, Monsieur Molas, c'est pour quand que vous me vendez votre bout de vigne là-haut ?

— Un jour, pourquoi pas ?

— Ah, mon ami, n'attendez pas trop quand même. Parce que si je trouve quelque chose ailleurs, je ne vous ferai plus d'offre. Ce sera tant pis.

Le vieil homme qui sirotait son muscat à petites lampées, le regard tourné sur lui-même, ne daigna même pas relever.

— Dites-moi, Monsieur Molas, reprit Garbani qui savait revenir à la charge, vous connaissez les rapatriés qui se sont installés en bas de l'avenue, vers le pont ? Vous savez ce qu'ils préparent, on dirait qu'ils vont ouvrir un magasin ? Vous êtes au courant ?

*

La veille, Garbani avait commencé sa première approche dans le domaine de la viticulture. Ayant interrogé ici ou là pour savoir à qui appartenaient les vignes aux alentours du Mas Cigalou, il avait cru entendre dire qu'une belle parcelle, à quelques kilomètres du mas, sur l'autre versant de la colline, serait à vendre. Au culot, il s'était présenté vers vingt heures chez Maria Vila dont on lui avait parlé. Il la trouva dans sa cuisine. Elle réchauffait une soupe de légumes et faisait sauter des poivrons dans une poêle. Le père Rocheteau, ignorant l'intrus, avait branché la radio en sourdine et taillait des tranches de saucisson sec qu'il avalait avec un morceau de pain.

Garbani s'était présenté, se recommandant d'autres Cérétans dont il avait glané le nom au café. Surprise par cette visite impromptue, Maria Vila voulant rester polie et fidèle à sa tradition d'hospitalité, lui avait néanmoins proposé de s'asseoir. Elle lui offrit un grand verre d'eau fraîche.

— Elle vient d'où, cette eau ? demanda-t-il.

— Té, de la source que nous avons dans le jardin ! Elle est plus glacée que celle de la fontaine plus bas dans la rue.

— Ah oui, c'est vrai que vous habitez « Rue Fontaine d'amour ». C'est un bien joli nom, dit Pietro d'un ton qui se voulait enjôleur. Je suis sûr que c'est vous qui l'avez inspiré, madame Vila.

Ses réflexes de séducteur invétéré revenaient à chaque occasion. Sans même se demander si ce genre de réflexion pouvait avoir un sens, convaincu qu'on gagnait toujours en toutes circonstances à faire un compliment aux femmes, il obéissait à ce qu'il pensait être une qualité virile et le summum de la galanterie.

— Pensez-donc, répondit Maria, cet endroit s'est toujours appelé comme ça. Les jeunes amoureux s'y rencontrent parfois le soir.

Puis au bout de quelques minutes de bavardage, Garbani avait enfin abordé le sujet qui lui occupait l'esprit, à savoir l'achat de vignes. Le père Rocheteau avait soudain dressé la tête, attentif à ce que cet étrange individu qu'il avait aperçu plusieurs fois au café, pouvait bien avoir à dire.

— Ce n'est pas vous qui avez un terrain à vendre du côté de Saint-Férréol ?

— À vendre ! Notre vigne de Saint-Ferréol, près de l'ermitage ? s'étonna Madame Vila. Mais monsieur… comment vous m'avez dit ? Grabani…

— Garbani, Garbani… je vous ai expliqué, j'arrive d'Algérie, je compte m'installer dans la région que je trouve magnifique et qui me rappelle tellement le pays. Alors ?

Maria n'eut pas le temps de répondre, Manuel venait d'entrer :

— Bonsoir monsieur. Manuel Vila. De quoi parlez-vous ? Et qui êtes-vous ?

Manuel revenait du jardin exténué. En short, torse nu, il s'était rincé abondamment au tuyau d'arrosage qu'il accrochait dans un angle que formaient deux branches d'un cerisier. Il s'était avancé dans la cuisine, son maillot à la main, les cheveux trempés, le corps à peine séché et il découvrait cet homme inconnu qui souriant, détendu, bronzé et beau discoureur, parlait de leur acheter des terres.

Garbani se présenta derechef en tant que rapatrié, s'expliqua à nouveau sur son projet d'installation en Roussillon et exprima son désir d'acquérir quelques parcelles de vigne.

— Vous voulez devenir viticulteur dans les Pyrénées-Orientales et même fabriquer du vin comme un vigneron ? reformula Manuel sur un ton sceptique.

À présent que son fils avait pris le relais, Maria se sentait plus tranquille. Elle recula et prit une chaise près de son mari, laissant les deux hommes poursuivre leur dialogue.

— Non, pas vraiment, déclara Pietro en adressant à Manuel son sourire le plus éclatant. J'envisagerais plutôt de confier l'exploitation en métayage, en apportant de nouvelles méthodes, en achetant des meilleures machines.

— En fermage, en somme ?

— Si vous voulez ! Comme ça, précisa Garbani en insistant sur des intentions qu'il voulait présenter comme louables, vous pourriez continuer à vous en occuper en me versant simplement une redevance annuelle.

— En gros, vous achetez et vous relouez au vendeur ce que vous venez de lui acheter ?

Manuel s'appuyait au chambranle de la porte qui donnait vers l'étage. Son visage demeurait impénétrable. Sidéré par la proposition, il se taisait, accusant le coup. Là, Garbani fit une erreur d'interprétation.

— C'est à peu près ça. Qu'est-ce que tu en penses, fiston ?

Manuel leva les sourcils et se figea. Cette fausse familiarité qui ne demandait qu'à s'instaurer le révulsa. S'il ne pouvait pas encore jauger avec justesse le personnage – il n'avait pas eu d'a priori dans les premières secondes – il sentait que là, c'était trop. De toute façon, pour lui comme pour sa mère et son beau-père, il était hors de question pour l'instant de vendre des terrains agricoles, exploités ou pas, au contraire. Il prit une grande inspiration et lança :

— Je crois, articula-t-il fermement, Monsieur Garbani, que l'on vous a mal aiguillé. Ici, vous faites fausse route, nous ne sommes pas vendeurs. Vous devriez voir ailleurs, rien ne vous en empêche.

L'homme comprit qu'il ne fallait pas insister. Il s'excusa poliment et prit congé. Il y eut tout d'un coup dans la pièce comme un gros ouf de soulagement.

Maria Vila se rapprocha de ses fourneaux :

— Tu as eu raison, Manuel. Moi, vraiment, je ne savais plus quoi lui répliquer. J'espère que les Pieds-Noirs ne sont pas tous comme ça !

— Ben, non, évidemment, dit Manuel qui pensait aux Pagès et à Sylvie.

— Celui-là, grommela le père Rocheteau, il faut s'en méfier, c'est un finaud et un lourdaud.

— Ouais, et ça rime, ajouta Manuel en riant. Bon, moi j'ai faim.

*

Garbani faisait partie de la catégorie d'individus qu'aucun échec n'abat. Cela peut constituer parfois un atout dans des situations de conflit mais peut se révéler un grave défaut dès lors qu'aucune analyse n'est faite en profondeur sur la cause même de l'échec.

Il était revenu dans son mas, convaincu qu'il réussirait à atteindre ses objectifs, avec les Vila ou d'autres.

Le lendemain, alors qu'il repartait du Café Catalan en début d'après-midi, après plusieurs tournées d'apéritifs dont deux offertes à Marcelin, il eut l'idée, en descendant le boulevard dans sa 403, de stopper pile devant la maison des Pagès. Il se gara près de ce qui semblait l'entrée d'un magasin et apostropha Jean-Marc Pagès qui s'affairait dans son local en plaçant des étagères contre le mur. Gilles repeignait avec une laque beige un meuble à tiroirs qui pourrait servir de comptoir. Quand le gamin vit la voiture rutilante – Kader l'avait lavée le matin à grande eau savonneuse – il reposa son pinceau et s'approcha, les yeux admiratifs. Il fut bientôt rejoint par les deux hommes qui avaient commencé à parler. Tous trois tournèrent autour du véhicule comme s'il constituait le centre du monde.

Garbani s'était nommé en jouant sur la solidarité obligée entre rapatriés et la conversation s'engagea sur l'Algérie et la vie en France. Plastronnant, pérorant, l'homme raconta qu'il avait des moyens, des projets, des ambitions, « tout, quoi ! ». Il avait le verbe haut et, de temps en temps, donnait une tape sur l'épaule de Jean-Marc comme s'ils avaient été les meilleurs amis de la terre.

Pagès, pour ne pas être en reste mais plus modestement, parla de sa petite famille, de son projet de commerce de fruits et légumes. Il n'était pas dupe de ce genre de compatriotes qui affichaient sans vergogne un comportement machiste et fanfaron. Il n'aimait pas non plus la façon qu'il avait de lui toucher le bras chaque fois qu'il voulait accentuer l'effet d'une phrase. Cependant, parce qu'il n'avait pas encore rencontré beaucoup de rapatriés depuis son arrivée, il jouait le jeu et se laissait aller à une camaraderie de façade. Il s'efforçait même d'être souriant mais son visage se ferma quand son interlocuteur alla jusqu'à évoquer une association dans son projet de commerce. Sa réticence devint tangible.

— Ce n'est qu'une hypothèse, ajouta aussitôt Garbani avec prudence.

— Pour l'instant, rien n'est moins sûr, grommela Jean-Marc.

Pour Garbani, il valait mieux esquiver et changer de sujet. Ayant remarqué la curiosité plus que fébrile de Gilles pour sa 403, il proposa à l'adolescent :

— Si tu veux un jour, je t'emmène faire un tour, fils... à condition bien entendu que tes parents soient d'accord.

À cet instant, Sylvie qui descendait l'escalier passa devant le petit groupe. Dans sa robe légère, elle courait comme un cabri vers la rue, deux livres sous le bras, les cheveux au vent, libre et heureuse.

Garbani reconnut aussitôt la « pin-up » qui semblait hésiter l'autre soir à entrer dans la sardane. Il la suivait des yeux avec avidité quand un jeune homme – n'était-ce pas ce Manuel Vila, justement ? – l'avait entraînée dans le cercle des danseurs et il avait apprécié, dans ses sautillements, le mouvement gracieux des hanches que la musique ondulait.

— Ma fille aînée, fut obligé de concéder Jean-Marc. Sylvie, je te présente un rapatrié comme nous, Monsieur Pietro Garbani qui me dit qu'il a un mas là-haut...

— Bonjour Mademoiselle... vous aussi, si un

jour vous voulez faire une promenade en voiture… ce sera un grand plaisir de vous rendre service.

— Bonjour Monsieur, je vous remercie, répondit Sylvie qui n'appréciait pas du tout la manière dont cet homme l'observait.

Elle n'osait pas lui déclarer qu'il n'était pas son style et que, malgré sa brève expérience, elle avait bien cerné ce genre de type. Des Pietro Garbani, il y en avait plein à Oran. Il fallait clairement marquer ses distances avec cette sorte d'hommes en permanente démonstration frimeuse.

— Je vous prie de m'excuser, je dois aller à la bibliothèque.

Garbani eut envie de lui proposer de l'accompagner en voiture mais il s'en abstint. Il n'avait pas encore déjeuné, Kader l'attendait et devait trouver le temps long… Il se tourna vers Jean-Marc Pagès.

— Moi aussi il faut que je file. Je ne vous dérange pas plus, Jean-Marc. À bientôt.

Chapitre treize
Sur la mer des vignes

Sylvie attendit que le dénommé Garbani – dont elle venait malgré elle de faire la connaissance – eut démarré dans le rugissement appuyé de sa grosse berline. Puis elle se rapprocha de son père figé sur le trottoir. Il tenait l'éponge dans sa main crispée. Sylvie sourit en supposant que, de cette façon détournée, il serrait bel et bien le cou de l'arrogant personnage. Elle avait remarqué ses sourcils froncés et le regard soucieux qu'il avait posé sur Gilles, bouche bée devant l'engin qui s'éloignait sur la route. Bien qu'elle fût pressée de se rendre à la bibliothèque, elle s'attarda un instant. Il importait d'abord de rassurer son père.

— Tu n'as aucune inquiétude à avoir, Papa, lui dit-elle avec conviction. Aie confiance en moi.

— En toi oui, j'ai confiance, bien entendu, avait répondu le père sur un ton grave. Le problème, ce n'est pas toi, c'est ce Garbani. Tu as vu comme il t'a regardée ! Pour des gars comme lui, toutes les filles sont des proies. Tu le sais, je suppose ?

— Oui, Papa, bien sûr. Je connais ces individus et je m'en méfie beaucoup, crois-moi. Je ne me laisserai pas embobiner.

Jean-Marc Pagès tapota avec tendresse la joue de Sylvie en ajoutant d'une voix plus douce :

— Fais attention à toi, ma fille. Allez, va, je ne te retiens plus.

Et, pendant que la jeune fille s'élançait dans la rue en direction du centre ville, il se tourna vers son fils qui retournait à son pot de peinture en soupirant:

— Et toi aussi, Gilles, s'il te plaît, sois prudent avec cet homme. S'il cherche à te parler, trouve un prétexte pour faire court… Tu as compris ?

— Faut rester poli, quand même ! protesta Gilles d'un air rogue.

Et il ajouta entre ses dents :

— Après tout, c'est un rapatrié, comme nous !

*

Sylvie avait pris l'habitude d'aller très souvent à la bibliothèque municipale. Elle s'y rendait aux heures chaudes de l'après-midi, quand la ville sommeillait encore, alanguie dans sa sieste. La salle de lecture, protégée par des murs épais et des persiennes mi-closes, lui offrait sa bienveillante fraîcheur. Et ces quelques heures de pause dans le calme des hautes étagères qui élevaient leur rempart de livres tout autour d'elle lui apportaient une sorte de paix…

Certes dans ce pays éloigné des violences de la guerre, sans menace d'attentat, Sylvie se trouvait enfin en sécurité. Pourtant, elle ressentait la nécessité impérieuse de se créer des repères bien à elle pour construire pas à pas cette période neuve de son existence. C'était en quelque sorte une deuxième naissance que les événements de l'Histoire lui imposaient dans le parcours de sa jeune vie. Il lui fallait creuser ses propres sillons sur ce terrain à défricher.

Mais tout, dans cette ville de Céret, tout ce qui la composait et en constituait la singularité, nécessitait un nouvel apprentissage. Sylvie s'était donc exercée jour après jour à apprivoiser ses rues, ses odeurs et ses bruits. En quelques semaines, elle s'y était tracé ses chemins préférés, suivant le même parcours de trottoirs pavés, bordés par le permanent ruissellement des eaux de la montagne. Ce bruit d'eau vivante lui donnait parfois l'envie fugitive de partir explorer les premiers escarpements boisés aux alentours de la ville… Pour l'instant rien ne pressait, elle aurait le temps, un jour ou l'autre.

Elle tirait son plaisir à reconnaître certains visages, surtout ceux, immuables, des vieux Cérétans usés par l'âge, hommes et femmes tassés sur leur chaise paillée au seuil de leur maison étroite et qui la saluaient d'un hochement de tête. Elle apprenait aussi ce pays à travers les sonorités rocailleuses des bribes de langue catalane qu'elle percevait dans les boutiques ou aux terrasses des cafés, et par-dessus tout à travers la sensualité sucrée des fleurs de lauriers roses débordant par-dessus les haies des jardins qui lui rappelait certains quartiers d'Oran.

Cette renaissance qui s'opérait en elle, Sylvie en était l'actrice volontaire. Et comme cet effort d'intégration où elle déployait chaque jour sa combativité et sa foi en la vie, exigeait toute son énergie, Sylvie, en contrepartie, avait besoin de se sentir en absolue confiance. C'était plutôt paradoxal mais au sein de cette ville bénie de soleil, à l'abri des folies meurtrières des ultimes soubresauts de la guerre d'Algérie, Sylvie n'avait jamais autant ressenti le désir de paix.

Et ce qui lui apportait un vrai réconfort pour l'instant, justement, c'était de se plonger à nouveau avec ferveur dans cette excitation intellectuelle de la lecture qui lui était familière et dont la privation commençait à lui peser. Elle aimait ce rendez-vous dans l'enceinte studieuse de la haute pièce au silence amical, qui n'accueillait en cette saison de vacances, de baignades et de jeux de plein air que de très rares visiteurs.

Tout au bout d'une des trois longues tables en bois ciré qui meublaient la bibliothèque, Sylvie s'installait toujours à la même place éclairée de biais par une fenêtre. À travers les vitres closes, elle reposait de temps en temps ses yeux dans le feuillage vert foncé d'un imposant néflier qui masquait les quelques va-et-vient de l'étroite rue Joseph Parayre. Elle revenait s'asseoir là à chaque visite, marquant sciemment son territoire d'étudiante appliquée. Elle ouvrait les dossiers qu'elle avait apportés de chez elle et se plongeait dans les textes au programme de son examen de propédeutique. Elle savait qu'elle ne trouverait pas mieux que ce lieu tranquille pour préparer son épreuve de septembre.

Julie Ventura, la bibliothécaire, qui déplorait la désertion des abonnés pendant l'été, était ravie de pouvoir compter dans « sa » bibliothèque une lectrice assidue et régulière. Cette quinquagénaire aguerrie, qui après plusieurs aventureuses malheureuses s'était résignée au célibat, avait pris sous sa protection Sylvie qui lui avait raconté ses projets d'études. C'était elle qui lui avait conseillé cette place privilégiée près de la fenêtre.

Sylvie appréciait les connaissances que la fervente Catalane dévoilait avec générosité à la moindre sollicitation. Mademoiselle Ventura connaissait par cœur le fonds de son établissement sur la littérature catalane et elle montra un jour à Sylvie quelques recueils en catalan composés par un poète de Céret toujours vivant, Edmond Brazès. Sa poésie chantait les vignes, les cerisiers en fleurs, la sardane et les belles Catalanes.

— Un style naïf un peu vieillot mais qui touche les Cérétans ! commenta Julie avec fierté.

La bibliothécaire prolixe semblait surtout imbattable sur l'histoire de l'art en Catalogne, domaine où Sylvie ignorait tout et apprit peu à peu beaucoup de choses.

— Il ne me reste plus qu'à partir sur le terrain découvrir ces merveilles par moi-même ! lui avait un jour dit Sylvie. Mais pour le moment, je n'en ai pas le temps. Et de toute façon, sans voiture...

— Vous trouverez bien un gentil Catalan tout prêt à vous accompagner ! avait répondu en riant la malicieuse Julie. Il ne manque pas d'aimables garçons à Céret ! Ne me dites pas que vous n'avez pas encore un chevalier servant ! Ou même deux, allez savoir ...

Sylvie se garda bien de répondre, se contentant d'arborer un sourire énigmatique qui voulait tout dire et surtout montrait qu'elle ne souhaitait rien dire.

*

Sylvie invita un jour Estelle à la rejoindre à la bibliothèque, cherchant à l'encourager à sortir de chez elle et à se remettre à ses bouquins. Mais Estelle lui confia à mi-mots qu'elle ne se sentait pas en état d'étudier pour diverses raisons. Sylvie était sûre qu'Estelle ne souffrait d'aucun problème de santé. L'air déprimé de l'aînée des Bensoussan cachait probablement d'autres soucis dans sa famille. Poser des questions pouvait paraître indiscret et Sylvie n'insista pas. Mais pour dérider son amie et l'inciter à lui faire des confidences, elle plaisanta, sur le ton de la taquinerie affectueuse :

— Et ton libraire, Dominique Fillol, toujours aussi charmant ?

Estelle sursauta, rougit et s'exclama avec une ironie grinçante :

— Oh, sur ce plan comme sur d'autres, j'ai l'impression que c'est plutôt mal parti !

Sylvie se demanda ce que cachait cette réponse véhémente. Son amie se refermait et n'avait pas l'intention d'aller plus loin.

*

Vers la fin juillet, un dimanche après-midi, Manuel arrêta sa 2 CV verte devant la porte des Pagès. Il l'avait nettoyée à grande eau pour l'occasion. Les sièges étaient brossés, les vitres sans un brin de poussière et les tapis de sol flambant neufs. La veille au soir, le jeune homme était passé en coup de vent chez les Pagès et avait demandé à Sylvie si elle était toujours partante pour une balade autour de Céret. Le sourire de la jeune fille et ses yeux qui pétillèrent auraient suffi à exprimer le plaisir que lui procurait cette proposition.

Le regard admiratif et respectueux que Manuel posait sur elle flattait Sylvie mais elle était ravie, tout autant, de s'échapper de l'enceinte de la ville qu'elle n'avait quittée depuis leur arrivée que pour se rendre en car à la fac de Perpignan. Elle ne se rendait pas compte que son regard à elle sur le fringant Cérétan disait aussi combien elle était fière de sortir avec ce beau jeune homme. À vrai dire ses parents n'avaient pas manqué, eux, de s'en apercevoir…

— Oh le beau carrosse ! lança Sylvie, en s'enfonçant dans le siège curieusement suspendu de ce modèle de voiture où elle montait pour la première fois. On se croirait dans un hamac !

Manuel aurait aimé lui faire une bise ou au moins serrer sa main une seconde dans la sienne. Au lieu de cela, paralysé par la joie de sentir Sylvie à quelques centimètres de lui, il se contenta d'un éclat de rire qui masqua son émotion.

— Alors, à défaut de tapis volant, bienvenue dans mon hamac ambulant !

— D'accord ! Et où nous emmène-t-il ? demanda Sylvie en élevant la voix pour se faire entendre par-dessus les pétarades du moteur.

— Je t'emmène dans mon royaume ! répondit Manuel en insistant sur le « je ». À quelques kilomètres d'ici, à l'ermitage de Saint-Ferréol, et sur notre vigne.

— Alors tu es le prince de Saint-Ferréol !

— Si tu veux… mais je suis surtout un manant qui travaille sa terre !

Ils plaisantèrent un instant sur ce sujet puis Sylvie se laissa vite absorber par la beauté luxuriante du paysage.

Ils avaient roulé sur le vénérable Pont du Diable, ils avaient quitté la route droite de Perpignan pour bifurquer à gauche vers les lacets agrippés à la colline escarpée qui dominait Céret. Ils avaient longé des vignes qui recouvraient de leurs rangs folâtres les flancs de la montagne, des amandiers ployant sur les bords de la route leurs branches chargées de coques oblongues, des chênes lièges aux troncs écorchés. Au détour d'un virage, ils avaient tourné le dos à Céret, changeant soudain de versant pour se trouver face à la plaine dominée par les Albères et qui s'étendait, au loin jusqu'à la mer. Ils venaient de se faufiler dans un étroit chemin au bitume mangé par les herbes sèches.

— Nous voilà arrivés, dit Manuel en garant son auto brinquebalante sur le bas côté du chemin, à l'ombre d'un énorme olivier dont les branches tordues abritaient une myriade de cigales.

Sylvie posa les yeux sur le profil de Manuel qui sentit la force délicieuse de ce regard braqué sur son visage.

Il fit le tour de la voiture pour ouvrir la portière de Sylvie et dans un large geste théâtral :

— Nous sommes sur la colline de Saint-Ferréol, s'exclama-t-il. En face, tu as l'ermitage. Et ici, la vigne des Vila, ajouta-t-il en désignant un grand terrain en contrebas.

Sylvie descendit en silence et se campa au milieu du chemin. Manuel resta en retrait, contemplant l'image gracieuse de cette jeune femme en robe claire qui se découpait en gros plan devant un paysage qu'il connaissait par cœur et lui conférait brusquement une identité nouvelle, une valeur inconnue et exaltante.

— On dirait un dessin d'enfant ! s'écria Sylvie. Que c'est joli, ce clocher blanc sur ce ciel bleu... Et ces vignes qui montent à l'assaut de la colline ! Et cette montagne au loin ! Et la mer là-bas, qu'on devine à l'horizon d'un trait blanc ! C'est magnifique, cet endroit !

Presque embarrassé par un tel enthousiasme, Manuel, la voix enrouée par l'émoi que soulevait en lui l'emballement de Sylvie, précisa plus sobrement :

— Surtout un jour comme aujourd'hui... Hier, la tramontane a soufflé toute la journée. Elle a chassé les nuages et lavé le ciel... Toutes les couleurs sont plus pures et plus franches... en effet, tu as raison, comme dans un dessin d'enfant.

... Ils avancèrent à pas lents jusqu'à l'ermitage où quelques touristes flânaient, appareil photo en bandoulière. Ils firent le tour du vieux bâtiment délabré par endroits et contemplèrent en silence le paysage immense déployé devant eux comme un océan de vignes avec ses sombres vagues houleuses et les moutonnements clairs des cimes de chênes verts. Ils pénétrèrent un instant à l'intérieur de la chapelle et Sylvie s'arrêta devant un mur couvert d'exvotos naïfs, noircis par la fumée des cierges et qui adressaient des mots de remerciements fervents à Saint-Ferréol pour des vies miraculeusement sauvées.

Alors qu'ils revenaient vers la vigne des Vila, Sylvie raconta à Manuel intimidé tout ce qu'elle avait appris des paysages et des monuments du Roussillon à travers les livres et ses récentes conversations avec Julie Ventura. Et en l'écoutant, Manuel se rendait compte, pour la première fois de sa vie avec autant d'acuité, à quel point ce pays catalan où il était né lui était cher. Et aussi combien il aimait que Sylvie fût heureuse de le découvrir. Cela lui rendait la jeune fille encore plus attirante et son pays encore plus beau.

— Je connais bien tous ces endroits dont tu parles, dit-il et si tu veux, je te les ferai visiter. J'ai l'impression qu'avec toi, je les verrai d'une autre manière…

Sylvie ne répondit pas directement à cette invite mais :

— Tu n'as jamais quitté ta région ? demanda-t-elle, une nuance de vive curiosité dans la voix.

Ils étaient revenus près de la 2CV et Manuel, avant de répondre, proposa à Sylvie de s'avancer sur la propriété des Vila. Ils marchèrent sur un étroit chemin serpentant entre les ceps, ombragé de-ci de-là par de vigoureux cerisiers. La vigne n'était pas plus clôturée que les autres tout autour et seules la délimitaient des haies sauvages de ronces couvertes de mûres et des touffes d'aneths qui déployaient sous le soleil ardent leur puissant parfum anisé.

Ils s'assirent sur un banc de pierre devant la cabane rustique, face à l'ermitage et sa somptueuse couronne de vignes et tout en grignotant les mûres qu'ils avaient cueillies en chemin, ils continuèrent leur conversation et lui donnèrent peu à peu une tonalité plus grave.

— Non, en effet, je n'ai pas ou pratiquement pas voyagé. À part une virée en Charente dans la famille de mon beau-père, je ne connais que les Pyrénées-Orientales. J'ai failli partir en Algérie pour mon service militaire, mais finalement, j'ai été exempté pour soutien de famille…

Et il raconta sur un ton où vibrait encore la révolte, que son meilleur ami d'école, José Pia, était mort dans cette guerre d'Algérie, un guet-apens dans les montagnes de Kabylie.

— Alors, tu ne m'en voudras pas, avoua-t-il avec un sourire triste, si j'ai plutôt une vision négative de ce pays d'où tu viens… Mais en fait, je ne sais rien de l'Algérie et pas grand-chose de tous ces événements.

— Les derniers mois ont été très durs et violents, commenta simplement Sylvie qui ne souhaitait pas, dans cet endroit paradisiaque, faire émerger les pires souvenirs de sa région natale.

Manuel, silencieux, l'observait et elle devinait qu'il attendait quelque chose de plus. Alors elle ajouta, la gorge serrée :

— En permanence on avait peur des attentats. Mes parents n'étaient soulagés que le soir lorsque leurs trois enfants étaient de retour à la maison. Et le lendemain matin, l'angoisse reprenait.

L'émotion contenue de Sylvie était si audible dans le tremblement de sa voix que Manuel en eut les larmes aux yeux. Alors, dans un geste spontané de consolation et de protection, il entoura les épaules de la jeune fille, tourna son visage vers lui et posa sur ses lèvres un baiser très léger.

Sylvie laissa faire ce geste et tandis que le cœur de Manuel chavirait de bonheur, elle se blottit contre le buste solide du garçon. Elle se sentait tout à coup parfaitement détendue et sereine. La paix qu'elle recherchait depuis tant de jours, il lui sembla qu'elle venait enfin de vraiment la rencontrer. Elle redressa la tête, s'écarta une seconde du visage de Manuel et dans l'éclair d'un lumineux sourire, lui fit don d'un long, tendre et profond baiser.

Les minutes qui suivirent furent pour les deux jeunes gens une éternité. Ils laissèrent un silence presque religieux les envelopper. Manuel n'osait plus bouger. Il attendait que Sylvie décidât de la suite… Et il perçut que Sylvie était heureuse ainsi, qu'elle ne désirait à ce moment rien d'autre que de prolonger cette douceur dans l'après-midi qui se finissait en rougissant le ciel… Les premiers gestes du langage amoureux ont leur lenteur qu'il est voluptueux de faire durer. Il accepta ce que Sylvie lui disait dans son calme silencieux : elle voulait ne rien brusquer entre eux deux. Alors ils se sourirent et continuèrent à se confier l'un à l'autre.

Ils comprenaient que leurs paroles n'étaient pas frivoles, et que chacune de leurs phrases était porteuse d'un sens plus riche que ce que les mots énonçaient. Elle était l'aveu, conscient et accepté, que quelque chose de puissant était en train de les entraîner l'un vers l'autre.

Chapitre quatorze
Confidences et confitures

La canicule avait pris possession de la ville. Pour les Catalans, les touristes et les nouveaux arrivants, il faisait vraiment très chaud. Pour les rapatriés, l'été à Céret, dans les maisons, sur les routes ou les collines, c'était la même fournaise qu'en Algérie, à une nuance près, le vent. De temps en temps, la langue brûlante du climat roussillonnais s'apaisait un jour ou deux, juste après le passage de la tramontane qui seule parvenait à casser les pics de chaleur parfois orageuse. C'était au prix de vigoureuses rafales qui faisaient plier les arbres comme les êtres, tourbillonner les robes comme les esprits. Mais très vite elle s'envolait ailleurs, le soleil reprenait son travail d'enfer et la température ses hauteurs accablantes. Sylvie, à l'instar de tous les membres de sa famille, affrontait ce vent terrible qui dévalait du nord vers le sud en claquant les volets pendant des heures et asséchait la terre.

Manuel avait répété à Sylvie qui lui faisait part à propos de la tramontane de son étonnement devant la netteté du ciel après son passage :

— Ici, la tramontane, c'est la plus puissante des machines à laver, tu lui donnes un paysage et elle te l'essore pour le rendre propre comme un sou neuf.

Trente deux, trente quatre degrés à l'ombre n'effrayaient pas la famille Pagès et chacun à sa manière avait sa méthode pour apprivoiser l'étuve que devenait leur maison de l'avenue Déodat de Séverac dont seul le rez-de-chaussée avait la chance de bénéficier d'une relative fraîcheur. Par bonheur, la douche du premier étage fonctionnait très bien.

Plus dures étaient les nuits quand à peine une poignée de degrés avait daigné disparaître et qu'aucun souffle d'air ne réussissait à traverser les pièces étouffantes. Sylvie et Solange qui dormaient au dernier étage, transpiraient dans leur chambrette exiguë où leurs deux lits se trouvaient côte à côte. Il arrivait à Sylvie de se réveiller au milieu de la nuit en pleine obscurité, la chemise trempée de sueur. Alors elle se levait avec précaution et sur la pointe de ses pieds nus qu'elle posait sur les tommettes, elle montait les quelques marches qui conduisaient à la terrasse. Elle restait d'épaisses minutes, dans le silence oppressant de Céret endormi, à écouter son cœur dont les battements se mêlaient au tempo lancinant de la musique de sardane enfouie dans sa tête. Elle mettait parfois une heure à retrouver son calme et se tenant debout dans l'angle de la balustrade comme sur un bateau, elle posait son regard à deux cents mètres de là vers l'immense platane qui marquait le début de la rue Fontaine d'Amour. Sylvie songeait à Manuel.

Il lui fallut du temps pour comprendre ce qui se passait entre elle et Manuel. Ce qu'elle avait ressenti dans ses béguins de jadis n'avait rien de commun avec ce qu'elle distinguait en elle depuis leur sortie à l'ermitage de Saint-Ferréol. Un ample faisceau de sentiments inédits s'était emparé d'elle, la révolutionnait et la désorientait.

D'abord, il y avait tout ce qu'elle devinait chez ce jeune Catalan qui la couvait des yeux et lui disait tant de choses en parlant si peu. Sa force paisible mâtinée de douceur et le ravissement qui émanait de ses baisers passionnés laissaient supposer un torrent de sensualité cachée derrière l'adoration dont elle se sentait l'objet.

Et puis, elle s'étonnait d'inspirer une telle dévotion mais très vite elle réagissait en s'apostrophant :

— Et quoi ? Suis-je une femme ordinaire ? Non, non, non.

Certes elle se savait jolie, capable d'attirer l'attention émoustillée des hommes mais ce qu'elle percevait dans le regard que Manuel lui adressait était tout autre chose. Il y avait dans le noir de ses yeux une sorte de profondeur, un lac de timidité et de prudente réserve. C'était comme s'il s'empêchait en permanence de faire émerger le violent bouillonnement qui le traversait. Au fond d'elle-même, elle en était plus que flattée. Honorée par ces hommages muets, elle se découvrait inspirant soudain à quelqu'un une incandescence qui enflammait son propre corps. Tout d'un coup, elle se sentait plus vivante.

Il est vrai que s'apercevoir que l'on compte pour quelqu'un apporte un supplément d'âme et rend la vibration de l'existence plus intense. Cette sorte de distinction qui vous échoit est un cadeau inestimable que la vie vous accorde. Permettrait-il à Sylvie d'oublier les récentes heures noires?

— Mais pourquoi si vite, si tôt ?

Elle avait l'impression que cela survenait trop rapidement. Elle n'habitait Céret que depuis à peine plus d'un mois. Et dans ses préoccupations et ses objectifs, une liaison amoureuse ne figurait pas. Mais prévoit-on les aléas de la destinée ? Aider ses parents, son frère et sa sœur à s'acclimater à ce bouleversement, aider son grand-père Hugo à dépasser son chagrin d'homme exilé, ayant dû laisser la dépouille de sa compagne dans un cimetière dans lequel il était sûr de ne jamais remettre les pieds. Préparer son examen de propédeutique Lettres et dégoter, si possible, un poste de surveillante dans un lycée de la région... Telles étaient ses vraies priorités et voici que Manuel, par sa seule rencontre, sa présence et ses gestes, à la fois simples et directs mais qu'elle devinait empreints de respect et d'admiration, bousculait tout cela.

En outre, quand elle y pensait, un point l'intriguait dans son attirance vers lui : elle n'arrivait pas à savoir exactement ce qui la faisait s'émouvoir pour ce garçon si peu semblable à elle. De flagrantes différences de culture et de centres d'intérêt apparaissaient entre eux au détour de leurs conversations et jetaient un trouble dans son esprit.

Alors elle décida de prendre son temps, de ne rien précipiter et de savourer les heures qu'ils pouvaient partager chaque fois que Manuel réussissait à se libérer et venait l'embrasser. Dans la bouche de Sylvie, c'était comme un bonbon qui ne fondait jamais. Et pour l'instant, le principal résidait là, dans cette saveur acidulée.

*

Un matin, elle se retrouva dans la cuisine à éplucher d'énormes pêches avec sa mère qui les avait achetées à Maria Vila. Comme le projet de commerce des Pagès avançait, encouragé d'ailleurs par Manuel qui venait leur prodiguer des conseils avisés, Juliette s'était lancée dans la confection de confitures artisanales. Les derniers abricots de la saison y étaient passés et, cuits et recuits, ils reposaient dans des bocaux sur les étagères de la future boutique. Depuis quelques jours, de plantureux pamplemousses avaient eu l'honneur de les rejoindre, confits dans un sirop compact et dense comme de l'or liquide.

Là, il s'agissait de très belles pêches qui au moment de leur cueillette avaient été heurtées et ne pouvaient se vendre telles quelles à la Coopérative qui exigeait des fruits irréprochables. Juliette les avait obtenues de Maria pour un prix très compétitif. Les deux femmes, malgré leur différence d'âge, avaient apparemment sympathisé au cours d'un apéritif organisé par Manuel dans leur propriété, un dimanche soir. Le grand-père Hugo s'était montré moins taciturne en compagnie de Rocheteau. Jean-Marc avait admiré les jardins vergers et potagers luxuriants de la famille Vila.

Ce matin-là, Sylvie et Juliette étaient installées autour de la table encombrée de bassines de tailles variées. Elles appréciaient ce moment tranquille. Solange partie jouer chez Mado Mas, la petite voisine. Jean-Marc et Gilles à Argelès. Ayant cédé aux instances de Gilles, son père avait promis de l'emmener prendre son premier bain de mer de l'été. Ils inauguraient ainsi la Renault 4 fourgonnette à peine d'occasion que Jean-Marc avait achetée chez le garagiste de Céret. Le grand-père s'en était allé à pied par les chemins qui gravissaient vers les vignes après le Pont du diable. Une habitude qu'il avait entamée depuis peu et qui lui rendait un semblant de goût à la vie.

Les deux femmes étaient ravies de se retrouver seules et de s'entraider. Sylvie, contente de voir sa mère heureuse, profita de cette douce quiétude matinale pour lui parler de Manuel. Jusqu'à présent, dans son existence de jeune fille, elle ne lui avait rien caché de ses juvéniles aventures, et même sa fugace relation avec Francis avait fait l'objet d'une confidence.

Juliette l'écouta et promit le secret, en dehors de Jean-Marc à qui elle ne pouvait rien cacher, et lui donna un satisfecit assorti de quelques recommandations.

Les parents de Sylvie avaient l'esprit large et faisaient confiance à leur fille. Savoir Sylvie courtisée par Manuel ne pouvait pas leur déplaire. Ils trouvaient le jeune homme sérieux et ils sentaient qu'ils pouvaient compter sur lui.

Et même si cela ne se résumait qu'à une amourette de vacances, avait expliqué Juliette à Jean-Marc qui restait plus circonspect sur l'avenir de ce flirt, leur fille aînée avait besoin de décompresser et de laisser loin derrière elle « les événements » qui les avaient frappés. Comme tous les Pieds-Noirs rapatriés, il lui fallait rejeter dans le passé ce drame qui les avaient marqués dans leur âme et parfois dans leur chair. Se laisser bercer et envahir par un sentiment d'affection amoureuse pourrait aider Sylvie à s'éloigner du cauchemar des derniers mois en Algérie. Même si l'on sait que l'on ne chasse pas, comme d'un revers de main une mouche, des souvenirs brûlants, il faut néanmoins s'y employer pour aider le temps à agir tel un baume sur une plaie. Sylvie avait vécu cette atmosphère d'attentats, de manifestations comme la plupart des étudiantes de son âge et bien qu'elle n'eût aucun engagement particulier dans le conflit, la toile de fond que représentait la guerre d'Algérie l'avait, elle aussi, imprégnée de ses teintes meurtrières.

Mais Juliette pensait à tout autre chose quand elle lui demanda :

— Ma chérie, tu seras prudente avec ce garçon, au moins ? Tu comprends de quoi je parle, hein, ma fille, ne t'ajoute pas un problème de ce genre. Épargne-nous cette épreuve, si tu peux. Je te dis ça mais en fait, je sais aussi qu'il faut vivre avec son temps et qu'il existe des méthodes de protection.

— Rassure-toi, Maman, je n'ai pas l'intention d'aller aussi loin. Pour l'instant, me promener avec lui, parler ensemble, enfin, je veux dire, nous découvrir petit à petit, me suffit. Je me sens en sécurité avec Manuel et c'est ça qui compte.

— De toute façon, fais comme tu l'entends, tu es assez grande pour décider quand tu auras trouvé ton prince charmant, dit Juliette, remuée.

Elle lança à sa fille un clin d'œil complice qui voulait dissimuler sa maternelle préoccupation.

— Je te promets que tu seras la première prévenue, ajouta Sylvie en se levant pour embrasser sa mère.

*

Manuel, après un dîner et une douche rapides, laissait sa mère et son beau-père sous le figuier. Il passait le soir chez les Pagès vers huit heures et demandait à Jean-Marc la permission d'emmener Sylvie faire une promenade. Par ces chauds et longs soirs d'été, ils apprenaient à se connaître doucement en cheminant main dans la main. Ils remontaient vers le centre de la ville et marchaient le long des rues. Petit à petit, ils s'éloignaient de l'agitation urbaine et empruntaient des voies discrètes qui grimpaient sur la montagne. Le soir baissait et l'on sentait poindre la moiteur de la terre et sourdre les bruits amoindris. Alors leurs corps se rapprochaient. Manuel serrait Sylvie contre lui et caressait sa taille, puis leurs visages se tendaient l'un vers l'autre. Leurs lèvres se joignaient et leurs baisers les embarquaient sur une île de griserie où rien du monde extérieur ne venait les atteindre.

Dans plusieurs quartiers de Céret, le soir, s'improvisaient des sardanes, pas toujours avec une cobla. Parfois, à l'initiative d'un habitant, un tourne-disque nasillard, pendant une heure ou deux, venait égrener pour les Cérétans comme pour les vacanciers, des musiques catalanes et des groupes de danseurs prenaient le temps de créer une ronde dans laquelle, à présent, Sylvie se sentait le plein droit d'entrer. Ce fut le cas sur la placette de la Fontaine d'Amour où Sylvie et Manuel se retrouvèrent à deux occasions. Parents et enfants étaient venus s'asseoir sur les bancs de pierre chaude et regardaient la danse. Solange et Gilles découvrirent aussi cette musique qui fascinait leur grande sœur et qu'elle enregistrait parfois sur le magnétophone à bandes que son père lui avait prêté.

*

Et puis survint le quinze août où chaque année une grande fête de liesse populaire s'emparait de la ville jusqu'au lendemain. Plusieurs orchestres réputés, dressés sur les avenues, entraînaient les danseurs et toute la cité vibrait au son de la sardane. Sylvie avait convaincu Estelle Bensoussan de la rejoindre vers neuf heures du soir. Son amie, qui avait eu du mal à obtenir de ses père et mère l'autorisation de sortir en soirée, n'avait pas ressenti la même attirance que Sylvie pour la musique catalane. Bien que présente à Céret depuis plus longtemps, la jeune fille s'était peu intéressée aux distractions locales. Il faut dire qu'elle demeurait coincée dans le cadre étroit de la famille. Son père restait un homme d'autorité avec une conception très rigoureuse du rôle des filles à la maison. Sa mère, méditerranéenne habituée à cette culture du monde juif sépharade, élevait ses garçons en leur accordant tout et rien et s'appuyait sur sa fille en lui confiant de nombreuses tâches qui ne dégageaient que des bribes de loisirs. Mais la caution morale que Sylvie Pagès représentait aux yeux de Jacky et Arlette Bensoussan leur fit accepter que leur fille s'en allât danser exceptionnellement ce soir-là à condition expresse de rentrer avant minuit.

Estelle espérait, sans trop y croire, croiser le chemin de Dominique Fillol, le seul Catalan qui avait grâce à ses yeux. Devant le Café Catalan, évoluaient plusieurs cercles de danseurs et danseuses où se mêlaient autochtones chevronnés et touristes débutants. Elle aperçut Sylvie dans une robe virevoltante qui s'arrêtait bien au-dessus des genoux. Son amie lui présenta Manuel qui, lui, portait un pantalon de toile bleue marine et une chemise de coton blanc à col ouvert. Mais une sardane commençait. Les deux jeunes gens voulurent aussitôt intégrer la ronde qui se formait. Estelle, songeuse, les regarda s'éloigner.

Alors elle déambula, seule, dans la foule étalée aux terrasses des cafés, respirant un étrange air de liberté. Plus haut, vers la salle Saint-Pierre, un autre orchestre, d'autres rondes. Elle s'approcha et vit enfin Dominique au sein d'un cercle de danseurs. Il était dans son élégance accoutumée, grand, mince et distingué, une veste légère avec un mouchoir brodé dans la poche supérieure, de fines chaussures vernies. Son air concentré, la façon délicate et ferme avec laquelle il serrait les mains des deux femmes qui l'encadraient, sa manière aérienne de marquer les pas, tout chez Dominique parut à Estelle un enchantement. Elle resta immobile, spectatrice attentive et émue, à écouter cet air mélancolique et gai qui seyait si bien à son humeur. Sous le platane où elle était, elle contemplait Dominique qui, lui, ne semblait voir personne.

— Mon Dieu, se dit-elle, comme il est beau !

Quand le morceau prit fin, n'osant pas l'aborder, elle tourna vite le dos et redescendit vers le centre ville pour cette fois-ci regarder danser Sylvie devant une autre cobla. Elle fut surprise de l'aisance avec laquelle la blonde Sylvie marquait les temps courts et longs et semblait partager l'atmosphère à la fois grave et gaie que créait la musique.

L'orchestre s'arrêta et annonça une pause. Les participants se dispersèrent. Manuel s'attarda avec quelques connaissances à qui il avait présenté Sylvie. Celle-ci préféra retrouver son amie Estelle assise sagement devant un verre de limonade. Sylvie souffla, s'éventa de la main et prit une chaise. Elle sentait dans le regard intrigué d'Estelle une interrogation muette.

— Je crois que tu ne le connaissais pas, dit-elle en lui montrant Manuel qui bavardait toujours à quelques pas de là. C'est le jeune maraîcher qui aide mes parents à monter leur magasin de fruits et légumes, un véritable enfant du pays. En plus, Manuel cultive de magnifiques cerisiers là haut sur la colline... et il est aussi viticulteur. Je n'avais pas eu l'occasion de te dire que nous sortions ensemble.

— Qu'importe ce qu'il fait, Sylvie, du moment qu'il te plaît. Toi, au moins, tu as le droit de te promener avec le garçon que tu veux. Tu ne sais pas quelle veine tu as...

— Si, si, je sais.

Il y avait dans le ton d'Estelle un lourd regret mêlé d'envie. Et aussi une curiosité pointait, un besoin d'en apprendre davantage. Sylvie la plaignait avec sincérité devinant tout ce qui la rendait amère. Elle n'ignorait pas l'espèce de carcan dans lequel son amie se sentait prisonnière et qui s'appelait famille et religion. Oui, elle avait de la chance d'avoir des parents ouverts qui lui faisaient confiance. Et surtout elle avait la chance d'avoir rencontré quelqu'un comme Manuel dont la gentillesse effarouchée et pudique la comblait pour l'instant.

Elle passa son bras sous celui de sa camarade et elles se mirent à parler dans le brouhaha général. Estelle s'épancha et lui raconta combien les traditions qui étaient la seule règle dans sa famille bloquaient tous ses rêves. Sylvie, pour ne pas être en reste, lui confia son allégresse du moment qui avait, elle l'avouait, un goût sauvage et lui parla du vent nouveau qui lui donnait des ailes mais dont elle se demandait néanmoins s'il engendrerait calme plat ou tempête.

Chapitre quinze
Au Jardin des lettres

Jean-Marc Pagès était un homme organisé et méthodique. Tout au long de sa vie de commerçant, à Oran, il avait appliqué les principes d'une comptabilité rigoureuse. Il s'en portait mieux, prétendait-il. Et cette régularité inaltérable dans la conduite de ses affaires avait en effet en partie préservé son équilibre moral pendant les événements d'Algérie. En tous les cas sa gestion prudente et avisée avait contribué à protéger les économies de la famille et l'autorisait à lancer une nouvelle activité commerciale sans trop d'inquiétude du moins au plan des finances. Mais, affirmait-il, il fallait continuer plus que jamais à rester vigilant car au fond, ni lui ni son épouse ne s'y connaissaient en vente de fruits et légumes et leur projet constituait une sorte d'aventure. Si Jean-Marc ne dédaignait pas de se lancer des défis, il aimait encore plus sauvegarder sa sécurité et celle des siens.

Fidèle à sa ponctualité, il tenait à payer le loyer de leur maison à l'échéance prévue et sans retard.

Ce jour-là, un lundi matin de bonne heure, il confia un chèque à Sylvie :

— Je le mets sous enveloppe, précisa-t-il en écrivant dessus le nom de leur propriétaire. Et j'aimerais que tu le portes sans tarder à Madame Fillol. Tu la trouveras sans doute dans son magasin.

— Sans tarder… tu veux dire « tout de suite » ? demanda Sylvie avec malice.

— Oui, ma fille, oui, évidemment ! grommela le père. Ne me dis pas que tu es trop occupée pour te charger de me rendre ce petit service !

Sans attendre de réponse, il s'était replongé dans le cahier où il tenait ses comptes de banque. Et il ajouta, plus pour lui-même que pour convaincre Sylvie :

— Dis, tu vois bien que je suis débordé !

*

Un violent orage s'était abattu la veille au soir et jusqu'au petit matin sur Céret et sur les montagnes alentour. Un de ces orages dont la fin du mois d'août a le secret. Sylvie avait dû calmer Solange qui poussait des petits gémissements dans son demi-sommeil bousculé. D'ailleurs les deux sœurs, pas plus la grande que la petite, n'étaient vraiment rassurées. C'était leur première expérience de pluie torrentielle sur les Pyrénées et les lueurs bleuâtres des éclairs, suivies des terribles cymbales du tonnerre qui bombardaient la ville, faisaient remonter en elles la peur encore trop fraîche des explosions de grenade ou de bombe dans le silence menacé des rues d'Oran. De cette nuit maussade Sylvie s'était réveillée avec le soulagement qu'on ressent d'ordinaire quand on sort d'un cauchemar trop vague pour être racontable mais trop poignant pour vous laisser tout à fait indemne.

La mission toute simple que lui confiait son père lui convenait à merveille. Ravie de s'aérer et de repousser ses révisions à plus tard, elle émergea dans la rue d'un pas vif en secouant son impertinente chevelure mordorée.

Tout en grimpant lestement vers les boulevards du centre-ville, elle s'émerveillait de découvrir cette atmosphère de lendemain d'orage. Une tranquille tiédeur commençait à réchauffer les toits et les murs encore humides. Le ciel d'un bleu pur caressait les hauteurs des monts verdoyants sur lesquels les vieilles maisons brunes de Céret s'adossaient en toute confiance. Derrière les grilles en fer forgé des jardins et des courettes, les tiges souples des lauriers roses, alourdies par la pluie, laissaient couler sur le sol trempé de longs colliers de gouttes qui brillaient au soleil triomphant. Ce spectacle détendit Sylvie. Elle se mit à penser, une fois de plus, que cette ville lui faisait du bien et qu'elle s'y sentait revivre. Bien sûr Manuel y était pour beaucoup.

Elle fit attention où elle posait les pieds, le trottoir irrégulier étant creusé de vastes flaques. Il était bientôt neuf heures et demie, pourtant la rue Saint-Ferréol commençait à peine à s'animer, comme si les habitants avaient attendu, pour s'aventurer dehors, d'être sûrs de ne pas se faire arroser par un quelconque regain d'averse.

Il ne fallut que quelques minutes à Sylvie pour arriver, à l'angle du boulevard du Maréchal Joffre et du boulevard Jean-Jaurès, devant le magasin Aux Tissus Catalans. Mais la boutique de Joséphine Fillol était fermée et Sylvie vérifia sur une pancarte accrochée à la porte d'entrée que le lundi, à compter de la fin août, l'heure d'ouverture n'était qu'à quatorze heures.

En face, vers la gauche, jouxtant la mairie, la librairie du fils de la propriétaire avait, elle, sa porte grande ouverte et devant, sur le large trottoir encore mouillé, deux vastes bacs de livres d'occasion s'offraient aux mains curieuses des premiers badauds. Sylvie n'hésita pas et décida de remettre au fils Fillol le chèque destiné à sa mère. Elle traversa la chaussée.

Éclairée par des spots très modernes qui contrastaient avec les boiseries anciennes de la devanture, la vitrine débordait d'ouvrages serrés les uns contre les autres sur plusieurs rangs, présentant comme au garde à vous leurs couvertures rutilantes... De loin toutes ces taches bariolées composaient une sorte de grand tableau cubiste et Sylvie trouva très attirante cette librairie où elle n'allait pénétrer que pour la deuxième fois. Elle se souvenait de sa première visite avec Estelle. Un sourire lui vint en pensant au béguin de son amie pour l'élégant libraire. Sylvie l'avait trouvé charmant, elle aussi, ce Dominique Fillol dont elle se rappelait les regards appuyés. Elle se surprit, en entrant dans le magasin, à sentir que son cœur battait trop vite.

Le jeune homme était occupé avec un couple de touristes anglais devant un rayonnage de cartes routières. Une femme en bermuda rouge attendait à la caisse, une carte postale dans la main, quelques pièces de monnaie posées sur le comptoir. Au fond de la boutique, dans ce qui semblait être le coin des livres pour enfants, une jeune maman, encombrée d'une poussette où dormait un bébé, était absorbée dans la lecture d'albums qui lui laissaient échapper des petits gloussements de rire, lui donnant l'air d'une petite fille qui aurait trop vite grandi. D'autres clients pénétrèrent dans le magasin juste derrière Sylvie... Face à cette affluence qui la surprit à cette heure matinale, Sylvie faillit se raviser et ressortir. Mais elle avait une tâche à remplir, le chèque à remettre de la part de son père. Elle prit son parti de patienter. De toute façon, quand on aime les livres, il y a pire situation que de flâner dans une librairie... C'est donc avec plaisir qu'elle se dirigea vers le rayon des livres d'art et se mit à regarder les ouvrages sur les églises du Roussillon.

Julie Ventura l'avait récemment initiée à cet aspect des richesses du patrimoine catalan, lui démontrant avec son enthousiasme coutumier que l'art roman dominait en Roussillon mais n'était pas le seul et que la Catalogne pouvait aussi se flatter de posséder quelques-uns des plus spectaculaires retables baroques de toute la France.

Tout en faisant courir un doigt sur le dos des volumes à la recherche d'un titre évocateur, Sylvie observait autour d'elle cette librairie foisonnant de richesses, à la fois rationnellement agencée et en même temps trahissant çà et là un certain désordre, un amoncellement de livres en attente de classement. Cette fantaisie nonchalante dévoilait-elle le tempérament de Dominique Fillol ?

Sylvie, sans lever la tête, lançait de furtifs coups d'œil au libraire qui officiait d'un air calme, parfaitement détendu dans son élément. Certes elle guettait le moment où il serait disponible mais elle s'avouait que ce trentenaire – il lui semblait qu'il devait avoir cet âge, à peu de choses près – excitait sa curiosité.

Comme beaucoup de jeunes femmes, Sylvie possédait l'art d'observer les garçons en faisant semblant de ne pas s'y intéresser. Ce qu'elle ignorait peut-être, c'est que les hommes en font autant avec les filles. Dès l'entrée de Sylvie Pagès dans le magasin, Dominique l'avait repérée et n'avait pas bronché. Il ne la perdait pas de vue tout en continuant, imperturbable, à s'occuper de ses clients. Quelque chose lui disait qu'elle n'était pas venue pour acheter un bouquin. Alors… quoi ? Tout en lançant un superbe « See you later ! » au couple britannique qui repartait avec ses emplettes, tout en encaissant la carte postale de la touriste en short vermillon et en s'enquérant auprès de la maman si elle avait besoin de son aide … « Non, pas pour l'instant, je vous ferai signe, merci » … Dominique sentait une délicieuse excitation émoustiller son esprit et agrémenter sa laborieuse matinée : que pouvait bien lui vouloir la jolie Sylvie Pagès ? Il prenait plaisir à faire durer sa propre attente et, voyant la jeune fille plongée dans un livre d'art, n'hésita pas à servir les deux clients qui étaient entrés pourtant après elle.

Puis il y eut enfin une pause. La jeune mère et son bébé étaient partis, la boutique retrouvait son calme, à peine nuancé par le son d'une musique de jazz, en sourdine, qui sortait de deux hauts parleurs. Dominique s'approcha.

— Vous vous intéressez à l'art religieux, Sylvie ?

Sylvie sursauta et planta ses grands yeux bleus dans le regard gentiment narquois du libraire. Il se tenait trop près d'elle et elle recula, posant sur une table le livre encore ouvert. Elle n'avait pas remarqué que Dominique Fillol était si grand et elle fut gênée de devoir lever le cou pour lui répondre :

— Pas seulement à l'art religieux, Dominique, répondit-elle, prise de court. J'aime toutes les formes d'art. D'ailleurs j'aime tout ce qui est beau !

ajouta-t-elle avec un emportement mal contrôlé.

Et elle se tut, soudain gênée par ce célibataire certes courtois mais néanmoins ouvertement disponible. Était-ce lui qui la troublait, son élégance discrète, son parfum délicat où pointait un mélange de lavande et de citron ? Ou bien craignait-elle de passer pour inexperte en badinage auprès d'un spécialiste en la matière ? Il avait l'air si maître de lui-même ! Et en plus il était le fils de leur propriétaire. Sylvie s'en voulait de se sentir aussi impressionnée par cet homme qui représentait à ses yeux – elle analysait cela tout en l'écoutant – le type du Français cultivé, tel qu'elle l'imaginait dans ses lectures depuis son adolescence. Un romantique, à l'apparence légèrement surannée, aux manières policées mais derrière lesquelles on sentait percer la pointe d'un esprit critique et d'une impertinence toujours aiguisés. Une personnalité fascinante et ambiguë, délicate et complexe… Tout le contraire de Manuel, se dit-elle en un éclair, en pensant au beau jardinier simple et direct qui cultivait ses fruits et légumes et lui offrait chaque jour son cœur dans ses paumes ouvertes, sans hésitation et sans détour.

Dominique ne pouvait deviner ce qui se passait dans les méandres de la pensée de la jeune fille mais il remarqua cette timidité qui l'envahissait et rosissait ses joues et il en fut secrètement satisfait. Et bien qu'il mît officiellement au plus haut niveau de ses valeurs personnelles le respect que les hommes doivent aux femmes, il aimait les impressionner. Cela lui donnait le sentiment d'être puissant. Peut-être y avait-il dans ce qu'il pensait être du savoir-vivre une très subtile dose de condescendance. Peut-être n'avait-il pas encore assez aimé une femme pour saisir ces nuances. En cet instant, en tout cas, il s'estimait comblé.

— Cela ne m'étonne pas, lança-t-il après un silence réfléchi. La beauté est toujours attirée par la beauté !

Il souriait de sa formule, la trouvant énigmatique et intéressante et n'espérant pas forcément être compris. Mais il fut surpris par la réponse de Sylvie :

— Vous me flattez, dit-elle avec son aplomb retrouvé. Voilà un compliment fort éloquent... Attendriez-vous quelque chose en retour ?

— Oh oh ! siffla Dominique, dans un élan sincère d'admiration pour l'à-propos de Sylvie. On se croirait en train de jouer dans une pièce de Musset ! Non ?

— Eh bien à vrai dire, ce sera beaucoup plus terre à terre, répondit Sylvie avec assurance. Je viens de la part de mon père pour vous remettre le paiement de notre loyer.

Devant le jeune homme décontenancé, elle sortit de son sac l'enveloppe et précisa :

— Je suis allée d'abord voir votre mère mais sa boutique était...

— Oui, coupa Dominique. Le lundi, elle n'ouvre

que l'après-midi. Eh bien je… je vous remercie, ajouta-t-il en prenant l'enveloppe. Je la lui remettrai tout à l'heure. Je déjeune avec elle. Comme tous les jours ou presque. Elle appréciera cette ponctualité. Merci pour elle.

Dominique semblait tout d'un coup avoir perdu une partie de sa superbe. La voix plus douce, le visage penché, la main hésitante passée sur son menton bien rasé… Sylvie découvrait un aspect inattendu de cet homme. Il lui parut plus sympathique, plus humain, « plus à ma portée », pensa-t-elle en se moquant d'elle-même. Décidément, il ne lui était pas indifférent !

— Vous avez encore un moment ? demanda Dominique avec une réelle gentillesse. Je vous offre un café ? Ou un verre d'orangeade ? Ce qui vous ferait plaisir. Dites-moi…

Dominique gardait le vouvoiement et Sylvie ne cherchait pas à l'en dissuader. Cette distance lui convenait. L'homme était plus âgé qu'elle. Elle accepta un café et il l'entraîna dans une petite pièce qui s'ouvrait au fond du magasin.

Pendant qu'il faisait chauffer du café sur un minuscule réchaud, Sylvie regarda autour d'elle. La pièce était encombrée d'un bric-à-brac qui contrastait avec l'apparence plutôt soignée de la boutique et même avec les vêtements strictement classiques du libraire. Des verres, des tasses et des assiettes étaient empilés sur une étagère au-dessus d'un évier.

Tout était propre mais encombré. Au mur, entre deux étagères croulant sous d'épais classeurs, un miroir ovale ancien, encadré de bois doré, confirmait que l'occupant des lieux restait, même en privé, soucieux de son apparence et probablement plus narcissique que la plupart des hommes que Sylvie avait rencontrés dans sa vie.

— Je me dévoile sous mon jour le moins flatteur, mademoiselle Pagès... C'est un vrai capharnaüm. Mais après tout, c'est ma vraie personne que révèle ce réduit !

— Ce que je vois surtout, dit Sylvie en prenant la tasse que Dominique lui tendait, c'est que vous devez travailler beaucoup ici, si j'en crois tous ces dossiers entassés là !

Elle montrait un bureau coincé contre une cloison et disparaissant sous de hautes piles de papiers, de journaux et de revues. Une machine à écrire trônait dans le seul espace libre et une feuille à moitié rédigée pendait par-dessus le rouleau...

— Ah c'est que... vous avez pénétré dans l'antre du Jardin des lettres ! s'cxclama Dominique avec un accent de sincère fierté. En réalité, mon jardin secret...

— Le Jardin des lettres ? releva Sylvie. Je croyais que votre librairie s'appelait « La librairie catalane » ?

— Oui, c'est exact mais Le Jardin des lettres est le nom de la modeste maison d'édition locale à laquelle je collabore. Nous publions surtout des fascicules sur l'histoire du Roussillon, des plaquettes de contes régionaux, et aussi, même si les lecteurs sont plus rares, quelques recueils de poèmes.

Sylvie l'écoutait, attentive soudain à ce Dominique qu'elle n'avait pas décelé derrière son comportement léger de dandy blasé.

— Et vous-même, Dominique, écrivez-vous ? demanda-t-elle, pressentant la réponse.

Il eut un sourire charmant, à la fois humble et orgueilleux, qui troubla Sylvie.

— Oui, souffla-t-il, enfin... j'essaie. Je suis passionné de poésie. Pour moi, dans la littérature, il n'y a rien au-dessus de la poésie. Et ma foi, j'avoue que...

Dominique fut interrompu par le tintement de la sonnette qui signalait qu'un client était entré dans le magasin. Il la quitta en s'excusant. Sylvie aurait aimé en savoir plus sur ce qu'il avait écrit, s'il se publiait lui-même... Elle se dit qu'elle ne pouvait rester seule sans paraître indiscrète, dans cette pièce avec les traces des activités personnelles du jeune homme, ce texte en cours d'écriture, lisible sur le rouleau de la machine... Elle allait sortir de l'arrière-boutique quand il la rejoignit. Laissant la porte ouverte, il l'invita à s'asseoir sur l'unique fauteuil devant son bureau et resta debout, adossé à une armoire bourrée de vieux volumes reliés :

— Si toutefois vous disposez d'un peu de temps encore, Sylvie...

Elle n'était pas pressée de rentrer chez elle. Ses parents ne l'attendaient pas spécialement avant l'heure du déjeuner. Elle accepta le siège qui lui était proposé et, sans même se demander pourquoi les choses se déroulaient tout à coup de cette façon, elle alluma une cigarette et écouta Dominique. Lui non plus ne semblait pas trop maîtriser la situation. Il ressentait seulement le besoin de parler de lui à une jeune femme qui lui prêtait une réelle attention. C'était une impression qu'il n'avait pas connue depuis bien longtemps. Il ne cherchait même pas à cacher à Sylvie qu'il la jugeait séduisante et digne de ses confidences.

Et en trois gros quarts d'heure, avec une lucidité limpide, il raconta sa propre histoire et celle de sa famille. Sylvie l'écouta sans l'interrompre. Elle le trouvait captivant.

Dominique avait été élevé par sa mère et sa grand-mère paternelle. Joséphine Fillol était la fille unique de bijoutiers de Perpignan, les Molina, qui fabriquaient des grenats catalans. À la mort de ses parents, peu après son mariage avec Félicien Fillol, Joséphine avait revendu la bijouterie. Eugénie et Antonin Fillol, les grands-parents paternels de Dominique, avaient été négociants en vins à Banyuls. Leur fils aîné, Félicien, avait épousé la belle Joséphine et travaillait avec son père jusqu'au début de la deuxième guerre mondiale. Félicien Fillol était mort dès le début des hostilités en 1940 et Dominique, âgé de six ans tout juste, n'en avait gardé qu'un souvenir très flou. La grand-mère Eugénie, veuve à son tour, avait rejoint sa belle-fille installée à Céret et était restée près d'elle jusqu'à son décès, à peine trois ans plus tôt. Dominique avait adoré cette grand-mère Fillol, beaucoup moins sévère que la solennelle Joséphine...

— En réalité, nuança Dominique, Maman n'est ni guindée ni autoritaire. Elle a seulement choisi d'étouffer sa peine de jeune veuve de guerre sous le poids du travail. Alors qu'elle aurait pu se contenter de vivre de ses rentes, elle a ouvert cette boutique de tissus catalans. C'est sans doute ce qui lui a permis de surmonter son chagrin.

L'influence de ces deux femmes, issues d'une bourgeoisie travailleuse et aisée, avait été immense, insistait Dominique, dans son éducation. Il leur était en partie redevable de la reconnaissance sociale dont il jouissait à Céret. Sans renier ses origines, il admettait avoir connu néanmoins dans son adolescence, des moments de révolte contre ce milieu conservateur et traditionnaliste. Ce qui l'agaçait surtout c'était le pragmatisme de sa famille et cette absence totale de romantisme et d'imagination. Et lui, parce qu'il avait été ce « petit ange » trop gâté par les deux femmes qui l'adoraient, était devenu un rêveur, épargné par les soucis financiers, dédaigneux des réalités matérielles, vivant dans le confort douillet d'un appartement ultra féminin, n'aspirant qu'à une vie de loisirs et de lecture.

— Et c'est ainsi, conclut-il avec une nuance de douce dérision, que j'ai obtenu une licence de lettres qui d'après ma mère, ne mène à rien … que j'ai créé cette petite librairie où je me sens chez moi plus que partout ailleurs et que j'écris des poèmes confidentiels que très peu de gens liront… Mais j'espère qu'à votre tour vous me parlerez de vous…

*

Sylvie rentra à la maison sans rien voir autour d'elle. Elle venait de vivre un moment exceptionnel. Elle était encore sous le charme de cet homme affirmé et lettré qui s'était livré à elle, spontanément.

Au déjeuner, elle se contenta de dire que le fils de la propriétaire lui avait proposé de laisser sur le comptoir de sa librairie une petite annonce pour des cours de français à donner.

— C'est une bonne idée, ça, dis donc ! Il a de la ressource, ce Dominique Fillol, lança Jean-Marc Pagès, avec jovialité.

Sylvie ne releva pas ce commentaire. Son cœur était traversé déjà par les pincements d'un remords : elle ne restait pas indifférente à un autre homme que Manuel.

Chapitre seize
Manigances et méchoui

Puis septembre arriva avec sa jolie palette de couleurs ocres et d'odeurs nouvelles. Les quelques inévitables passages orageux laissaient derrière eux une humidité qui chatouillait les narines. Seule la colère de la tramontane arrivait à dissiper la moiteur dans un ciel d'un bleu métallique. Les journées restaient encore majestueusement belles et chaudes mais le plus fort de la canicule était terminé. L'affluence touristique s'était brusquement dégonflée à l'approche de la rentrée scolaire. Et beaucoup de viticulteurs comme la famille Vila préparaient la saison des vendanges. Il fallait réviser le matériel, vérifier l'état des comportes, les nettoyer, affûter les sécateurs et se résoudre à voir les journées raccourcir.

Pour Manuel qui avait de plus en plus de travail en cette fin d'été et ne pouvait parfois se rendre disponible, c'était un cauchemar. Il appréhendait de devoir demeurer trois ou quatre jours sans retrouver Sylvie ne serait-ce qu'une heure. Tous les après-midis, il montait à la vigne de Saint-Ferréol dont les espaliers abrupts posaient un réel embarras pour la récolte du raisin. Il en revenait très tard, fourbu et découragé. Manuel devait nettoyer et dégager au maximum, entre les rangées de ceps, le large passage qui permettrait, le moment venu, au cheval d'avancer chargé de comportes remplies. Comme chaque année, il lui faudrait louer à Jules Molas le puissant cheval de trait sans lequel la vendange était impossible.

Sylvie continuait ses révisions en vue de la session d'octobre qu'elle irait passer à Montpellier. Elle aidait aussi sa mère et son père mais trouvait toujours du temps pour se promener seule, autour de Céret. Manuel lui avait proposé de prendre avec elle le petit chien Cornio pour l'accompagner dans ses périples. Aussi elle faisait souvent le détour par la rue Fontaine d'Amour, saluait Maria Vila et emmenait Cornio, tout heureux de se dégourdir même s'il la suivait au bout d'une laisse. Solange, qui s'apprêtait à découvrir sa nouvelle école, aurait aimé que Cornio restât jouer dans leur maison mais Juliette se refusait à laisser entrer la bête dans ce qu'elle appelait déjà « le laboratoire de son magasin », là où elle confectionnait les conserves de fruits et de légumes qu'elle envisageait de proposer bientôt à la clientèle. Quant à Jean-Marc Pagès, tout en s'occupant des démarches pour l'ouverture de leur commerce et en fignolant les aspects pratiques de l'installation, il participait à des réunions de rapatriés qui avaient lieu dans une salle de la mairie. Il eut une fois l'occasion d'y retrouver Garbani qui, sans vergogne, lui demanda, en des termes pétris de sous-entendus, des nouvelles de sa jolie fille Sylvie et proposa de nouveau ses services pour le futur magasin. Ce qui eut le don d'irriter Jean-Marc qui s'arrangea pour éluder la question.

*

Mais rien n'empêchait Garbani de tracer son chemin. Aussi étonnant que cela pût paraître, il était parvenu à éblouir Joséphine Fillol et même à captiver son fils. Au cours du tout premier entretien qu'il eut avec la digne commerçante dans sa boutique, il se trouva que Dominique était venu parler à sa mère de son intention d'installer de nouveaux rayonnages dans la librairie. Garbani s'était présenté en homme d'affaires avisé, désireux de mettre sur pied plusieurs projets fonciers et avait prétendu bénéficier de nombreuses relations dans la région. Affirmer qu'on connaît bien quelqu'un sans plus de précision peut toujours paraître un atout. Question affirmation catégorique, Garbani atteignait l'excellence.

La masculinité outrancière qui émanait de l'individu, sa faconde proche du boniment, son discours qui amplifiait chaque mot prononcé théâtralement et cette manière qu'il avait de se conduire comme s'il était partout chez lui, avaient plus que troublé la mère de Dominique. Cet homme dont les attitudes de culot semblaient si spontanées qu'elles constituaient chez lui une seconde nature, intriguait le jeune homme. En grande partie parce qu'il se sentait à l'opposé de ce Pied-Noir entreprenant, au rire audacieux, aux paroles intrépides, Dominique trouvait l'intrus digne d'intérêt. En outre, il se devinait un point commun avec Garbani : la dimension d'un Dom Juan, grand amateur de femmes. À un important détail prés, Garbani fonçait et cherchait des trophées dans toutes ses rencontres alors que lui, œuvrait dans le registre raffiné et feutré de la culture et de l'art. Garbani était pressé et brutal, Dominique aimait prendre son temps avec élégance. Face à lui, le jeune Fillol découvrait un personnage dont on ne pouvait dire s'il était mythomane ou réaliste, qui ne s'embarrassait de rien, et tellement outré dans son comportement qu'il éprouvait à son égard, au-delà d'une curiosité presque malsaine, une étrange fascination.

À force de visites au magasin de l'une et de l'autre et en les abreuvant de ses propos pompeux, Garbani séduisit donc la mère et son fils Dominique. Seule la domestique Clara qui n'avait eu droit ni à ses regards ni à ses sourires appuyés, avait discerné en lui des manières de rustre obséquieux et demeurait sur une impression négative :

— Ce drôle de monsieur-là est un bandit ! Méfiez-vous, avait-elle maugréé avec l'intention délibérée de mettre en garde Madame Fillol.

Mais cette dernière semblait de plus en plus attirée par l'homme et ses multiples desseins qu'il exposait à chaque visite et qu'il faisait varier en fonction de ses humeurs. Entre autres fariboles, Garbani racontait qu'il envisageait de créer une société de remembrement de terres viticoles et plus encore qu'il voulait se lancer dans la promotion immobilière en achetant des terrains à la sortie de Céret sur la route de Maureillas pour en faire un lotissement.

— Je suis sûr qu'avec les nouveaux arrivants, la demande va exploser, Joséphine. Qu'en pensez-vous ?

— Laissez-moi le temps de réfléchir, Monsieur Garbani (elle ne se décidait pas encore à l'appeler « Pietro » comme il le lui avait suggéré). Ce ne sont pas des choses qu'on décide à la légère, il faudra que j'en discute avec Dominique. Mais c'est vrai que cela m'intéresse.

Au fond, ce qui l'intéressait le plus, Madame Fillol ne le savait plus très bien : la perspective de développer son patrimoine en s'associant à un projet immobilier ou le mâle imposant qui lui adressait par son assiduité un message encore plus éloquent.

Un dimanche après-midi, il n'eut pas de mal à la convaincre de l'accompagner à Perpignan en lui demandant de lui servir de guide pour visiter la ville. Dans la voiture, il l'avait étourdie de son bagout et n'avait pas caché par ses œillades répétées combien elle lui plaisait. Joséphine portait une longue jupe noire, un chemisier blanc sur lequel ressortait une magnifique croix en grenats et arborait un admirable chignon d'un ébène profond. Elle n'était pas peu fière de marcher dans le quartier du Castillet aux côtés de ce compagnon qui prenait son bras fermement contre sa veste en lin clair, comme s'ils étaient amants. Joséphine respirait mal dans son chemisier cintré mais se sentait divinement bien. Mal dans son corps mais heureuse dans sa tête.

Au café-glacier où ils prirent des sorbets au citron, blancs comme de la neige, dans de grands verres givrés couronnés de sucre cristal, il se tenait très près d'elle, sa cuisse frôlant la sienne. Alors Garbani lui exposa une idée de pique-nique géant qu'il voulait organiser au Mas Cigalou le dimanche suivant autour d'un méchoui, d'un mouton qu'on ferait cuire à la braise. Joséphine qui trouvait la voix de Pietro Garbani trop forte, le contemplait, hypnotisée.

— Un méchoui ? murmura-t-elle. Qu'est-ce que c'est ?

— Hé ! un méchoui, c'est un méchoui, pardi ! J'ai commandé à la boucherie Verdaguer une bête magnifique qu'on va faire cuire à la broche ! s'exclama Garbani en plongeant et replongeant une cuiller gourmande dans le sorbet. Bien entendu, Joséphine, je compte sur vous et Dominique. Vous pouvez inviter qui vous voudrez, vous verrez, ce sera une fête très agréable surtout s'il fait beau.

— Je n'en doute pas, chuchota Joséphine Fillol. Je demanderai à Dominique de venir avec quelques amis, si vous voulez bien.

— Bien sûr, ma chère, lui souffla Garbani en lui prenant la main et en y déposant un baiser papillon mouillé. Vous êtes adorable. Mais vous savez que ce sorbet me rappelle celui qu'on trouvait là-bas ? Purée ! ça vaut le créponé, c'est comme ça qu'on l'appelle, en Algérie, le sorbet citron, un vrai dessert de chez nous.

— Et si nous allions marcher dans le vieux Perpignan ? proposa Joséphine à la fois troublée et effarée.

Le retour de leur sortie jusqu'à Céret ne se fit qu'en fin d'après-midi. Garbani roulait lentement, n'arrêtant pas de bavarder, son bras droit négligemment posé sur le dossier du siège passager. Il lui arrivait de temps à autre de frôler la nuque de son invitée. Ce geste rapide mais insistant et qu'il réitérait mettait en émoi Joséphine. C'était sur son cou comme la promesse de quelque chose qu'elle n'avait pas connu depuis longtemps. Toute à cet effleurement qui revenait sans cesse et se faisait attendre par instants, elle rêvassait sans l'écouter. Elle ressentait un trouble piquant qui la faisait s'agiter sur son siège, provoquait un délicieux frisson et rendait sa respiration haletante à chaque nouvelle furtive caresse. Elle se disait là qu'elle était en train de perdre la tête mais par chance – ou par malchance –, le supplice prit fin quand Garbani la déposa devant chez elle, pantelante, à la fois soulagée et déçue. Garbani souriant, parfaitement conscient de son effet, repartit vers le camping où l'attendait Frida, une belle Allemande en vacances, la dernière de ses conquêtes dont il avait fait connaissance la veille au Café Catalan.

*

Le lendemain après-midi, Garbani s'arrêta à la librairie de Dominique à qui il voulait rappeler son invitation. Quand il pénétra dans la boutique, il repéra près de la caisse, le jeune homme causant avec Sylvie Pagès et une jeune fille qu'il découvrait, à la peau très mate et aux cheveux d'ébène.

Les bras ouverts, il alla vers eux et interrompit leur conversation pour les convier tout de go à son méchoui dominical. Sylvie n'avait pas envie d'engager une conversation avec cet homme qui l'écœurait mais par politesse, elle lui présenta sa camarade :

— Estelle Bensoussan. Une rapatriée, elle aussi, dit-elle. Mais pour ce qui est de votre méchoui… je ne sais…

Dominique, pensant bien faire et pressentant la

réticence de Sylvie, s'offrit immédiatement comme chauffeur pour convoyer les deux jeunes femmes. Sylvie voulut refuser mais le regard suppliant que lui jeta Estelle qui ne pourrait jamais participer à cette sortie sans la présence de son amie, l'en empêcha.

Le soir même, elle expliqua à Manuel qu'elle irait ce dimanche, accompagnée par Dominique Fillol, à un pique-nique chez Garbani au Mas Cigalou .

— J'y vais surtout pour faire plaisir à Estelle et j'essaierai de m'esquiver assez tôt dans la soirée.

Manuel, recru de fatigue, soupira. Il aurait aimé dire à Sylvie la piètre opinion qu'il avait et de Garbani et du libraire derrière leur faconde. Mais s'efforçant de respecter les choix et la liberté de Sylvie, il se retint de montrer son dépit et ne fit aucun commentaire.

*

Le dimanche, tôt le matin, Kader s'était mis en chantier. Après avoir monté sous les pins devant la maison des planches et des tréteaux trouvés dans la remise et qui serviraient de table pour les convives, il avait, sur un espace bien dégagé, creusé dans la terre un trou large de plus d'un mètre. Il avait installé un rang de pierres tout autour et à chaque extrémité de ce foyer improvisé, avait posé deux triangles en métal qui supportaient une énorme broche improvisée à partir d'une barre à mine. Il avait enflammé des sarments de vigne sur lesquels il avait jeté des morceaux de charbon de bois qui donnèrent bientôt une braise ardente alimentée par le vieux soufflet qu'il avait dégotté près de la cheminée du mas. Dès onze heures le mouton empalé dans toute sa longueur luisait sous le feu cuisant. Kader avait farci le ventre de l'animal d'un riz aux raisins secs parfumé de thym et d'ail.

Sur une table plus loin, suivant les instructions de son patron, Kader avait sorti divers plats de charcuterie locale et des jattes de salades dont une, pleine de poivrons verts et de tomates cuites dans de l'huile d'olive – un véritable confit – allait connaître un franc succès, un grand panier rempli de tranches de pain de campagne, des carafons de vin frais, un plateau de fromages de chèvre. Dans une bassine, des bouteilles de bière et de soda se rafraîchissaient au contact de blocs de glace.

À partir de midi, les invités arrivèrent petit à petit. Ils s'extasiaient tous en découvrant Kader, coiffé de sa chéchia, revêtu d'une sorte de boubou bleu marine. Le vieux domestique actionnait l'énorme tournebroche et versait régulièrement sur le mouton le jus gras qui exsudait des flancs de l'animal et qu'il recueillait dans une louche évasée. L'odeur de la viande grillée se diffusait partout et excitait les narines.

L'image était pittoresque et faisait l'admiration des Catalans peu habitués à ce folklore débarqué de l'autre côté de la méditerranée. Il y avait quelques notables locaux accompagnés de leurs épouses que Garbani avait convaincus de venir. Il y avait aussi d'autres rapatriés d'Algérie, installés dans la région depuis peu et que Garbani avait tenu à exhiber. Et aussi, qui paradait d'un groupe à l'autre, la secrétaire de mairie Gilberte Rocca, flattée d'avoir été conviée. Avec son accent rocailleux, elle racontait à tout le monde qu'elle adorait son pays qu'elle affirmait accueillant et généreux envers tous ceux qui partageaient l'amour de la Catalogne.

— Moi, je suis très ouverte à l'arrivée des Pieds-Noirs, déclamait-elle, comme si elle était en représentation officielle.

La fête champêtre avait commencé, il faisait bon, un léger vent calmait les assauts du soleil. Garbani avait mis en fond sonore un transistor qui diffusait de la musique flamenco venue d'une radio espagnole.

Vêtue d'une simple robe à fleurs et coiffée d'un chapeau de paille dont deux rubans se nouaient sous le menton, Sylvie était arrivée avec Joséphine Fillol, Estelle et Dominique. Pleine de méfiance devant cette ambiance mi-Pied-Noir mi-ibérique qu'étalait Garbani et qui lui semblait des plus factices, elle prit progressivement ses distances. Elle avait tout de suite eu un mouvement de recul devant les compliments gluants que lui avait adressés un Garbani jovial. Exultant de félicité plus ou moins forcée, il s'avançait vers toutes les femmes avec des gestes enveloppants à la limite de l'indécence et leur adressait des sourires de conquistador. Il ne se rendait pas compte des regards ombreux que lui jetait la sourcilleuse Madame Fillol, dépitée par le comportement de cet homme dont elle avait cru qu'il lui faisait une cour exclusive.

Sylvie se tint alors le plus possible à l'écart, aspirant avec nervosité la fumée de ses Gauloises filtre, en observant la foule et les convives qui se pressaient autour du méchoui dont Kader, armé d'une sorte de machette découpait des lambeaux de viande chaude et suintante. Elle n'avait pas faim. Il lui manquait quelque chose ou quelqu'un. Elle ne savait pas trop. Elle ne savait plus non plus tout d'un coup ce qu'elle faisait là d'autant que Dominique, près d'un cerisier, s'était plongé dans un tête-à-tête apparemment passionnant avec Estelle qui, elle, était aux anges, les yeux remplis d'étincelles. Sylvie se demandait si elle devait se réjouir ou non du subit intérêt que semblait manifester le libraire pour son amie. Dominique avait posé sa main sur l'épaule d'Estelle et murmurait à son oreille. Elle examinait les gens autour d'elle et ne réussissait pas à se dégager de sa morosité.

On but beaucoup. On but à la régalade du muscat et du vin rosé que Garbani avait acheté à la cave coopérative de Trouillas dont il avait invité un des responsables, Félicien Pujol, qui faisait une démonstration de la façon dont il fallait tenir le « porrón », pichet typique à deux becs.

— Pour boire au porrón, disait-il vous avancez le bec étroit entre vos lèvres ouvertes puis vous l'inclinez doucement jusqu'à ce que le liquide se dirige vers la bouche. Quand le vin jaillit, vous retirez le pichet de la bouche lentement en étendant le bras complètement, et on reculant la tête en arrière de façon à boire à l'arc de cercle que dessine le vin. Tout l'art réside dans la capacité à avaler plusieurs gorgées en continu sans s'étrangler.

Lui-même s'exécutait avec élégance et ponctuait sa prestation en passant sa main sur ses lèvres humides.

Sylvie remarqua aussi un curé en soutane bedonnant, au verbe truculent, qui tout en dévorant force viande brûlante parlait en catalan avec Hyacinthe Cerda. Cet artisan à tout faire, sec tel un sarment, habile bricoleur et à moitié vigneron, Garbani venait de le présenter à tous comme un maçon de grande qualité qui travaillerait pour lui très bientôt.

Elle aperçut le professeur de musique du collège, Marcel Marty, le colosse moustachu qui donnait en juillet des cours de sardane et qui, là, accompagnait une grande femme aux formes lourdes, drapée dans une sorte de voile lumineux et dont le beau visage plein et ridé était encadré par une masse de cheveux argentés. Marty, ayant reconnu Sylvie, tint à la présenter à son interlocutrice.

— Permettez-moi, chère Agnès, de vous faire connaître ma meilleure élève de cet été, Sylvie Pagès, déclara-t-il emphatiquement avec son terrible accent qui faisait trembler les « r ». Elle a tout de suite saisi l'âme de notre danse ancestrale.

Marty raconta à Sylvie qu'Agnès Beaucaire était une artiste venue de la région parisienne, ancienne prof des beaux-arts à la retraite. Elle réalisait des sculptures monumentales, des statues en marbre, dans l'esprit de celles de Maillol et avait de nombreux clients parmi les collectivités locales et à l'étranger. Elle avait été une des premières à s'installer dans une maison atelier près de Thuir au village piétonnier de Castelnou qu'elle contribuait à valoriser avec peintres, potiers et autres artisans d'art. Agnès Beaucaire proposa aimablement à Sylvie de venir lui rendre visite dans son atelier.

Sylvie accepta cette invitation et s'éloigna, songeuse. Il lui venait à l'esprit que cette balade, c'est avec Manuel et personne d'autre qu'elle avait envie de la faire. Décidément sa pensée revenait sans cesse vers lui et elle prenait conscience qu'il lui manquait trop pour qu'elle pût prendre le moindre plaisir à cette rencontre de plein air qui se voulait joyeuse autour d'un mouton de plus en plus décharné. En moins d'une heure, la bête ne fut plus que carcasse béante sur charbons encore fumants.

S'ensuivit, après le plateau de fromages, une gigantesque salade de fruits versée dans un demi-tonneau apporté par Garbani et Kader : des pêches parfumées au muscat accompagnées de rousquilles à l'anis.

Pui on servit du café et surtout, dans une haute théière en cuivre, un thé à la menthe épais et sucré. Kader remplissait les verres peints décorés à l'orientale et les tendait solennellement aux invités réjouis.

Mais Sylvie en avait assez. Pour elle, plus rien n'allait dans cette festivité ripaillante qui l'oppressait. Elle n'avait envie que d'eau fraîche et de calme. Elle prit à part Estelle et Dominique pour les prévenir qu'elle voulait revenir à pied à Céret. Elle demanda à Dominique, surpris mais discret, de raccompagner Estelle chez elle avant la nuit parce qu'elle se sentait responsable.

— Mais, protesta son amie, cet après-midi campagnard est plutôt amusant, non ? Et tu vas t'épuiser à marcher sous le soleil !

— Six kilomètres à pied ne me font pas peur, Estelle. Amusez-vous bien. Je rentre.

Elle partit d'un bon pas, le vent léger faisant flotter sa robe, elle descendit vers Céret tout à coup. Pour un peu elle aurait chanté à haute voix.

— Je m'en vais boire à la fontaine d'amour…

Chapitre dix sept
Les oursins du Racou

— Si je connais Castelnou ? s'exclama Julie Ventura. Vous plaisantez, ma petite Sylvie ! Pendant des années, j'en ai parcouru les moindres ruelles…

Elle hésita, rougit imperceptiblement et, avec une pointe d'autodérision dans son sourire malicieux, elle chuchota :

— Et puis, pour tout vous dire, j'y ai vécu les plus belles heures de ma vie !

Elle jeta un rapide coup d'œil à Sylvie, laissa planer un court suspens pour ménager son effet. Sylvie, qui avait pris goût au bavardage toujours intéressant de la bibliothécaire, entra dans son jeu et glissa, dans une interrogation légère :

— Oh ! Vraiment ?

Ces deux mots déclenchèrent aussitôt un flot de confidences de la part de la digne fonctionnaire. Elle avait à peine trente ans quand elle avait rencontré un « homme extraordinaire », un certain Miguel Py « l'autre grand poète catalan, avec Edmond Brazès » et elle avait partagé avec lui, à Castelnou, dix longues années inoubliables.

— C'était d'ailleurs le frère d'un médecin de Céret, établi dans votre quartier, Sergio Py. Vous le connaissez, si ça se trouve. Nous habitions rue des Remparts, au pied du château. Les fenêtres de notre minuscule maison donnaient sur le Canigou : un enchantement... poursuivait la bibliothécaire dont la voix de plus en plus chuintante se diluait dans sa rêverie nostalgique.

Sylvie n'en demandait pas tant mais écouta jusqu'au bout les souvenirs d'une femme qui s'était si souvent montrée disponible à son égard. Elle lui devait au moins cette politesse. Venue à la bibliothèque pour une ultime séance de révision avant son examen, elle avait interrogé Julie Ventura sur ce village vanté par Marcel Marty et son amie Agnès Beaucaire. Non seulement la bibliothécaire appréciait les œuvres de la sculptrice dont la ville de Céret avait récemment acquis une des statues, une Naïade, érigée Place des Arènes, mais encore elle savait tout ou à peu près sur l'histoire de Castelnou. Elle-même avait participé, avec Miguel Py, à la renaissance de ce site, incitant des artisans d'art et des artistes à venir les rejoindre et à s'y installer.

Ce jour-là, Sylvie apprit aussi que Julie Ventura et Miguel Py étaient à l'origine de l'association « Le Jardin des Lettres » qui avait d'abord édité les poèmes de Miguel...

— Peu de temps après, Miguel nous a quittés

– Dieu ait son âme – murmura Julie... Mais mon ami Marcel Marty, que vous connaissez aussi, Sylvie, m'a aidée à faire vivre l'association et son modeste travail d'édition, en mémoire de Miguel. Jean-Pierre Olivès, le directeur de l'Ecole Jules Ferry et quelques autres personnalités du pays nous ont rejoints... Si bien que bon an mal an Le Jardin des Lettres continue à faire paraître...

— Oui, je sais, coupa Sylvie avec enthousiasme. Dominique Fillol m'a montré les dernières publications, des Contes et légendes du Roussillon et une plaquette sur l'Histoire de la sardane.

— Oh Oh ! souligna Julie Ventura, je vois que vous êtes au cœur de la vie culturelle de notre ville ! Félicitations ! Dominique est un des membres actifs de notre Jardin. Surtout, avec la vitrine que représente sa librairie, il est un pilier irremplaçable de...

La conversation des deux femmes fut interrompue par l'arrivée d'un couple de retraités qui cherchait à se renseigner sur les conditions d'abonnement à la bibliothèque.

Sylvie n'était pas peu fière d'avoir recueilli toutes ces informations. Elle se sentait flattée de la confiance amicale de cette femme chaleureuse qui lui avait dévoilé un fragment de sa vie intime. Surtout, elle comprenait à quel point le petit monde littéraire et artistique de Céret la fascinait. Elle alla jusqu'à penser que ce serait – qui sait ?– plus intéressant de découvrir Castelnou en compagnie de

Dominique Fillol. Mais très vite elle se rappela que son premier mouvement avait été de souhaiter se promener dans ce village avec Manuel et que pendant le fameux méchoui de Garbani, elle n'avait cessé de désirer sa présence auprès d'elle. Il lui faudrait choisir. Elle se sentait décidément un peu perdue.

*

Très vite, alors qu'une chaleur moite était encore au rendez-vous chaque matin au réveil, arriva la semaine de la rentrée des enfants de l'école primaire, suivie, à deux jours près, de celle des collégiens.

Solange exultait. Et cette excitation avait de grandes chances de durer au-delà de l'attrait de la nouveauté, lié à la fréquentation d'une école inhabituelle, dans la classe de Madame Jove, une institutrice dont elle ne connaissait que le nom. Ce que Solange aimait dans l'école, c'étaient les autres, les gens qu'elle pouvait y rencontrer. Contrairement à sa grande sœur qui s'était fait un jeu de briller dans toutes les matières, ce n'étaient pas les leçons à apprendre par-cœur qui intéressaient la petite fille, ni les devoirs à aligner pendant l'étude après la classe mais plutôt la cour de récréation et le goûter à partager sous le préau, lieux de rencontres, de rires et de confidences passionnantes.

D'ailleurs, après cet été si particulier, ses parents

étaient soulagés de savoir Solange enfin replongée dans un cadre organisé. Ils préféraient la savoir dans l'enceinte d'un établissement scolaire plutôt que dans les rues du quartier. Et puis, pensaient-ils, retrouver une atmosphère enfantine et délurée ne pouvait que faire du bien à cette enfant déracinée depuis juillet. Elle se ferait de nouvelles amies pour papoter et s'amuser tout son saoul.

Quant à Gilles, la complicité avec d'autres garçons et filles de son âge ne parvenait pas, lui, à lui faire avaler la potion amère des cours. Dans le collège, ce solitaire taciturne détestait tout, en vrac et sans distinction, à l'exception des cours d'éducation physique où il obtenait des notes correctes sans fournir le moindre effort. Il ne cherchait pas particulièrement à se faire de nouveaux copains. La veille de la rentrée, Jean-Marc et Juliette Pagès lui avaient rappelé avec une solennité de circonstance – qui avait, comme il se doit, agacé l'adolescent – qu'ils attendaient de lui « non pas des étincelles dans les résultats » mais qu'au moins il tâche de préparer son brevet avec sérieux…

— Et une fois ton BEPC obtenu, avait conclu Juliette, péremptoire, nous te placerons en apprentissage chez un artisan. Un garagiste de préférence, puisque c'est ça qui te plaît. N'est-ce pas… ? Oh, tu pourrais répondre quand on te parle, dis !

Le garçon grommela un vague bruit qui ressemblait à un acquiescement.

*

Le 6 septembre marqua pour Sylvie le début de l'action tant attendue. L'aînée des enfants Pagès s'était rendue très tôt en train pour deux jours à Montpellier afin de passer son examen à la faculté de Lettres, trois épreuves de trois heures chacune, français, latin, espagnol. Elle recevrait les résultats par courrier, avant la fin du mois, lui avait-on précisé. Et depuis elle guettait le facteur, impatiente d'entamer cette nouvelle année universitaire, de s'inscrire en Licence à des cours par correspondance et de connaître enfin la réponse concernant sa demande d'un poste de surveillante. Pour se rendre utile, elle aidait Solange à apprendre ses leçons. Elle passait des heures tranquilles à lire près de son grand-père et parfois à évoquer des instants du passé d'Algérie, quand vivait encore la grand-mère Aurélia, cette femme dynamique qui ne se décourageait jamais et répétait : « La tristesse, c'est comme les bains chauds, si l'on y reste trop longtemps, on ramollit. »

Elle donnait un coup de main à ses parents dans la boutique qu'ils comptaient ouvrir vers la mi-octobre, pour la Toussaint au plus tard. Toute la maisonnée était ravie de sentir la jeune fille plus disposée à partager son temps avec les uns et les autres... ce qu'elle n'avait pas vraiment fait pendant l'été.

Sylvie s'efforçait de paraître détendue mais au fond d'elle-même, elle se vivait comme en déséquilibre, dans une sorte de moment charnière. Elle qui avait pourtant connu à peine trois mois plus tôt, le choc d'une rupture définitive avec son cadre de vie, avec son lieu de naissance et d'enfance, elle trouvait cette fin d'été en Catalogne plus que perturbante. Quand elle y réfléchissait, elle se disait que son malaise ne venait pas de sa vie pratique et matérielle, puisque là, elle était confiante, chaque élément semblait prendre forme et n'exigeait que patience. Ce qui la troublait par-dessus tout, elle en convenait très vite, c'était la confusion de ses sentiments.

Ce qu'elle nommait son flirt avec Manuel l'interpellait. Elle ne pouvait s'empêcher de regretter que le jeune homme n'ait pas, en plus de ses qualités, toutes celles de Dominique : sa finesse de langage, sa culture et ses références littéraires. Dominique était un lecteur plus que passionné et en cela il rejoignait Sylvie qui ne concevait pas la vie sans livre. Manuel ne lui avait jamais parlé d'une lecture en cours.

Et ce fut au tout début d'une de ces journées d'humeur fragile, où Sylvie avançait sur une corde en mouvement, que Manuel se présenta à l'improviste chez les Pagès et invita la jeune fille à venir à la mer avec lui. Il avait libéré tout son dimanche.

*

Ces derniers jours de septembre de l'année 1962 étaient vécus par tous les Catalans comme une sorte d'été indien. Ils allaient répétant cette formule à l'envi... et Manuel aussi, ce matin-là, dans sa candeur exubérante, s'écria d'un ton vibrant :

— Tu te rends compte, Sylvie, un seize septembre... et il fait si chaud que nous allons pouvoir nous baigner ! Même la nature est avec nous !

Il était si heureux de se trouver dans sa voiture aux côtés de Sylvie, avec la perspective de partager toute une journée avec elle ! Il avait apporté des provisions dans un panier pour pique-niquer sur la plage. Il savourait d'avance avec gourmandise ces heures de repos et de douceur auprès de la jeune fille. Il aurait crié de bonheur. Si bien qu'il fut abasourdi de la froide réponse de Sylvie :

— La nature ne fait pas vraiment de cadeau aux hommes, lâcha-t-elle d'un air docte. Elle est. Un point c'est tout.

— Mais enfin, c'est si beau ! protesta Manuel, en conduisant prudemment sur la route départementale qui les rapprochait du littoral. Regarde, Sylvie, regarde autour de toi !

De fait, la nature semblait offrir le spectacle d'un ultime épanouissement langoureux. Un ciel tendre éclairait les vignes mordorées, les arbres épanouis déployaient leur feuillage encore vert sur le flanc des montagnes et dans les jardins, les fruits d'automne alourdissaient les branches. L'air qui entrait dans le véhicule par les vitres ouvertes était saturé de l'odeur acide et sucrée des pommes, des poires et des dernières prunes tombées sur une herbe encore mouillée de rosée.

Bien entendu la nature fait tout cela, depuis toujours, sans s'occuper des hommes pourtant persuadés qu'elle est tantôt merveilleuse et bienveillante à leur égard, tantôt cruelle et malintentionnée. L'être humain se complaît dans l'illusion que tout l'univers tourne autour de lui.

C'était cela que Sylvie expliquait à Manuel, dans les tressautements bruyants de la voiture qui cahotait entre Argelès et Collioure, en direction de la plage du Racou. Les paroles de Sylvie mettaient Manuel mal à l'aise. Cependant, malgré lui, il reconnaissait que sa réflexion semblait juste. Les mains sur le volant, il répondit :

— Bon, d'accord, Sylvie ! Mais je t'en prie, admire le paysage… cette falaise que nous longeons et qui domine la mer, cette montagne derrière nous, couverte de ceps qui courent jusqu'à la plage pour plonger dans les vagues !

— Oui, bien sûr, vu comme ça, tu n'as pas tort, approuva Sylvie, étonnée par le lyrisme de son compagnon.

Sur ce sujet comme sur beaucoup d'autres, quand

Sylvie s'exprimait, Manuel était impressionné par ses raisonnements. Et quand il lui soufflait dans l'oreille : « Tu es ma savante préférée ! », il exprimait sur le mode de la plaisanterie le fond de sa pensée : Sylvie savait beaucoup de choses qu'il ne saurait lui-même probablement jamais. Cela l'inquiétait. Pourtant il éprouvait pour Sylvie un sentiment si puissant qu'il se disait que cela aurait raison de tous les obstacles.

Et quand il gara la voiture sur le bas-côté de la route qui surplombait la plage du Racou, il regarda Sylvie dans les yeux, lui sourit du sourire confiant des amoureux et, avec une simple prière dans la voix :

— Que cela ne nous empêche pas de profiter d'une aussi belle journée ! lui dit-il.

*

Cet endroit escarpé de la Côte Vermeille n'était fréquenté que par quelques familles du pays qui appréciaient l'aspect sauvage du site. Quand les deux jeunes gens eurent dévalé le raidillon qui descendait de la route au rivage, ils se trouvèrent seuls, du moins très à l'écart des quelques rares baigneurs dont on apercevait au loin les silhouettes près de grands parasols inclinés. Sylvie proposa de rester là, au pied de ces rochers qui formaient une minuscule crique à l'abri des regards…

— Une petite plage rien que pour nous deux ! s'écria-t-elle, émerveillée, en se serrant contre lui.

Oh Manuel, merci pour ce beau cadeau…

Elle avait craint de l'avoir froissé un instant plus tôt et elle voulait se rattraper, se montrer gentille et prévenante.

Ils posèrent le panier du pique-nique à l'ombre d'une sorte de grotte qui s'ouvrait dans la roche brune et étalèrent leur serviette au soleil. Sylvie ôta sa robe d'un geste gracieux, la fit passer par-dessus la tête, la laissa retomber à ses pieds et sans la replier, comme une petite fille pressée de se jeter à l'eau, elle l'enjamba et courut vers les vagues.

Debout dans l'eau qui étincelait autour de ses chevilles, elle s'arrêta, tourna son visage vers la plage et regarda Manuel. Et il sembla à Manuel que Sylvie le fixait avec une gravité inaccoutumée. Elle lui évoqua alors une déesse de la mer, une divinité blonde, comme dans ce tableau qu'il avait vu un jour dans un livre d'art de la bibliothèque de son père disparu. Sylvie portait un maillot une pièce d'un rouge vermillon éblouissant et avait dénoué sa lourde natte blond-roux, laissant libres dans son dos les longues boucles cuivrées. Manuel la trouva si belle – rouge et or, comme le drapeau catalan – qu'il resta figé sur le sable, à la contempler.

Soudain elle sauta dans l'eau, s'aspergea en riant, puis se mit à nager. Manuel ne voyait que sa tête qui dépassait au ras de la vague. Sylvie se retournait parfois vers lui et lui faisait des signes de la main, l'invitant à la rejoindre.

Lui, prenait son temps. Assis au bord de l'eau, il attrapait des poignées de sable mouillé et essayait maladroitement de modeler l'image de Sylvie, sa taille fine, ses hanches rondes et ses longues jambes. Mais une vague espiègle couvrit aussitôt son ébauche. La figurine redevenait grains de sable. Déçu, il pensa aux châteaux que les enfants bâtissent sur toutes les plages du monde et que la mer engloutit inexorablement…

À ce moment Sylvie le héla avec impatience :

— Eh bien, tu ne te baignes pas ? Pourquoi ? Qu'est-ce que tu attends ? Viens !

Manuel s'élança dans l'écume à la poursuite de Sylvie qui s'éloignait en nageant à vive allure, le provoquant à la rattraper.

*

Ils se baignèrent plusieurs fois et firent leur repas de sandwichs au thon et à la tomate que Manuel avait préparés avant de partir. Ils se régalèrent des raisins juteux cueillis le matin à la fraîche dans le verger des Vila. Ils burent à la régalade de l'eau citronnée conservée glacée dans un thermos. Sylvie ne cessait de féliciter Manuel :

— C'est délicieux, affirma-t-elle en allumant une cigarette. Sincèrement, tu as pensé à tout !

Manuel se réjouit que cela ne laissât pas Sylvie indifférente.

Ils profitaient tous deux de la beauté unique des heures, de la proximité de leur corps et ils échangeaient des baisers pleins de sel.

Vers la fin de l'après-midi, ils prirent un dernier bain. Manuel sortit de l'eau le premier pour commencer à ranger leurs affaires. Soudain il entendit derrière lui la jeune fille pousser des petits cris de douleur. Elle courait vers lui en sautillant sur la pointe des pieds.

— Regarde Manuel, cria-t-elle en se laissant tomber près du jeune homme. J'ai marché sur du verre ou sur quelque chose de coupant !

— Du verre ? Ce serait surprenant ! Fais voir... Montre-moi ton pied, dit Manuel en prenant dans sa main la cheville de Sylvie.

— Oh la la ! s'exclama-t-il aussitôt... Tu as mis le pied sur un oursin ! Il y en a parfois au Racou, j'aurais dû te prévenir. Mais je n'en avais pas vu aujourd'hui.

— Il n'y en avait qu'un et il a été pour moi ! soupira Sylvie. Alors qu'est-ce que je fais ?

— Surtout tu ne marches pas. Tu risquerais d'enfoncer les épines dans la chair. Je vais essayer de les retirer. Il n'y en a pas beaucoup. Ne bouge plus et... tu peux crier, si ça te soulage !

— Ça promet ! lança Sylvie. Tu es rassurant, quand tu veux !

Pendant un grand quart d'heure, Manuel retira une à une la demi-douzaine de minuscules pointes noires qui s'étaient enfoncées dans la plante de son pied droit. Sylvie serrait les dents, consciente des efforts de Manuel pour éviter de lui faire mal. Il était habile et tout en opérant, il parlait pour la distraire. Il lui raconta que cette mésaventure lui était advenue plus d'une fois.

— Je les ai toujours ôtées moi-même... J'ai l'habitude... Ce soir, tu n'oublieras pas de te désinfecter, c'est plus prudent, ajouta-t-il enfin. Voilà, c'est presque fini...

Sylvie avait posé sa main sur la tête du jeune homme et de temps en temps crispait ses doigts dans l'épaisse chevelure noire. Manuel était heureux de ce contact. Sylvie, elle, pensait que le sentiment amoureux qui s'installait en elle, elle le vivait comme cette journée à la mer. C'était beau et plein d'épines d'oursin ! Chaque piquant extrait lui arrachait des grimaces et des petits gémissements et en même temps elle était émue de voir Manuel agenouillé devant elle, extirpant chaque épine avec mille précautions, navré de la faire souffrir. Sylvie, troublée, s'interrogeait sur cette douceur et cette violence qu'elle sentait monter en eux. Elle eut envie d'aller plus loin.

Ils vivaient tous deux la sensualité ambiguë de ce moment étrange, et un flot de désir les submergea, comme les friselis d'écume qui venaient caresser les rives mouillées de la plage. Ils s'enlacèrent en frissonnant. Mais quelque chose les retint encore.

Chapitre dix-huit
Sardane d'automne

Depuis la lumineuse journée passée sur la plage du Racou, la complicité entre Manuel et Sylvie avait pris une autre dimension. Au plaisir d'être ensemble, jeunes, insouciants, forts de vie jaillissante et de rêves exaltants, s'ajoutait une sensualité de plus en plus pressante qui s'insérait dans leurs gestes même les plus anodins. Leur flirt prenait chaque jour une tournure qui troublait d'autant plus Sylvie que par moments, s'infiltrait l'image du séduisant Dominique Fillol. Manuel, lui, exultait de félicité. Pour la première fois de son existence, il respirait un air neuf étourdissant qui chassait au loin les souvenirs effilochés de ses premières joutes amoureuses.

Les deux jeunes gens se rendaient compte que leur attirance l'un vers l'autre grandissait et agissait comme un aimant et que leurs sens comme leur cœur vibraient dans l'attente de quelque chose de plus profond, de plus accompli. Il en est ainsi de l'amour instaurant sa dimension physique entre deux êtres qui se révèlent l'un à l'autre. Leurs promenades émaillées de caresses mettaient parfois leur corps à l'épreuve mais ils savouraient avec délice cette gloire charnelle dont se paraient leurs échanges. En même temps, ils la craignaient pour ce qu'elle signifiait de vertige et d'ivresse. Manuel vivait sur un nuage la surprise du sentiment poignant qui l'entraînait vers la jeune femme. Sylvie avançait pas à pas, étonnée elle-aussi de la puissance palpable de leurs approches. Manuel s'était promis de ne rien précipiter, Sylvie l'avait compris et ne doutait pas que ce serait à elle de donner le « la »… si elle le donnait un jour.

*

Sylvie se confia à Estelle qui admirait toujours chez son amie sa liberté de mouvement et de parole et la trouvait bien chanceuse. Sans trop entrer dans les détails, elle lui raconta par bribes son émotion et son désir partagés.

— Je suis heureuse pour toi, se contenta de répondre Estelle le regard brillant. Finalement, tu traverses un grand moment de bonheur. Je suis heureuse pour toi.

Et dans ces mots qu'elle lui répétait, on pouvait se demander s'il ne se cachait pas aussi un appel appuyé à être interrogée sur ses propres sentiments.

— Et toi, comment ça marche avec Dominique ?

questionna brusquement Sylvie qui soudain en eut assez de livrer à sa camarade des confidences sans pour autant y voir plus clair en elle.

Par un tiède après-midi d'octobre, elles marchaient le long des platanes près de la salle Saint-Pierre dans les quartier hauts du vieux Céret. Des feuilles craquantes et dorées glissaient le long des branches charnues des arbres et s'amassaient dans le caniveau.

Délivrée de sa mission touristique, Céret avait retrouvé son calme et l'apparence assoupie d'une sous-préfecture de province, alanguie comme une vieille fille endormie, elle entrait doucement dans un automne paisible. Les journées étaient moins lumineuses, les conversations aux cafés moins aiguës, les tenues moins exubérantes et les rues plus secrètes.

Sylvie, un brin curieuse d'apprendre comment évoluaient les rapports entre Estelle et l'élégant et fascinant libraire qu'était Dominique, attendait les explications d'Estelle qui semblait chercher ses mots. Le visage de son amie se rembrunit. L'arc brun de ses sourcils parut encore plus marqué et ses joues rosirent :

— Pour tout te dire, je ne suis même pas certaine que quelque chose marche entre lui et moi. Tu sais, depuis le méchoui chez ce Garbani, souffla-t-elle à voix basse en baissant les yeux, il ne s'est pas passé grand-chose. Je l'ai laissé tout juste m'embrasser deux ou trois fois sans plus. Certes, maintenant, je vais régulièrement le voir dans son magasin. Avant il fallait que je trouve le prétexte d'un livre à rechercher. À présent que nous avons fait plus ample connaissance, je peux y aller quand je veux et s'il n'a pas de clients à servir ou de colis à déballer, nous bavardons. Il m'a montré les poèmes qu'il écrit, c'est pas mal. Je lui parle des livres que j'aime. Il me questionne sur l'Algérie, sur Oran, la vie que nous menions là-bas et…

— Vous ne vous retrouvez pas quelque part en dehors de sa boutique ? Vous n'allez jamais vous balader dans la campagne ?

— Ce n'est pas facile. Tu sais comment sont mes parents à toujours surveiller leur progéniture. Déjà l'autre soir, quand ils m'ont vue revenir raccompagnée par Dominique et non par toi, ils étaient furieux. Ils m'ont posé plein de questions sur lui et sur ce qui s'était passé au méchoui et il a fallu que je leur explique qui invitait, qui était présent. Mon père qui se méfie de toute le monde n'a pas arrêté de me questionner, même sur Pietro Garbani. Il m'a dit qu'il essaierait d'obtenir des renseignements par la préfecture.

— Je crois que ton père a raison et qu'il faut se méfier de cet individu. Et au fait Dominique Fillol, qu'est-ce qu'il en pense, de Garbani ?

— À première vue, il le trouve plutôt sympathique justement parce qu'il se sent à des lieues d'un homme comme lui. Dominique a des manières policées, réservées, c'est le moins qu'on puisse dire.

— Mais il te drague ? insista Sylvie, plus directe. À la façon dont il t'entourait l'autre fois, j'avais l'impression que tu lui plaisais beaucoup.

Cette phrase que Sylvie prononçait sans trop y croire lui permettait d'en avoir le cœur net. Elle eut pour effet d'accentuer les joues déjà roses de la brune Estelle.

— Je n'en sais trop rien. De toute façon, je ne me fais aucune illusion, soupira-t-elle. Non seulement je ne le vois pas solliciter de mes parents l'autorisation de sortir avec moi mais encore mon père comme ma mère refuseraient une telle demande.

— Et pourquoi cela ?

— On dirait que tu ne sais rien de la tradition juive, répliqua Estelle qu'on devinait soucieuse et préoccupée par les mots qu'elle allait formuler. Le rôle qu'on fait assumer dans le monde juif méditerranéen aux femmes et notamment aux filles, les futures mères, est très précis. Mes parents, même s'ils sont libéraux, laïques et républicains restent attachés à la culture de leurs ancêtres, ils estiment que les juifs ont suffisamment souffert dans leur histoire et tout récemment encore pendant la deuxième guerre et qu'ils doivent se soutenir entre eux. Dans ma famille, ce n'est même pas une question de foi parce qu'à la maison les pratiques sont plus culinaires que religieuses… tu vois le genre ?

Mais cela ne leur viendrait même pas à l'idée que je puisse un jour fréquenter un non-juif. Je n'en ai jamais discuté avec mes parents mais ça a l'air d'être là comme une évidence absolue. De plus j'ai l'impression qu'ils ont d'autres vues sur moi. Ils m'ont parlé, il n'y a pas très longtemps, de la communauté juive de Perpignan qui est assez importante. Mon père faisait allusion à des jeunes gens très bien que je pourrais rencontrer. Ils ont même évoqué un certain Simon Amar qui vient de terminer ses études de dentiste et qui ouvre un cabinet.

— Donc, si j'ai bien compris, ce n'est pas toi qui décides de ton destin et qui choisis ? On ne t'a jamais cité le mot « liberté » dans tes cours de philosophie en terminale ?

— Bien sûr que si, je connais bien la théorie de l'existentialisme de Jean-Paul Sartre : c'est à moi d'écrire le scénario de ma vie. Mais c'est bien plus facile à dire qu'à faire. Crois-moi, pour ça, il faut se sentir très fort et d'abord rencontrer le partenaire qui t'aidera dans cette démarche. Pour moi, rien n'est moins sûr avec Dominique. J'ai bien peur qu'il ne soit qu'une lointaine planète inaccessible. Je crois qu'il m'aime bien sans plus, je représente pour lui une sorte d'attrait exotique. Il apprécie nos conversations autour de la poésie mais il ne me cache pas son intérêt pour toutes les femmes en général. Alors moi…

— C'est le genre qui papillonne ? coupa Sylvie.

— Si tu veux, dit Estelle en souriant, tout d'un coup plus détendue. Tiens, l'autre jour, il m'a posé plein de questions sur toi et j'ai l'impression que ce papillon aimerait bien butiner d'autres fleurs.

Finalement entre Garbani et lui, pensa Sylvie, il n'y a pas si grande différence !

*

Sylvie était devenue pour ainsi dire une experte en sardane. Amoureuse de cette danse si hiératique et de cette musique qui lui provoquait des frissons dès qu'elle jaillissait de l'orchestre, elle ne ratait plus une occasion d'y participer. Elle avait même proposé à Solange de lui apprendre les pas de base mais la gamine avait refusé, estimant en fin de compte que c'était une danse d'adultes bien trop compliquée pour elle.

Vers la mi-octobre, une grande soirée sardane pour célébrer la fin des vendanges, fut annoncée par le Comité des Fêtes qui avait fait venir spécialement de Barcelone une cobla célèbre. Devant les arènes, près du carrefour, on avait sorti des chaises, monté une estrade et allumé de longues guirlandes électriques. Les musiciens dignes et solennels selon l'usage prirent tout leur temps pour installer leurs pupitres et exécuter les notes du premier morceau. La mélodie monta vers le ciel comme un appel.

La sardane commença par un thème particulièrement mélancolique sur des mesures douces et sombres. La ronde se forma avec une lenteur calculée. Sylvie et Manuel s'avancèrent ensemble et s'insérèrent dans le ruban déjà ordonné. Un à côté de l'autre, ils entrèrent dans la danse et suivirent le rythme des pas qu'un vieux Cérétan comptait en remuant les lèvres. Pour Sylvie, c'était encore plus aisé de rester en harmonie avec les autres : elle n'avait qu'à regarder cet homme qui se trouvait en face d'elle. Petit à petit, le cercle s'élargissait. Comme toujours avec la sardane, on entre si on veut et quand on veut. Là, des hommes et des femmes rejoignaient les danseurs, s'enchâssaient dans la boucle et communiquaient dans la chaîne silencieuse qu'ils forgeaient maillon par maillon.

Sylvie restait surtout attentive aux pressions qui venaient de la main de Manuel, à sa droite, concentrée sur l'air nostalgique que jouaient les musiciens. Par instants elle fermait les yeux. La couronne se déplaçait en cadence et les mains tantôt se baissaient vers le sol, tantôt se dressaient vers les étoiles comme une prière aux dieux païens de la nature.

Tout d'un coup, à la fin d'un pas court, sur sa gauche se glissa quelqu'un qui lui prit la main. Sylvie n'y prêta pas attention sur le moment. Mais au fur et à mesure, elle perçut dans sa paume et son poignet quelque chose d'inhabituel, une manière différente d'être touchée. Cette main ne se contentait pas d'être en simple contact avec la sienne et de réagir aux changements de pas, il y avait autre chose, comme un message, un effleurement insistant qui se voulait la traduction d'une pensée. Sylvie tourna la tête, jeta un bref coup d'œil et reconnut l'homme qui, lui aussi, obliqua son visage et lui adressa un sourire clandestin mais non moins explicite. Dominique ! Dominique Fillol, par sa main droite, tenait sa main gauche à elle et avait choisi de s'intercaler à cet endroit pour être à son côté. Une demi-seconde, Sylvie en fut flattée et en oublia le tempo mais très vite en fait ce fut une onde de malaise qui l'atteignit et la submergea. Le toucher se faisait caresse, furtive mais caresse et cette impression de viol de son intimité lui parut alors insupportable. Elle n'avait rien demandé !

Alors, suffoquant, elle dégagea brusquement sa main gauche, retira du même coup sa main droite que tenait Manuel et sortit de la ronde à reculons. Elle courut jusqu'au banc le plus proche et s'assit pour tenter de se reprendre. Manuel s'était retourné vers elle, avait aperçu Dominique. Heureusement, à la minute même, l'orchestre jouait la note extrême, celle qui provoque et souligne le dernier mouvement des danseurs avec leurs bras projetés vers l'intérieur de la ronde. Dominique s'éloigna à pas tranquilles se rapprochant d'un groupe d'amis rassemblés sous un platane. Repérant Sylvie, il lui lança, provocateur, une œillade enjôleuse.

Manuel n'avait pas mis longtemps à deviner la

cause de la sortie précipitée de Sylvie. Il avait compris le manège indécent de ce Dominique dont il se méfiait déjà comme d'un rival. Il se précipita vers le libraire qui, à cinq mètres de là, pérorait en catalan d'une voix inhabituellement forte.

Sylvie lut dans les yeux de Manuel une fureur intense. Ses bras, le long du corps, s'étaient raidis jusqu'aux poings serrés. Tout d'un coup, elle fut certaine qu'une bagarre allait éclater… elle n'en voulait pas. Elle ne désirait pas être l'objet d'une convoitise ou l'enjeu d'une dispute. En Algérie, elle avait eu son compte de violence. Elle bondit et se planta fermement devant Manuel. Trop tard, celui-ci avait envoyé valser Dominique d'une grosse bourrade qui l'avait déséquilibré. Avant que Manuel n'agrippât à nouveau Dominique, Sylvie s'interposa, lui saisit les deux mains et l'entraîna vers la rue voisine. Dominique les vit s'éloigner, à la fois déconfit et soulagé de ne pas avoir à riposter.

Sylvie avait insufflé toutes ses forces dans ce geste à la fois ferme et implorant pour convaincre Manuel de se calmer. La respiration de Manuel était courte et tendue.

— Laisse-moi aller lui casser la gueule, Sylvie ! rugit-il.

— Non, Manuel, cela n'en vaut pas la peine. Viens, partons.

Ils s'éloignèrent des arènes et se dirigèrent vers le premier bar ouvert. Sylvie, d'autorité, après avoir commandé deux cafés à une serveuse, s'installa à une table du fond et, épuisée de nervosité, colla son épaule contre celle de Manuel qu'elle devinait bouillant encore de colère. L'endroit était quasi désert. On percevait dans le lointain la musique de la cobla qui avait repris ses mélopées. Manuel peu à peu s'apaisait.

Elle couvrait son oreille de baisers légers comme des plumes et lui chuchotait :

— Ce n'est rien, Manuel, je suis avec toi.

— Je n'aime pas ce type prétentieux, Sylvie.

Manuel essayait de se ressaisir et de parler doucement.

— Excuse-moi, Sylvie, reprit-il, même si je ne me sens aucun droit sur toi, je ne peux pas supporter que cet homme te fasse des avances. Je connais Dominique depuis des années, je n'ai jamais apprécié son côté hautain, petit bourgeois bourré de pognon, cette espèce de rentier qui tourne autour de toutes les filles. Chaque fois que j'ai eu besoin d'acheter quelque chose dans son magasin, j'ai eu l'impression d'être en infériorité. On croirait qu'il n'y a que lui qui sait lire.

Surprise par un discours aussi critique, Sylvie réfléchissait. Elle n'avait pas encore considéré le libraire sous cet angle du mépris affiché à l'égard des autres mais comprenait le sentiment d'écœurement de Manuel. Il avait entrelacé ses doigts à ceux de Sylvie et se serrait contre elle, tout en s'efforçant de maîtriser sa voix.

— Pardonne-moi, Sylvie, j'aimerais tant ne pas te paraître brutal ni jaloux comme un ours en furie. Je te regarde comme un enfant émerveillé, tu es l'ange doré qui me montre la voie à suivre. C'est toi seule qui peux me dire où aller et quand y aller. J'ai une peur bleue du jour où tu me dirais que nos chemins se séparent. En attendant laisse-moi t'avouer que depuis que nous sortons ensemble, comme on dit, tu me fais un cadeau dont je n'avais jamais eu idée.

— Tais-toi, Manuel, arrête.

— Si plus tard tu me demandes de te laisser tranquille, sache que je le ferais même si je dois en souffrir mais je suis jaloux, jaloux à en crever et je ne supporterai pas que quelqu'un d'autre t'approche.

Sylvie se rendait compte à quel point Manuel parvenait à s'exprimer quand il le voulait ou quand le besoin s'en faisait nettement sentir. Et au fond ce n'était pas l'unique fois qu'elle l'avait écouté parler avec chaleur et vigueur. Mais là, à cette heure tardive de ce début de nuit, à l'écouter laisser s'ouvrir son cœur, elle avait peur des paroles plus fortes encore qu'il pourrait prononcer, peur de ces mots qu'on ne lui avait encore jamais dits : « Je t'aime ». Non, il ne fallait pas qu'il aille jusque là. Car même si elle s'avouait qu'elle se sentait de mieux en mieux avec lui, tout allait trop vite.

— Aie confiance en moi, Manuel. Et merci de

t'être retenu pour moi, Dominique n'en vaut pas la peine. J'ai trop vu de brutalités et de barbaries en Algérie. Laisse-moi du temps, je suis à peine remise d'un chambardement inouï. Dans ma tête, je mélange tout, mon passé, mon présent, mon futur. Les images d'Algérie se superposent à celles de la Catalogne. J'ai beaucoup de choses à oublier et tant d'autres à construire.

En disant cela, elle avait conscience qu'elle donnait un coup de frein à cet élan passionné qui faisait vibrer l'air dans le café où ils étaient les derniers clients. Au comptoir, la patronne plongée dans ses additions, leur tournait le dos. Ils étaient seuls au monde et se regardaient dans les yeux.

— Tu comprends Manuel qu'il faudra être patients ? Je viens de m'inscrire en fac, j'attends une réponse pour un poste de surveillante. Il me faut en plus aider mes parents. Et puis nous deux, nous sommes bien jeunes et… L'avenir ne me paraît pas toujours aussi simple et lumineux.

— Moi, c'est tout le contraire ! Mais il faut que je te dise… j'ai l'impression d'avoir toute la vie devant moi, à présent que je t'ai rencontrée, chuchota Manuel. Alors, rassure-toi, j'aurai des tonnes de patience… Du moment que je peux t'embrasser, ma fée toute blonde à croquer, ajouta-t-il d'un ton moqueur.

— Et moi, tu ne me demandes pas mon avis ? répliqua Sylvie sur le même ton. Je n'ai pas le droit d'en avoir envie, de t'embrasser, moi aussi ?

Tout en riant en chœur avec Manuel, Sylvie pensait en arrière plan à Dominique, à cet incident qui venait d'éclairer ses sentiments. Elle découvrait que, plus que jamais, il lui fallait trancher sans ambigüité et mettre fin au jeu dangereux auquel elle s'était livrée en pensée, en s'autorisant à voir en Dominique et Manuel deux prétendants potentiels.

Choisir, c'est aussi savoir poser des barrières devant les fantasmagories de l'imagination.

Chapitre dix-neuf
Au Verger du Roussillon

Pour Jean-Marc et Juliette Pagès, le vingt-cinq octobre 1962 ne fut pas un jeudi comme les autres. Ce jour-là fut précisément la veille de l'ouverture de leur magasin d'épicerie fine et de primeurs. Ainsi en avaient-ils décidé la semaine précédente. Ouvrir un vendredi matin, pourquoi pas ? De toute façon ils étaient quasiment prêts, il fallait bien se lancer. Ils avaient le trac mais tergiverser ne servait plus à rien. Il serait toujours temps par la suite d'ajuster les détails d'approvisionnement et d'aménagement de la boutique en fonction de la réaction des clients. Ils espéraient ne pas s'être fourvoyés dans leur choix de relancer un commerce, fermé depuis des années, dans ce quartier calme de Céret. Il y avait un risque mais au fond d'eux-mêmes, ils voulaient y croire. Ils déploieraient efforts et énergie pour réussir leur projet et retrouver la sérénité sur cette terre catalane.

L'atmosphère ensoleillée s'harmonisait avec leur humeur combative. La tramontane avait chassé la pluie de la nuit passée. On respirait un air sec et léger, pur et frais. Il était midi et les époux Pagès admiraient l'enseigne qu'ils venaient de faire accrocher le matin même sur le fronton de leur boutique par Hyacinthe Cerda, auquel ils avaient confié quelques travaux de finition. Après le départ de l'artisan, qui devait revenir dans la journée pour terminer la pose du rideau roulant de fermeture, ils prenaient le temps de regarder l'allure générale de leur devanture. Ils avaient traversé le boulevard et s'étaient positionnés sur le trottoir d'en face qui bénéficiait, avec le recul, d'une vue d'ensemble. L'aspect du rez-de-chaussée de cette étroite tranche de maison mitoyenne des deux côtés s'était métamorphosé en quelques mois. Depuis que la famille y avait emménagé début juillet, la façade avait repris vie et s'était agrémentée, à chaque étage, de pots de géraniums dont les dernières fleurs explosaient encore aux balcons.

Mais le changement le plus spectaculaire était forcément la renaissance de cette boutique dont la vaste vitrine laissait sans peine deviner à l'intérieur les étagères remplies de paquets, de boîtes de conserve, de pots de confiture et de bouteilles de jus de fruits. On apercevait aussi les étals dès à présent chargés de cageots débordant de marchandises. Les boiseries encadraient la vitrine d'un vert pimpant qui laissait entendre à la clientèle qu'elle entrait là dans le domaine des fruits du potager et du verger... Les grandes lettres majuscules de l'enseigne, peintes dans un blanc crémeux, se détachaient gaiement sur ce fond de verdure et annonçaient qu'on trouverait aussi dans ce magasin fromages et produits laitiers. Et puis – coquetterie suggérée par Juliette – le peintre avait esquissé avec un certain bonheur, de part et d'autre du panneau de l'enseigne, à gauche et à droite des lettres, les formes rondes de quelques fruits et légumes, des pommes, des cerises et des tomates surtout, choisies pour leur couleur rouge vif qui donnait un air de naïveté appétissante à cette raison sociale hors du commun.

Une main sur l'épaule de son épouse qui, à son côté, émue et attentive, ne soufflait mot, Jean-Marc se racla la gorge avec un brin de solennité moqueuse. Il s'apprêtait à lire à voix haute le nom de la boutique, lorsque Solange déboula au galop du bout de la rue. Elle rentrait de l'école et, de loin, avait été intriguée de découvrir ses parents devant la maison. Elle accourut près d'eux.

— Maman, papa... qu'est-ce que vous faites là ? demanda-t-elle d'une voix où perçait une petite fêlure inquiète.

— Mais regarde donc toi-même, ma chérie ! répondit Juliette en embrassant la fillette. Alors, tu ne remarques rien ?

— Oh ! claironna Solange tout excitée, ça y est ! La boutique a un nom ! Et il est déjà peint ! Vous avez fait ça ce matin ?

Elle sautillait sur place et tapait des mains, tout en articulant, de sa voix éclatante d'enfant radieuse et en détachant chaque syllabe :

— « Au Verger du Roussillon » ! Bravo ! C'est très joli !

— Eh bien, ma fille, dit Jean-Marc, touché, tu es arrivée pile au bon moment ! Alors comme ça, elle te plaît, la boutique de tes parents ? Espérons qu'elle séduira aussi un maximum de clients… Ce commerce, c'est notre nouveau gagne-pain, tu sais. On a tous intérêt à ce qu'il connaisse un franc succès…

Pour toute réponse, Solange se pendit au cou de son père et fit claquer un énorme baiser sonore sur chaque joue. Puis elle nicha sa main dans celle de sa mère et tous les trois, attendris par ce moment d'affection improvisé dans la rue, rentrèrent à la maison.

Juliette, occupée toute la matinée par divers arrangements de détails dans le magasin, n'avait rien préparé pour le déjeuner. En quelques gestes vifs, elle attrapa dans ses réserves une des boîtes de conserves de tomates qu'elle avait fabriquées en septembre pour la boutique et pour leur consommation personnelle, jeta des spaghettis dans l'eau bouillante, râpa du gruyère et hacha de l'ail et du basilic.

Entretemps, Gilles était rentré du collège, une baguette de pain sous le bras. La boulangerie du quartier était sur son chemin et c'était devenu sa mission de rapporter du pain frais tous les jours en revenant des cours à midi. Un quart d'heure plus tard, Solange alla chercher le grand-père Hugo dans sa chambre. Ils se mirent à table. La perspective de l'ouverture imminente du Verger du Roussillon leur avait aiguisé l'appétit. Même l'aïeul, sensible à cette atmosphère plus électrique qu'à l'habitude, semblait suivre la conversation qui portait sur l'événement du lendemain. Et puis soudain, devant son assiette de pâtes, la fourchette en l'air, il demanda d'un air inquiet :

— Mais Sylvie... où est-elle ?

— On a oublié de te le dire, Papa ? s'étonna Jean-Marc. Sylvie vient enfin d'obtenir un poste de surveillante au collège de Céret... Elle l'a su hier après-midi et elle commençait dès aujourd'hui.

— Oui, et même que je l'ai aperçue tout à l'heure à la sortie des cours ! lança Gilles avec un soupçon de fierté dans la voix. Elle faisait l'appel des demi-pensionnaires devant la cantine...

— Si je comprends bien, constata le vieil homme avec un sourire discret, tout s'arrange pour tout le monde... Sylvie a été reçue à son examen, elle a obtenu le poste qu'elle souhaitait. Je suis heureux pour elle. C'est une brave petite... Et puis vous deux, mes enfants, ajouta-t-il en souriant à sa belle-fille et à son fils...

Il s'interrompit, des larmes gonflaient ses paupières fatiguées. Chacun retint son souffle autour de la table. Il y avait bien longtemps qu'il n'avait prononcé un tel discours.

— Vous deux, je souhaite de tout mon cœur que ça marche comme vous voulez, votre commerce… Vous le méritez, mes enfants… Ah la la !

L'émotion lui coupait la respiration. Les mots pour exprimer ses sentiments lui semblèrent trop forts, trop solennels plutôt. Il aurait voulu leur dire son affection, sa reconnaissance pour leurs attentions quotidiennes, qu'il connaissait bien sûr mais dont il ne parlait jamais, par pudeur. Il aurait voulu leur avouer le souci qu'il avait de leur bonheur, alors même que pour lui il n'aspirait plus qu'à l'engourdissement d'une vieillesse sans heurts, recueillie sur les images de son passé explosé, un passé qu'il ne pouvait et ne voulait oublier.

Il ne put que murmurer, en réprimant un sanglot :

— Que Dieu vous prête vie…

*

Jamais Sylvie et Manuel ne s'approchèrent autant l'un de l'autre que pendant ces radieuses semaines d'automne. Ensemble ou séparés par leurs occupations respectives, ils avançaient sans cesse l'un vers l'autre. Leur esprit s'ouvrait à l'univers de l'autre et se nourrissait chaque jour plus densément du sentiment qui grandissait en eux. C'était pour eux une flamme nouvelle qui semblait les éclairer pour affronter la vie et les rendait, croyaient-ils, invulnérables. Et même s'ils n'avaient pas encore franchi le seuil de l'embrasement physique, ils s'y préparaient patiemment. Comme une fleur qui attend le jour le plus pur avant d'ouvrir tous ses pétales au soleil pour offrir au monde son enivrant parfum, leur désir se déployait.

Sylvie rayonnait, ne doutant plus de cette violence et en même temps de cette douceur tranquille qui envahissaient son cœur. Elle osait pour la première fois de sa vie songer au mot « amour » qui jusqu'alors lui faisait plutôt peur. Le visage lumineux de Manuel quand il la rejoignait et la profondeur de son regard posé sur elle, lui proclamaient qu'il ressentait les mêmes émotions.

Protégés par un rayonnement intérieur, ils se promenaient la main dans la main dans les bois de chênes verts ou s'attablaient dans un petit bar de la Place des Neuf Jets pour se réchauffer autour d'un café serré et discuter d'une foule de choses sérieuses ou anodines en fumant une cigarette.

Mais en même temps ils ne travaillèrent jamais autant et avec autant de courage que pendant ces quelques semaines. Les sentiments qui cimentent petit à petit une destinée décuple l'énergie.

Sylvie avait commencé à donner, le samedi après-midi, quelques cours particuliers de français et d'espagnol à des écoliers et collégiens du quartier. La petite annonce à la librairie de Dominique avait fait son effet et le bouche à oreille avait vite fonctionné... fournissant trois jeunes élèves à l'étudiante ravie. Par ailleurs, elle avait entamé, avec des devoirs par correspondance, sa première année de Licence de Lettres et, dernier succès inespéré, l'annonce de sa nomination sur un poste à mi-temps de surveillante au collège de Céret – celui où Gilles était inscrit en troisième – la fit bondir de joie. Tous ses projets se mettaient en place comme elle l'avait souhaité... Elle savait que sa candidature avait été appuyée auprès du Principal du collège par Julie Ventura et Marcel Marty qui lui avaient ainsi témoigné leur amitié, eu égard à l'intérêt qu'elle avait immédiatement porté à la culture catalane. La bibliothécaire n'avait pas caché à Sylvie qu'elle-même et le professeur de musique avaient été sensibles au fait qu'une jeune fille à peine débarquée en Roussillon, après les épreuves qu'elle avait dû subir, s'était ouverte aux richesses de la région et avait cherché à s'insérer dans son nouvel environnement.

Quant à Manuel, le maraîchage exigeait de lui de longues heures de labeur au jardin. La nature en automne a ses exigences à qui travaille la terre et vit de ses produits. Retourner le sol sans calculer les innombrables coups de bêche et de fourche qui secouent tout le corps, délimiter les plates-bandes en déroulant, dos courbé pendant des heures, le cordeau de chanvre, extirper les racines des mauvaises herbes vivaces, renouveler le palissage des arbres fruitiers le long des murs, nettoyer, traiter, transporter des brouettées de terreau et de branchages morts, profiter des jours de pluie pour réparer tous les outils dans la remise... Comme chaque année à cette époque les journées de Manuel s'ouvraient et se refermaient sur un travail éreintant.

Il s'y attelait chaque matin avec ardeur, porté par le bonheur qui bouleversait sa vie. Si à un moment il avait pu craindre que Sylvie dédaignât son activité d'homme de la terre, il était désormais rassuré. Certes Sylvie n'y connaissait rien en culture maraîchère mais elle appréciait le travail de Manuel. Elle faisait d'ailleurs plus que le respecter, elle aimait voir Manuel faire fructifier cette terre, et passait parfois chez les Vila rien que pour le regarder travailler. Sa vision du monde agricole paraissait à Manuel plutôt irréaliste et beaucoup trop romantique mais cela importait peu. Il en souriait et il ne détestait pas qu'elle fût lyrique quand elle évoquait ses mains rudes de jardinier.

Manuel tirait aussi une réelle satisfaction des accords qu'il avait négociés avec le père de Sylvie. Jean-Marc Pagès, comprenant que son intérêt était d'éviter de se fournir à la coopérative de Céret et de sauter cet intermédiaire, avait proposé aux Vila – mère et fils – de s'approvisionner directement chez eux. Tout le monde devait y gagner, y compris et surtout les clients.

La coopérative prenait au passage sa marge, c'était normal, mais chaque fois que Maria et Manuel Vila avaient vendu directement leur production sur les marchés dans cette petite région du Vallespir, au Boulou, à Amélie-les-Bains, à Arles-sur-Tech – ils n'allaient pas plus loin à cause du coût du déplacement – ils s'étaient rendu compte, aux réflexions des ménagères, que leurs prix étaient intéressants. En servant les Pagès à un prix de gros, ces derniers pourraient également proposer des tarifs attractifs à leur clientèle. Si le succès du magasin était au rendez-vous, si tout se passait comme les deux parties l'espéraient, Manuel s'engageait à livrer chaque jour fruits et légumes de saison au Verger du Roussillon … On ne pouvait pas imaginer produits plus frais… le magasin n'était qu'à trois cents mètres de la terre qui les avait portés !

Maria Vila était elle aussi ravie de cet arrangement. Depuis qu'elle ne pouvait plus compter sur le coup de main d'Augustin, trop fatigué désormais, les petits marchés de plein air lui paraissaient trop fatigants et pas assez rentables. En outre, tout porter à la coopérative n'était pas une bonne solution. Elle voyait donc d'un bon œil l'opportunité d'avoir pour partenaire un client aussi proche. Et au-delà de cette considération pratique, elle constatait que son fils était épanoui et n'avait jamais paru aussi heureux.

Ce jeudi soir, veille de l'ouverture de l'épicerie,

Juliette invita les Vila à prendre un verre accompagné de gâteaux apéritifs salés et sucrés qu'elle avait confectionnés elle-même. Les Pagès au complet étaient présents et le grand-père Hugo avait noué une cravate au col de sa chemise blanche. Il accueillit lui-même Augustin Rocheteau et les deux hommes entamèrent, au bout de la table, une de ces conversations qui ne finissent jamais.

Ce fut l'occasion de porter un toast pour souhaiter réussite et longue vie au magasin. Le verre de mousseux levé, chacun répéta avec un accent de sincère conviction :

— À la santé du Verger du Roussillon !

— Au succès de votre entreprise ! ajouta Maria Vila. Je vous le souhaite de tout cœur !

— Et aux amoureux ! lança la voix aigüe et émoustillée de Solange en écarquillant les yeux vers Manuel et Sylvie.

À part Maria qui fronça imperceptiblement les sourcils et ne sourit pas, tout le monde s'amusa de cette sortie inattendue, y compris les deux jeunes gens qui, discrets, se tenaient par la main. Mais Sylvie ne put s'empêcher de faire les gros yeux à sa petite sœur et de lui souffler à l'oreille :

- De quoi je me mêle, mademoiselle la bavarde ?

Cependant rien ne put ternir le bel enthousiasme qui réunissait ce soir-là les convives.

*

Au bout d'un mois, le pari semblait bel et bien gagné. Parce qu'il n'était pas d'un naturel fanfaron et aussi par superstition dans une certaine mesure, Jean-Marc Pagès se garda bien de crier victoire. Toutefois dès la fin novembre, après avoir fait les comptes, il se permit de tirer un bilan optimiste :

— On ne s'est pas trompés, apparemment, dit-il à sa femme un matin de bonne heure, juste avant de lever la grille. Les affaires ne marchent pas trop mal, c'est un bon début.

Il promenait un doigt sur les lignes vertes du livre comptable ouvert devant lui et Juliette, penchée par-dessus son épaule, commenta :

— C'est vrai, les chiffres parlent d'eux-mêmes... les légumes et les fruits frais sont notre point fort. Et les conserves aussi ! Dis, tu as vu comme elles sont appréciées, mes confitures ! Même les gens du coin, ils les aiment !

— Mais oui, Juliette, j'ai remarqué ça, bien sûr. Ce serait judicieux, d'ailleurs, d'accentuer le côté « produits fabriqués à la maison »... Mais tu vas trouver que c'est trop tôt pour en parler, non... ? d'autant que ça reposerait beaucoup sur toi...

— Oh ! dis, ne t'emballe pas ! On verra... Pour l'instant, comme on approche de Noël, j'aimerais donner un aspect plus raffiné au magasin... On pourrait le décorer et...

Ils furent interrompus par le premier client du jour qui secouait la grille et montrait sa montre d'un doigt péremptoire.

— Garbani ! Qu'est-ce qu'il nous veut encore, celui-là ? grommela Jean-Marc.

En fait, Pietro Garbani, toujours fringant et armé de son éternel sourire conquérant, ne voulait rien de spécial. « Juste dire bonjour en passant » et saluer les Pagès à la façon d'un homme politique en campagne électorale. Et puis s'excuser de n'être pas encore venu au magasin des Pagès... « c'est que je suis débordé avec des rendez-vous de tous les côtés ». Il était flanqué de Kader, muet comme à son habitude, qu'il présenta d'une expression aussi cavalière que vague :

— Kader, mon aide de camp, jeta-t-il avec un dédain appuyé. Je vous l'enverrai de temps en temps pour acheter des légumes !

Et il enchaîna sans transition :

— Ah ! Qu'il faut pas que j'oublie... Il vous a raconté, le Gilles, qu'il avait fait un tour en voiture avec moi, la semaine dernière ? On est allés jusqu'à Thuir, un aller-retour en un temps record ! Vous n'étiez pas au courant ? C'est un petit cachotier, votre gamin... Ah pourtant, croyez-moi, ça lui a plu, de slalomer sur la route !

Devant l'air médusé des parents, Garbani ajouta, pour enfoncer le clou :

— Il est formidable, votre fiston. Vous pourrez

lui dire que s'il est partant pour une autre virée, y a pas de problème, c'est quand il veut !

Jean-Marc allait répliquer quand une voisine, un panier sur le bras, arriva pour ses emplettes. Il ravala sa colère et se contenta, les dents serrées d'un laconique et glacial :

— En tout cas ce ne sera pas avec notre accord. Excusez-nous, on a du travail…

Garbani n'insista pas et sortit, dans un ricanement. Sur le pas de la porte, il se retourna vers Kader qui caressait des yeux les rayonnages de fruits confits, l'attrapa par la manche de son burnous et lança :

— Amène-toi, Kader, on se magne !

… Le soir même, Gilles subit de la part de son père le plus vigoureux sermon qu'il eût jamais reçu de toute sa vie. Pour finir, Jean-Marc lui exigea de ne plus se « compromettre » avec cet individu et l'adolescent, ébranlé par le discours paternel, jura d'éviter tout contact avec Garbani.

Cet incident mis à part, en ce début décembre, dernier mois d'une année si chargée en lourds événements, les Pagès nourrissaient enfin le sentiment que les mauvais jours s'éloignaient désormais loin derrière eux.

Chapitre vingt
Jours sans lumière

Certes tout allait bien en cette fin d'automne mais Jean-Marc et Juliette restaient réservés car l'histoire récente leur avait appris que les périodes d'apparence sans nuages, ne sont hélas parfois que des états précaires ne présageant rien de bon.

Échaudés par les événements de ces dernières années, aucun des Pagès, parents comme enfants, n'exultait. Bien au contraire ils adoptaient l'attitude de ceux qui ont beaucoup souffert mais qui gardent espérance. Ils savouraient, sans même l'exprimer de peur de la briser, la tranquillité relative qui semblait leur être accordée depuis quelques semaines. Dans ce coin de France, au sein de la petite ville de Céret, ils mettaient en place lentement mais sûrement des fils qui allaient les relier d'une manière de plus en plus ferme à cette région si attachée dans son folklore et néanmoins si ouverte aux nouveaux arrivants.

Il est un temps pour tout, proclame la sagesse biblique. Un jour certain viendrait le temps du souvenir, le temps de fouiller dans le passé, de tirer de la glèbe enfouie dans la mémoire, les vestiges des années anciennes, celles heureuses ou malheureuses qui avaient précédé le départ pour la métropole. Aujourd'hui c'était le temps nécessaire de l'action. Sans se concerter, ils avaient tous choisi de bâtir des projets. Pour les enfants, désemparés aux premières heures de leur installation, le plus dur était derrière eux. Ils s'étaient créé de nouvelles habitudes, de nouveaux amis et s'accommodaient sans problème de ces paysages inédits. Jean-Marc et Juliette, obligés de se confronter au combat de la vie pour eux et leur progéniture, rencontraient plus de difficultés et la rupture avec les fantômes du passé s'avérait moins aisée. Par bonheur, en choisissant de s'inventer un nouveau métier, ils tournaient la page, plus rudement que leurs enfants mais avec une inébranlable volonté qui leur faisait franchir étape sur étape et croire à des espaces plus clairs de l'avenir. Tous, chacun à sa mesure, avaient à cœur de se lancer en avant et commençaient à sourire de nouveau.

Tous, ce n'était pas tout à fait exact. Tous sauf un vieillard, à jamais englué dans sa mélancolie et dans son désespoir d'avoir, un jour maudit, perdu son épouse. Son regard intérieur le ramenait seconde après seconde vers son malheur béant dans son âme.

*

Et voilà, en ce samedi matin de mi-décembre, que les Pagès se retrouvaient unis, se tenant la main, collés les uns contre les autres dans le cimetière de Céret pour un dernier adieu au grand-père Hugo, un adieu à celui qui n'était pas arrivé à s'imaginer un futur et dont la famille qui l'entourait de son affection – chaque membre à sa manière – n'avait pas suffi à l'extraire de son chagrin.

Une tramontane féroce avait pris possession de la journée et s'engouffrait partout, maisons et vêtements, ruelles et jardins. Hommes et bêtes subissaient son inlassable besogne. Mais grâce à ce vent furieux venu du nord qui pinçait comme une serre de vautour, une immense voûte bleue détachait la ligne des Albères et du Canigou au dessus du cimetière et affichait une luminosité grand angle. Le froid était là, glacial malgré le soleil, au sein des cœurs transis de la famille endeuillée.

Dans les bras de Sylvie, Gilles que ses deux sœurs trouvaient souvent dur comme un caillou et enfermé dans son statut d'adolescent grognon, n'arrivait pas à retenir les larmes qui noyaient son visage défait. Sylvie le retenait d'un côté contre elle, et appuyait la tête de son frère sur son trop léger manteau de laine grise tandis que sur son autre flanc se pressait la petite Solange bouleversée, hagarde mais sans pleurs, comme tétanisée par l'intensité cruelle et irréaliste de l'instant. En grande sœur aînée responsable, elle s'efforçait de montrer bonne figure et pour tenir le coup elle avait enfourché sur ses yeux rougis une grosse paire de lunettes noires qui assurait une protection de façade. Elle regardait sa mère transie dans son vieux tailleur sombre et songeait qu'elle avait eu, si l'on peut dire, de la chance de perdre très jeune ses parents. Juliette avait les traits tirés mais semblait calme et prête à assumer, dans ces heures troublées, les tâches nourricières d'un quotidien rassurant. Mais quand Sylvie tournait la tête vers son père, lui aussi engoncé dans un costume de circonstance, noir et gris de vieillesse, elle contemplait un homme blessé, un fils frappé au cœur, déchiré de tristesse.

Jean-Marc Pagès, plongé dans la cruauté de l'épreuve, savait qu'il devenait à présent le doyen de la famille. L'ultime rempart avait sauté. Hugo, s'en était allé, trop bousculé par le cours de l'histoire et l'avait laissé lui, Jean-Marc, seul face aux aléas de l'existence. Et c'était à lui, le fils unique, de puiser maintenant le courage de s'affirmer comme seul recours aux yeux des siens. C'est cela que Sylvie lisait sur le visage clos de cet homme qui était son père et qui tentait de faire front à la fatale tragédie que la destinée réserve aux humains.

— Passe encore pour chaque être sur la terre de devoir penser à sa propre mort, méditait-elle, mais je me demande s'il n'est pas plus dur d'accepter de devoir un jour faire face à la mort de ceux que l'on aime.

Et devant le cercueil qu'on allait introduire d'une minute à l'autre dans le modeste caveau, en ce jour obscur – malgré le bleu éclatant du ciel au dessus d'eux – et métallique comme le tranchant de l'existence se rappelant à chacun de nous, elle s'imaginait devant assumer à son tour la perte de son père ou de sa mère et cela amplifiait sa peine.

— C'est donc ça vivre ! Mon dieu, il faudrait accepter que les autres meurent et continuer à respirer ! se disait-elle en bloquant contre elle son frère et sa sœur.

Pour s'empêcher de crier son sentiment d'injustice et ne pas éclater en sanglots, elle se mordait les lèvres. Un instant, revint en son souvenir la mort d'Albert Camus, ce célèbre compatriote d'Algérie, grand écrivain humaniste arraché, deux années plus tôt à sa notoriété internationale dans un stupide et fatal accident de voiture.

L'enterrement d'Hugo Pagès fut bref et les employés du service funèbre fixèrent une plaque de béton gris pour fermer le caveau. Volontairement, aucun discours ne fut prononcé. Le travail de mémoire commencerait pour la famille dès le portail franchi.

Il n'y avait pas eu de faire part ni de cérémonie religieuse, le grand-père, avec son anticléricalisme atavique, avait clairement exprimé cette demande à maintes reprises. L'entreprise de pompes funèbres avait conduit directement sa dépouille de la maison au cimetière. Les obsèques se déroulaient dans l'intimité des proches. Au pied d'un long cyprès tourmenté par le vent, Jacky Bensoussan, son épouse Arlette et Estelle, tous trois chapeautés et en vêtements sombres étaient venus soutenir les Pagès par leur présence discrète. Tout comme Maria Vila, Augustin Rocheteau et Manuel qui se rongeait les sangs dans ce silence effrayant qui entourait l'instant solennel.

Quelques voisins, en retrait du groupe principal à quelques mètres du portail d'entrée, avaient fait le parcours du cimetière. On les sentait émus de grave compassion, ces anonymes qui observaient la scène avec la dignité sobre des gens des campagnes. Il y avait aussi deux ou trois clients qui, ayant vu la boutique close avec son étiquette : « Fermé pour cause de décès », étaient venus, malgré la froidure, attester de leur solidarité auprès de la famille Pagès. Très en arrière, furtif, ennuyé et gelé, on apercevait Dominique Fillol, battant le pavé. Il avait mis un chapeau feutre noir et s'apprêtait à présenter ses condoléances à la famille du vieux bonhomme disparu, au nom de sa propriétaire de mère qui l'avait chargé de cette pénible commission. Il s'en serait passé.

*

Tout s'était déroulé très vite. Deux jours plus tôt, dans la soirée, l'absence d'Hugo Pagès avait été remarquée au repas que la famille prenait dans l'étroite salle-à-manger du premier à vingt heures juste après la fermeture du magasin. Les habitants de la maisonnée s'en étaient étonnés car le grand-père qui avait ses propres horaires plutôt fantaisistes, ne manquait jamais ce moment du dîner où il voyait ses enfants et petits-enfants réunis.

Mais ce soir-là, son assiette de soupe avait refroidi. C'était la première fois. Jean-Marc, qui s'en était alarmé le premier, n'avait pas trop su quoi faire. On avait mangé et attendu patiemment. Vers vingt-trois heures, comme son père n'était toujours pas rentré, le fils était allé prévenir la gendarmerie de Céret qui avait dépêché deux hommes. Les deux militaires avaient patrouillé avec leur camionnette bleue dans les rues des environs, avaient exploré tout le quartier mais étaient revenus bredouilles.

Depuis quelques jours, des pluies froides et sévères avaient délavé la cité et dans les rigoles qui bordaient les rues, des ruisseaux agiles dévalaient vers la route. Les pavés des chaussées détrempées étaient luisants et on pouvait craindre une glissade malencontreuse et une chute dans un fossé.

La nuit profonde était tombée, sans lune et sans

éclat, ce soir-là et le bas quartier qui rejoignait la route allant d'un côté vers Perpignan, de l'autre vers Amélie-les-Bains était comme toujours immergé dans l'obscurité. Que s'était-il passé ?

... Depuis leur arrivée en juillet, le grand-père comme les autres membres du petit clan Pagès, avait pris un nouveau rythme. Mais cet homme à l'esprit ailleurs, loin des autres, s'était réfugié dans un mutisme et des promenades solitaires qui l'avaient fait se sentir inutile à ses propres yeux. Sans son épouse Aurélia, dans ce pays inconnu, il avait l'impression d'être un poids pour tout le monde, plus une gêne qu'autre chose. Il mangeait à peine, ne dormait pas plus. Il sortait à n'importe quelle heure du jour, parfois sautait le repas le midi. Il attrapait un bâton de châtaignier qu'il avait taillé et s'en servait de canne pour ses balades. N'aimant pas la foule, il évitait de remonter vers le centre ville et préférait descendre l'avenue Déodat de Séverac et errer le long des routes. Il lui arrivait parfois, depuis peu, de remonter la rue sur deux cents mètres et d'aller rendre visite au vieux Rocheteau, rue Fontaine d'Amour. Il s'asseyait quelques minutes à son côté sans même démarrer de conversation car c'était comme si les deux hommes se comprenaient implicitement. Mais comme le beau-père de Manuel avait des difficultés à marcher longtemps et que Hugo trouvait, lui, dans cette activité un de ses rares moments de répit autant physique que mental, il ne s'attardait pas, se relevait, saluait Augustin et reprenait son chemin…

Le soir de sa disparition, il avait plu violemment et on avait dû abandonner les recherches. Les gendarmes avaient recommencé les battues dès le lendemain matin en plus grand nombre. La tramontane qui venait de se lever pour trois journées de furie, éclaircissait et asséchait l'atmosphère humide. Il n'avait pas fallu trop de temps pour découvrir, à deux pas du Pont du Diable, en contrebas près de la rivière, le corps disloqué du grand-père. Le vieil homme était mort vraisemblablement la veille dans la soirée comme l'avait confirmé le médecin venu examiner la dépouille. Que lui était-il arrivé exactement ? On pensa à un malaise cardiaque ou bien encore au scénario d'un véhicule passant trop près du piéton alors effrayé et qui se serait jeté de côté sans se rendre compte du danger et de l'absence de parapet à cet endroit. Il n'y avait pas eu vraiment d'enquête. Le brigadier avait évoqué un instant l'hypothèse d'un suicide mais rien ne venant l'étayer, elle avait vite été écartée.

Mais pour Sylvie, l'idée que son grand-père eût souhaité sa propre disparition n'était pas si aberrante. Elle s'en confia à Manuel à qui elle raconta l'histoire de cet homme du siècle dernier, fils d'un exilé de la Commune arrivé en Algérie en 1871. Elle lui parla de son destin d'ouvrier agricole et de l'émigrée espagnole Aurélia Lopez, qu'il épousa juste avant de partir à la guerre de 1914 et avec qui il avait eu un seul enfant, Jean-Marc. Elle lui raconta comment l'attentat dont avait été victime sa grand-mère un an plus tôt avait accablé Hugo Pagès. On venait de lui enlever une compagne avec qui pendant près d'un demi-siècle, il avait tracé un sentier fait de joies et de peines et surtout de labeur acharné mais au moins un sentier qu'ils parcouraient ensemble. Alors, depuis le décès de sa femme, il avait rayé tout désir d'aller plus loin, toute envie d'agir s'était envolée. Et le départ d'Algérie n'avait rien arrangé pour lui, au contraire. Combien de rapatriés disséminés sur le territoire de France pleuraient ainsi et leur exil et les tombes des êtres chers qu'ils abandonnaient à jamais ?

— Suicide recherché ou accident tragique, cela n'a plus d'importance à présent, ajoutait-elle en pleurant.

Manuel, incapable de trouver des mots pour sécher ses larmes, se contentait de l'étreindre et de souffler tout bas comme un leitmotiv :

— Je suis là, Sylvie. Je suis là avec toi.

Jean-Marc Pagès avait accompli le nécessaire dans une sorte de fièvre qui permettait de cautériser provisoirement la douleur. Les formalités à la mairie, les démarches aux pompes funèbres municipales furent gérées promptement. La veille de l'enterrement, en annonçant aux membres de la famille éplorée qu'ils possédaient à présent un caveau familial dans le cimetière de Céret, il ironisa amèrement en déclarant devant sa femme et ses enfants abattus :

— C'est une manière comme une autre de nous créer des racines ici ! Quand nous ferons faire une pierre tombale en marbre de la région pour inscrire le nom du grand-père, nous y ferons graver au-dessus « Famille Pagès ».

Si Jean-Marc trouvait dans cette dramatique nécessité imposée par les circonstances une façon de mieux s'intégrer en terre catalane, Sylvie, plus romantique, expliqua un soir à Gilles et à Solange qu'enfin leur grand-père ne souffrait plus parce qu'il avait certainement quelque part rejoint celle qui lui manquait terriblement.

— Pépé et Mémé viennent de se retrouver, rassure-toi, Solange, et maintenant ils sont ensemble pour l'éternité. Ils voyagent main dans la main dans un ailleurs au-delà des mers et des terres qui les séparaient.

En disant cela à sa sœur qui souriait à cette évocation et à Gilles qui ouvrait des yeux ronds d'incrédulité, elle ne savait pas s'ils devaient vraiment y croire. Mais cette sorte de consolation qu'elle s'inventait pour elle-même et qu'elle leur offrait, lui permettait non pas d'adoucir l'épreuve d'un deuil qui reste toujours une détestable mésaventure, mais simplement de lutter contre l'affliction qui les frappait tous et d'affirmer que le chagrin de la mort fait partie intégrante de la lutte pour la vie.

*

Il fallut bien reprendre le dessus, comme on dit avec pudeur. Dans les premiers jours qui suivent le départ définitif d'un être cher, son absence emplit tout, l'espace et le temps. On voit partout et à chaque minute qu'il n'est pas là où il était d'habitude, on le découvre « absent » et en même temps terriblement présent dans ce vide qu'il a créé en disparaissant. On s'attend à tout instant à ce qu'il apparaisse au détour d'un couloir, sur le devant de la porte, à deux pas du trottoir, sortant de sa chambre ou montant l'escalier. On croit l'entendre partout. On se retourne. Rien.

Pour Gilles, Solange et Sylvie, il fallut admettre et digérer le caractère irréparable de cette défection dans le paysage familial, et cela passait très durement.

Tant bien que mal, on se rendit à l'évidence de l'irrémédiable absence.

Chapitre vingt et un
Noël sans paillettes

Pour les Pagès, ce n'était pas la seule fin d'année tragique à laquelle ils étaient confrontés. Dans leur cœur vrillait encore le souvenir de cet instant où un officier de police était venu leur annoncer la mort brutale d'Aurélia. C'était tout juste un an plus tôt, quelques jours avant Noël, un triste matin. À cette époque, les parents de Jean-Marc avaient rejoint leur fils et sa famille dans leur grand appartement d'Oran. À cause des événements, beaucoup de foyers avaient tendance quand le malheur les frappait à resserrer les liens entre les générations pour se sentir plus en sécurité.

Et cette fois, à présent, en décembre 1962, ce fut le premier Noël sans le grand-père Hugo. Un Noël dans un environnement en paix, certes, leur premier Noël en France... mais il avait fallu qu'il fût endeuillé par la perte du dernier des « anciens » de la famille ! Deux disparitions brutales, toutes les deux à la veille de la période des fêtes.

Tous les jours depuis le décès du vieil homme,

son siège abandonné, à table, semblait à tous un silence criant. Gilles, qui avait tant rouspété, au début, de devoir partager une chambre avec son grand-père, trouvait soudain celle-ci trop grande, trop silencieuse, trop vide.

Le dernier jour de classe avant les congés de fin d'année, sur le chemin du retour à la maison, alors qu'il rentrait du collège avec Sylvie, l'adolescent, qui semblait ne pas se réjouir de la perspective des vacances autant qu'on aurait pu s'y attendre, se mit à parler d'Hugo Pagès. Il le fit spontanément, à la grande surprise de sa sœur. Avec ses mots à lui, maladroits et qui pourtant sonnaient justes, il évoqua cette impression de creux qu'il ressentait depuis la mort de l'aïeul.

— Certains soirs, lui confia-t-il, grand-père me racontait des choses sur sa vie, sur sa jeunesse, son travail, comment il avait rencontré grand-mère Aurélia… Ces soirs-là, rien ne l'arrêtait. Parfois je commençais à m'endormir mais je sentais qu'il continuait à parler tout seul…

— Incroyable ! s'étonna Sylvie. Lui qui restait muet des jours entiers !

— Eh bien, pas avec moi… confirma Gilles avec une certaine fierté. Et lui, au moins, il me laissait tranquille avec l'école, les notes et tout ça…

— Mais pourquoi tu ne nous l'as pas dit ? Ça nous aurait fait plaisir à tous…

— C'est bien possible mais c'était comme un

secret entre lui et moi. D'ailleurs, je n'ai pas spécialement envie de te donner des détails ! C'était juste pour dire qu'il me manque, grand-père.

Sylvie rapporta tout de même l'anecdote à ses parents. Ils avaient le droit de savoir que le vieil homme avait connu en France, malgré le déracinement, quelques moments tranquilles grâce à Gilles, ce petit-fils qui, sans l'interrompre, l'écoutait égrener son passé.

Jean-Marc promit à Sylvie de ne pas trahir la confidence que Gilles lui avait offerte. Mais dès lors, troublé par cette révélation somme toute apaisante, il prit le temps d'observer Gilles avec plus d'indulgence. Ainsi ce garçon qu'il ne considérait pas toujours comme une source de satisfaction, avait pu connaître avec Hugo une relation privilégiée…

Finalement, la disparition de son père faisait ressortir le lien qui l'unissait à son fils. Des hommes de la famille Pagès, il ne restait qu'eux deux…

*

Jean-Marc, avant même le décès de son père – désormais, se disait-il, il faudrait toujours dire « avant » ou « après » le décès d'Hugo – avait eu l'idée d'un achat pour toute la famille, un cadeau de Noël qui s'adresserait aussi bien à tout le monde. Il décida de maintenir malgré tout son projet et se contenta de prévenir les enfants :

— Cette année, mes petits, pour Noël nous ferons simple... Vous voyez ce que je veux dire...

Et, captant les yeux agrandis de Solange, qui justement ne « voyait » pas ce que son père voulait exprimer, Juliette avait complété, en serrant contre elle sa benjamine :

— Tu comprends bien qu'avec ce qui vient d'arriver, il nous est difficile d'être vraiment très joyeux... Mais rassure-toi, ma chérie, nous fêterons Noël de toute façon.

Solange, avait acquiescé, menton baissé :

— Oui, Maman, je sais, avait-elle murmuré d'une petite voix chevrotante.

*

Certes les témoignages de compassion avaient été nombreux. Des clients, des voisins de quartier, d'autres Pieds Noirs de Céret et des environs, quantité de personnes qu'ils ne connaissaient que de vue étaient venues dans la boutique leur dire un mot cordial et bavarder quelques instants avec eux.

Même Garbani était passé un jour présenter ses condoléances à Jean-Marc, s'excusant de n'avoir pas eu le temps de venir à l'enterrement à cause des « affaires importantes » qu'il traitait. Jean-Marc, qui se serait passé de cette visite de courtoisie, avait grommelé un indistinct :

— Ce n'est pas grave.

Garbani avait même prononcé quelques mots pas trop conventionnels à propos de l'accident qui avait coûté la vie à Hugo Pagès :

— C'est évident qu'un décès, quand il survient, ne tombe jamais bien, avait-il déclaré. Mais, vous, à peine arrivés d'Algérie, en pleine installation dans la métropole, vous n'aviez vraiment pas besoin de ça !

Jean-Marc s'était abstenu de tout commentaire, se contentant d'un bref remerciement pour cette compassion qui paraissait pour une fois sincère. D'ailleurs ce jour-là l'individu lui avait paru moins fanfaron comme si une couche de sa superbe habituelle s'était évaporée.

Mais de toutes les marques de sympathie que Jean-Marc et Juliette Pagès avaient reçues, suite au décès d'Hugo, celle qui les touchait le plus, c'était la sollicitude sans faille que Manuel leur avait manifestée.

La confiance qui s'était dès le départ instaurée avec le jeune maraîcher n'avait cessé de s'amplifier. Le jeune homme qui fréquentait leur fille aînée, présentait à leurs yeux des traits de caractère auxquels ils étaient particulièrement sensibles. Son honnêteté dans les affaires, son parler franc et direct et, d'une manière générale, sa courtoisie et sa disponibilité à leur égard, toutes ces qualités leur allaient droit au cœur, d'autant qu'ils le savaient très occupé par ses jardins.

Le décès d'Hugo en particulier leur avait permis, par sa présence très attentionnée aux côtés de

Sylvie, de constater la sincérité des sentiments de Manuel à l'égard de leur fille. S'ils se gardaient bien d'intervenir dans leur relation et de les questionner sur leurs intentions, s'ils s'abstenaient de tout commentaire, ils approuvaient tacitement le lien qui les rapprochait.

Sylvie devinait cela et savait gré à ses parents de rester en retrait. Elle n'ignorait pas, parce qu'ils l'avaient clairement exprimé devant elle, qu'ils avaient apprécié aussi que Manuel leur eût proposé ses services au magasin pour le réapprovisionnement ou toute autre chose que Jean-Marc aurait jugée utile dans les premiers jours qui suivirent le fatal accident. Manuel avait agi avec efficacité tout en restant très discret, et c'est ainsi que les parents de Sylvie jugèrent tout naturel d'inviter l'ami de leur fille le vingt-cinq décembre.

*

Dans les derniers jours précédents Noël, Juliette et Jean-Marc furent si occupés par l'activité commerciale liée aux fêtes qu'ils furent obligés momentanément de mettre leur chagrin de côté. Ils découvrirent de nouveaux clients. Le Verger du Roussillon ne désemplissait pas.

La veille de Noël, après avoir fermé la boutique plus tard que d'habitude, les Pagès se réunirent autour d'une table de fête comme ils avaient toujours eu coutume de le faire à cette occasion. Ce fut plus raffiné que les soirs ordinaires. Les verres Duralex de tous les jours laissèrent la place aux beaux verres à pied en cristal que Sylvie avait dénichés chez un brocanteur ambulant un jour de foire à Céret et offerts à sa mère pour son anniversaire, en septembre. Juliette avait préparé des vols au vent garnis de quenelles de volaille, du riz blanc et une belle salade de fruits frais après un fromage de chèvre local. Quant à Jean-Marc, pendant le repas, il se prit à sourire d'avance en imaginant la surprise qu'il s'apprêtait à dévoiler après le dîner.

Malgré tout, au fond d'eux-mêmes, les époux Pagès eurent le sentiment que plus rien ne serait désormais comme avant. Au cours de ce souper pas comme les autres, ils découvrirent Sylvie, Gilles et surtout Solange, boute-en-train de la famille, soudain plus calmes, comme si le décès d'Hugo avait mûri très vite leurs trois enfants. Finie l'excitation turbulente des toutes premières années de l'existence, finie l'impatience bruyante de leurs rejetons au pied du sapin. D'ailleurs il n'y eut pas de sapin et très peu de décorations de Noël.

Solange avait quand même insisté, au début des vacances scolaires, pour installer autour de la porte de la salle à manger une guirlande dorée où elle avait accroché une grosse boule rouge couverte d'étoiles qu'elle avait achetée avec son argent de poche chez le quincailler.

Mais curieusement la disparition du vieil homme avait fait s'évanouir quelque chose d'indicible, qui ressemblait à la magie de la petite enfance.

Et eux deux aussi, Juliette et Jean-Marc, se sentirent tout à coup plus âgés, ce Noël-là, comme si le poids des années s'étaient brutalement alourdi sur leurs épaules avec le départ de l'aîné de la famille. Le charme si particulier de cette fête où chacun cherche à choyer ceux qu'il aime et qui, flottant partout dans l'atmosphère, paraît toucher toutes les personnes sans exception, avait accentué pour eux le sentiment poignant d'être confrontés à leur propre vieillissement... Quoi qu'il en fût, cette année-là, les fêtes de Noël furent empreintes de gravité et d'une grande sobriété.

Néanmoins chacun eut droit à un beau sachet rempli de confiseries, fondants de toutes les couleurs, bouchées de chocolat, pralines...

Il y eut en plus le grand moment de plaisir partagé lorsque Jean-Marc annonça le cadeau qui devait ravir toute la maisonnée. Effectivement il obtint le succès qu'il escomptait en apportant une caisse en carton et en soulevant le papier qui la recouvrait ... Un gros poste de télévision ! Les exclamations fusèrent. Même Juliette, qu'il n'avait pas mise dans le secret, battit des mains comme une enfant et il la serra dans ses bras en lui murmurant à l'oreille qu'il adorait l'entendre rire ainsi.

— Où on va l'installer, Papa ? demanda Solange.

— Eh bien, dans la boutique, pourquoi pas ? répondit Jean-Marc pince-sans-rire.

Et devant l'air ébahi de la gamine, il s'empressa d'ajouter :

— Mais ici, ma chérie, bien sûr, dans la salle à manger. Tu vois un autre endroit, toi ?

Gilles tournait déjà comme un ours curieux autour de l'appareil, et il trépignait d'impatience en répétant : « On l'allume ? On l'allume ? ». Son père fit tomber son enthousiasme en précisant sur un ton très sérieux :

— Le seul problème, c'est qu'il faudra attendre pour l'essayer ! Ces choses-là, pour que ça marche, il faut une antenne sur le toit... et nous n'en avons pas !

Le désappointement fit pousser à tous des « Oh ! » de protestation. Si bien que Jean-Marc n'eut pas le cœur de faire durer sa mauvaise plaisanterie et rectifia aussitôt :

— Je blague, rassurez-vous. L'antenne, elle y est, sur le toit. Ou plutôt sur la terrasse.

— Quoi ? Mais depuis quand ? interrogea Juliette.

— Depuis hier après-midi, ce n'est pas vieux. J'ai obtenu l'autorisation de Madame Fillol, et ensuite il m'a fallu aussi demander un coup de main à Manuel qui est venu m'aider à la poser à une heuree où j'étais seul à la maison. On a même percé un trou pour faire arriver le fil d'antenne dans cette pièce.

— Tu es un sacré cachottier, s'exclama Juliette,

je n'ai absolument rien deviné de tout ce trafic ! Et vous, les enfants ?

Jean-Marc se contenta de sourire avec modestie mais très satisfait au fond de lui-même d'avoir si bien réussi son effet de surprise.

— Comme je n'ai pas pu faire un essai, ajouta-t-il, à tous les coups, il va falloir quelques réglages…

Il se tourna vers Gilles et continua :

— Pour ça, fiston, je compte sur toi. Je suis sûr que tu t'y entends mieux que moi.

Gilles ne cacha pas son plaisir de recevoir ce compliment qui valait bien des cadeaux, alluma le poste et tourna plusieurs boutons à l'arrière de l'appareil. Il semblait assez sûr de lui et après quelques crachouillis et zébrures sur le petit écran gris, les premières images nettes apparurent. Une speakerine toute en rondeur ondulée annonçait la suite du programme…

La fin de la soirée fut plus animée et plus gaie qu'elle n'avait commencé. Parents et enfants, emportés par la nouveauté inattendue de cet objet ensorcelant qui scintillait sur le buffet, oublièrent qu'ils étaient assis sur des chaises dures en Formica et découvrirent le programme de la Radio-Télévision-Française. Et c'est avec des yeux affamés qu'ils regardèrent ensemble sur la chaîne de la R.T.F. un vieux film d'après-guerre racontant les malheurs d'un marchand de Venise.

La réception était satisfaisante et le spectacle

parut à tous magnifique, même si les images étaient en noir et blanc.

— On se croirait au cinéma… sauf qu'on est à la maison ! commenta naïvement Solange, qui, bouche bée semblait happée par le petit écran.

Alors qu'ils s'apprêtaient à regagner leur chambre, Sylvie les retint :

— À mon tour de vous faire un cadeau ! s'exclama-t-elle.

Pour la première fois, elle avait pu disposer d'un vrai pécule personnel. Son salaire de surveillante d'externat, même à mi-temps, lui conférait tout d'un coup une autonomie qui comblait son besoin d'indépendance. Elle avait tenu à acheter à chacun un cadeau, même modeste.

Elle leur distribua des petits paquets qu'elle avait préparés. Ses parents s'étant plaints que l'hiver fût ici nettement plus rude qu'à Oran, elle offrit à sa mère une paire de gants et une écharpe à son père. Pour son frère et sa sœur, elle avait choisi, à la Maison de la Presse de Céret, deux livres de la Bibliothèque Verte, une aventure d'« Alice détective » pour Solange et « Le Grizzly » de J.O. Curwood pour Gilles qui adorait les histoires d'animaux et de nature.

Sylvie savoura comme une belle récompense les sourires qui s'épanouissaient sur les visages quand ils ouvrirent leurs paquets. Qu'il est facile parfois de faire jaillir un brin de bonheur ! Elle était heureuse d'avoir à sa façon participé à l'illumination de cette soirée sensée réchauffer les cœurs et les rassembler tous dans la joie après qu'ils aient dû, ces derniers temps, se rassembler dans la peine.

En même temps, elle avait hâte d'être au lendemain midi : Manuel partageait avec eux le déjeuner du jour de Noël.

*

Manuel arriva chez les Pagès un quart d'heure après midi, comme convenu. Il tenait à la main une bouteille de Byrrh qu'il avait achetée à leur intention aux caves de Thuir. Le menu, très traditionnel et en même temps relativement modeste, s'ouvrit sur une assiette de toasts au saumon et se termina sur une bûche au chocolat après avoir fait un détour par l'incontournable dinde aux marrons.

Sylvie, gentiment provocatrice, souligna qu'il était difficile d'imaginer repas plus conventionnel mais Manuel lui fit remarquer que Solange et Gilles se léchaient carrément les doigts, et que tout le monde semblait se régaler, ce qui était le but recherché.

Dans l'après-midi, ils laissèrent les Pagès profiter de la télévision toute neuve et suivre le programme des fêtes.

Ils se promenèrent dans les rues désertes de Céret, sans vent pour une fois. Ils bavardaient en se tenant la main et regrettaient de n'avoir pas un coin plus secret pour protéger leur conversation et leurs pudiques gestes amoureux.

Manuel raconta à Sylvie qu'en ce mois de décembre, comme il avait un tout petit peu plus de temps à lui, il réfléchissait... L'idée de développer la culture des cerisiers le tentait, d'autant que l'activité de maraîchage et même la vigne semblaient d'un rapport de moins en moins intéressant, vu le travail que ça exigeait. Mais il y eut beaucoup de choses qu'il garda pour lui.

Il ne lui dit pas que sa mère se méfiait de ces projets novateurs. Il lui cacha aussi que Maria Vila se montrait de plus en plus jalouse du temps que Manuel consacrait aux Pagès et qu'elle n'appréciait pas ce qu'elle nommait « l'influence » de Sylvie sur son fils. Un soir où il était rentré très tard d'une promenade avec Sylvie, elle lui avait reproché de perdre son temps :

— Cette fille, lui avait-elle lancé, est très jolie, d'accord, mais elle a trop de tête pour toi. Elle ne connaît rien à ton travail, elle t'éloigne de la terre.

Manuel, choqué et en colère, avait rétorqué entre autres choses qu'il n'était pas qu'un homme de la terre...

Manuel ne parla pas non plus de ce qu'il avait entrepris à Saint-Ferréol. Il s'y rendait seul et là, durant des heures, il travaillait à rendre moins inconfortable la casotte au milieu des vignes. Il l'avait nettoyée, avait blanchi les murs, réparé la petite cheminée et désherbé les abords. Ainsi arrangée, la minuscule maison restait rudimentaire mais elle était devenue plus avenante. Avant de redescendre à Céret, le soir au soleil couchant, assis sur le seuil de la casotte, Manuel se prenait à rêver à l'avenir, éreinté, mais le cœur plein d'un espoir très doux.

Et surtout ce que Manuel ne dit pas à Sylvie, c'est que dans ses visions, la jeune fille s'imposait en permanence à lui et qu'il n'attendait d'elle qu'un mot pour lui consacrer sa vie...

Finalement, fatigués d'errer dans la ville, les deux jeunes gens échouèrent rue Fontaine d'Amour et s'assirent sur un banc baigné de soleil froid, au pied d'un des platanes aux branches nues qui surplombait la fontaine.

Manuel profita de cet instant tranquille pour offrir à Sylvie le petit cadeau qu'il avait enfoui dans une poche de sa veste, des bigatanes, des espadrilles en tissu rouge pour les sardanes de l'été. Et Sylvie sortit de son sac un roman de Jean Giono en livre de poche :

— « Un de Baumugnes », tu verras, je suis sûre que ça te plaira. C'est très beau. Ça se passe en Provence mais tu pourrais imaginer l'histoire ici, en terre catalane.

— Oh, merci ! Je te promets que je vais le lire, répondit Manuel, fier de cette complicité nouvelle qui s'établissait entre eux par ce don de livre.

Manuel souriait de l'enthousiasme de Sylvie et brusquement un désir fou l'embrasa pour cette jeune fille passionnée qui était là, si vivante à quelques centimètres de son visage, de sa bouche. Il se contenta de lui couper la parole par un long baiser.

Une fois encore Sylvie sentit la fougue de cet homme qui lui devenait toujours plus indispensable. Et une fois encore elle se retint de prononcer les paroles définitives, ce « Je t'aime » qui lui brûlait pourtant les lèvres.

Elle se savait de plus en plus prête à s'aventurer avec lui dans le territoire de l'amour. Mais auparavant elle avait encore une chose importante à régler, comme une sorte de devoir à accomplir.

Chapitre vingt-deux
Des mots qui libèrent

Le soir du 31 décembre 1962, après le dîner, toute la famille regarda attentivement à la télévision l'allocution de plus d'un quart d'heure que le général de Gaulle prononça pour présenter ses vœux à la nation. Le grand homme se félicitait que la France fût enfin en paix dans toutes les parties du monde, ce qui n'était pas arrivé depuis un quart de siècle et se réjouissait d'avoir conduit le pays à l'équilibre dans une perspective de progrès et de développement. Les quelques paroles qu'il ajouta sur l'Algérie indépendante et les rapatriés provoquèrent chez Jean-Marc et Juliette Pagès des soupirs lassés et des remarques amères.

— Pas un mot concret sur les difficultés que rencontrent les Pieds-Noirs, lança Jean-Marc. Apparemment, ce n'est plus son problème ! Il n'avait qu'à pas nous faire partir.

— N'oubliez pas que nous sommes en France à présent, et pour toujours, leur rappela Sylvie sur un léger ton de reproche.

Elle craignait qu'ils ne se laissassent aller à une nostalgie stérile.

— Et c'est ici qu'il nous faut bâtir notre vie future, ajouta-t-elle, pas dans le passé. Vos trois enfants mais aussi vous deux. Vous êtes encore un couple jeune avec plein de projets à réaliser, je crois ? Ne serait-ce qu'en mémoire de grand-père ... Alors il me semble que nous n'avons plus le droit de nous plaindre, hein Papa ?

— D'accord, d'accord, mais ce genre de discours me met mal à l'aise, bougonna Jean-Marc. Il vaut mieux ne pas entendre tout ça !

— Tu as raison, ma fille, approuva Juliette conciliante. Discutons d'autre chose.

Mais absorbés par l'écran, ils se turent et suivirent chaque minute du journal télévisé présenté par Léon Zitrone. Pour les distraire et les éloigner de leur morosité, Sylvie aurait pu leur parler de ce qu'elle vivait d'émouvant avec Manuel. Mais de cela, sa pudeur naturelle l'empêchait. Elle n'avait pas envie d'exposer l'évolution de ses sentiments, surtout devant sa jeune sœur et Gilles. Et encore moins de dire combien elle sentait son corps s'ouvrir à une sensualité qu'elle n'avait jamais encore connue et qu'elle appelait de tous ses vœux.

Cette soirée du nouvel an fut donc à peine marquée par les Pagès. Personne dans la maisonnée n'aurait vraiment eu le cœur à réveillonner. Seule Sylvie quitta la maison pour aller passer quelques heures chez les Vila à la demande de Manuel qui avait tenu, en l'invitant à souper chez lui, à lui faire mieux connaître son lieu de vie. Il espérait que sa mère apprécierait la présence vivifiante de la jeune fille et qu'elle modifierait son point de vue. Ce fut peine perdue. Maria Vila qui, pour le dîner, avait sacrifié un de ses lapins et concocté une crème catalane, se montra à peine sensible au bouquet de tulipes que lui offrit Sylvie et, manifestant une humeur maussade, ne desserra pratiquement pas les dents. Augustin Rocheteau, d'habitude silencieux, raconta, pour diluer l'atmosphère tendue, quelques histoires qui se voulaient drôles et se contenta de servir à boire. Aux douze coups de minuit les bises furent contraintes et à peine esquissées.

*

Encore heurtés par les coups récents du destin, les Pagès commencèrent lourdement une année nouvelle qu'ils espéraient moins tragique. Le premier janvier, en vue du repas de midi, Juliette fit rôtir un énorme gigot accompagné de haricots verts et de flageolets. Pour le dessert, Solange et Sylvie avaient voulu cuisiner un biscuit pour accompagner la confortable compote faite par Juliette avec des pommes et des poires invendues. Sur la vitrine du Verger du Roussillon, Juliette avait écrit avec du blanc d'Espagne « Bonne année à tous, meilleurs vœux pour 1963 ».

La famille Pagès découvrait l'hiver catalan implacable qui s'installait avec lenteur mais non rudesse. Certes les journées s'emplissaient encore de belles lumières grâce à la prodigalité d'un soleil magnanime mais la température avait tant chuté qu'ils en arrivaient à douter de l'été étouffant qu'ils avaient vécu. Et il fallait quand même, dès qu'on empruntait le couloir venteux des rues de Céret, adopter de nouveaux réflexes, lainages, pulls, moufles, manteaux, écharpes et autres accessoires vestimentaires hivernaux auxquels aucun des Pagès n'était habitué. Mais grâce aux heures ensoleillées, le froid leur paraissait moins intense qu'ils ne l'avaient craint. Le plus dur restait la tramontane qui, en dévalant du nord, pétrifiait les boulevards après avoir décapé le paysage.

Surprenante aussi, étaient la chaîne du Canigou qu'on apercevait de partout dès qu'on regardait l'horizon et qui se couvrait de bonnets blancs pointus dans un ciel fréquemment d'un bleu métallique. La montagne affichait sa majesté tranquille. Il arrivait à Sylvie d'aller l'admirer depuis la terrasse avec son frère et sa sœur. Le soir surtout avant le coucher du soleil, le sublime spectacle les laissait sans voix.

L'école avait repris pour tout le monde. Sylvie continuait ses cours par correspondance et son travail au collège. Si elle n'était pas surprise de son intérêt pour le programme de la première année de licence de lettres, en revanche elle s'étonnait de prendre autant goût à son métier de surveillante. Ce qui lui plaisait, c'étaient le contact cordial qu'elle établissait avec les élèves et l'atmosphère de ce lieu d'étude où se mêlaient le sérieux de tout apprentissage et la légèreté exubérante de la jeunesse. Pour autant, elle ne négligeait pas de donner un coup de main à la maison. Il lui arrivait parfois d'aider sa mère au magasin.

Quant à Manuel, sa besogne de maraîcher ne s'arrêtait pas avec l'hiver, loin de là. Tous les jours, même pendant les gelées blanches, certes peu fréquentes dans leurs jardins de la rue de la Fontaine d'Amour bien protégés en contrebas, il devait ramasser et laver pour la vente les salades et les légumes de terre – poireaux, carottes, choux, navets. C'était aussi le moment de nettoyer les canaux qui alimentaient les plates-bandes tout autour de la maison. Ce curage et l'arrachage des mauvaises herbes tout au long des allées, imposaient, autant que la cueillette, de longues stations à genoux, courbé vers le sol humide et parfois glacé. Pour ces tâches à assumer sur les différentes parcelles nues que gérait la famille Vila, Manuel ne pouvait malheureusement compter que sur lui-même et sur son dos parfois en marmelade. « Toi, ton talon d'Achille, c'est ton dos ! », avait un jour plaisanté son beau-père.

*

Jean-Marc gérait les commandes, assurait la réception des livraisons, marquait les prix sur les produits et mettait en place bocaux et boîtes de conserve. En revanche il rechignait parfois pour servir les clients, se jugeant lui-même pas assez aimable. Il assumait toute la comptabilité dans l'arrière-boutique où il s'était aménagé un coin de bureau et où il rangeait tous ses papiers. Un soir, il appela Sylvie. Il aimait avoir avec sa fille de temps en temps des moments de conversation calme qui lui permettait de faire le point avec elle.

— Tu seras très bientôt majeure, Sylvie, marmonna-t-il. Je voulais te dire que ta mère et moi nous te remercions pour ton soutien dans tous les domaines. Nous aurions bien aimé t'offrir à l'occasion de tes vingt et un ans quelque chose de solennel et d'important… Seulement tu connais le contexte de nos finances. L'affaire démarre bien mais il nous faut rester prudents.

— Ne vous inquiétez pas, c'est plutôt moi qui suis ennuyée d'être encore une charge pour vous. Si mon poste passait à plein temps l'année prochaine, comme j'en ai fait la demande, je pourrais même envisager un jour …

— Quoi, ma fille ?

— Rien. On verra plus tard. Il est trop tôt pour

aborder ce sujet. Comment ça se passe pour vous ? Pas trop mal, pour l'instant, on dirait...

Jean-Marc, revenu aussitôt vers ses préoccupations du moment, lui raconta qu'il allait aménager la remise qui jouxtait l'arrière-boutique et qui avait le mérite d'être éclairée par une belle fenêtre latérale. Il envisageait même d'y faire installer une chambre froide. Pour cela, il avait eu besoin de l'accord de Mme Fillol à qui il avait d'ailleurs demandé de leur établir un vrai bail commercial. Il avait revu la propriétaire dans son magasin de tissus pour lui expliquer son projet global. À présent que les six mois d'essai s'étaient écoulés, il leur fallait détenir un document officiel les autorisant à habiter dans cette maison tout en exploitant une activité commerciale. Et contrairement à ce qu'il redoutait, elle avait accepté mais en créant un deuxième loyer pour le magasin avec un bail spécifique.

— Maintenant, ta mère et moi, nous sommes rassurés. Tous les papiers sont en règle. Et avec un bail commercial, rien ne pourra empêcher notre affaire de se développer.

— Elle n'a montré aucune opposition ? Ça m'étonne, dit Sylvie.

— Non. Finalement, elle est assez accommodante, la mère Fillol. Figure-toi qu'elle avait l'air moins coincé que d'habitude, derrière son comptoir. Toujours assez hautaine mais correcte avec moi. Et tu ne sais pas ? Elle m'a demandé des renseignements sur Pietro Garbani – elle croyait que nous étions de ses relations – tout en me précisant qu'elle ne tenait pas à faire des affaires avec lui. J'ai l'impression qu'il lui avait fait de l'effet – et peut-être autre chose – mais à présent on dirait qu'elle a changé d'opinion et qu'elle se méfie de lui. Comme je lui ai avoué que le personnage ne nous emballait pas, elle m'a annoncé qu'elle en parlerait à son amie, la secrétaire de mairie.

— Quel rapport avec nous ?

— Aucun. J'espère simplement que les gens d'ici ne mettent tous les Pieds-Noirs dans le même panier. En Algérie, il n'y avait pas que des colons exploiteurs ou des membres de l'O.A.S. En attendant, il va falloir que je trouve le temps de retourner la voir pour lui remettre un exemplaire du bail signé par ta mère et moi.

— Si tu veux, je m'en occupe, Papa, proposa spontanément Sylvie. Demain c'est lundi, elle sera probablement chez elle et je suis libre jusqu'à quinze heures.

En écoutant le compte-rendu de l'entretien si positif qu'avait eu son père avec Madame Fillol, Sylvie avait aussitôt repensé à Dominique avec lequel elle voulait avoir une explication. Aujourd'hui, son père lui ôtait ses scrupules à risquer de fâcher le fils de la propriétaire et lui donnait un excellent prétexte pour l'aborder. Elle se sentit soulagée d'avoir enfin les coudées franches pour lui parler.

*

Sylvie mit sous son manteau gris une jupe de laine bleu marine et un chemisier blanc qui la paraient d'une sévérité quasi professionnelle. Elle enroula ses longs cheveux bouclés en chignon et s'en alla sonner, déterminée, en ce lundi après-midi chez Madame Fillol. Impressionnée, elle frappa à la grande porte en chêne de la belle maison bourgeoise des Fillol.

La servante, Carla Olivès, lui ouvrit avec un sourire avenant qui lui alla droit au cœur. Sylvie se présenta.

— Ah, mademoiselle Pagès, la fille des épiciers d'en bas, bonjour. Madame Fillol est sortie, elle est en promenade mais Monsieur Dominique se repose dans la bibliothèque. Il va vous recevoir si vous voulez.

— Je veux bien mais d'abord je vous confie ce dossier à remettre à Madame Fillol.

Dominique sortit de la pièce un livre sous le bras et s'approcha. Sûr de lui, arborant son habituelle élégance discrète, il jeta à la jeune femme un coup d'œil approbateur. Sylvie qui ne l'avait pas revu depuis la fameuse sardane interrompue, l'invita à venir boire quelque chose au Café des Pyrénées. Elle tenait à ce que leur rencontre eût lieu sur un terrain neutre. Dominique, réjoui, accepta aussitôt et se proposa de la rejoindre dans le quart d'heure. Il devait d'abord prendre un document à sa librairie.

Sylvie s'installa dans la salle du fond pratiquement déserte à cette heure calme et commanda un café. Elle sortit son paquet de cigarettes et essaya d'apaiser son agitation intérieure. Dominique ne tarda pas. Il tenait à la main une feuille de papier qu'il posa avec précaution devant lui en s'asseyant face à Sylvie qui droite sur sa chaise, les bras croisés, prit une inspiration profonde :

— Dominique, je souhaitais vous rencontrer pour mettre les choses au clair entre nous. Je voudrais dissiper un éventuel malentendu.

— Votre démarche me fait très plaisir, lança Dominique d'un ton enjoué, je suis sûr que nous sommes parfaitement capables de nous comprendre.

— Je l'espère aussi. Voyez-vous, Dominique, il est possible que je vous aie donné l'impression que j'étais… attirée par vous et, je le crains, éventuellement disponible. Or…

Comme elle marquait un léger temps d'arrêt, il l'encouragea à poursuivre :

— Or ?

— Or ce n'est pas le cas. J'aimerais que vous l'admettiez une bonne fois pour toutes et que vous soyez beau joueur. En gros, voici l'essentiel de ce que je voulais vous faire savoir et je vous demande de ne pas en prendre ombrage.

— Je suis prêt à admettre tout ce que vous voudrez, ma chère Sylvie. Vous savez, vous me connaissez peu, je suis quelqu'un d'assez paradoxal et si vous me permettez une comparaison flatteuse, je corresponds, à tort ou à raison, au mythe de Dom Juan. Mais à la différence avec l'illustre personnage, je suis plus raisonnable, certes moins ambitieux, à coup sûr plus réaliste. Si toutes les femmes me semblent des fleurs à cueillir ou au minimum à respirer, je n'ai pas envie de passer pour un goujat auprès de celle qui me fait comprendre que son cœur est ailleurs. Avec vous, j'avais cru sentir que nous aurions pu partager beaucoup de choses, y compris dans le domaine de la littérature et de la poésie mais... je respecterai votre choix et votre attitude.

Sylvie fut surprise de la réponse de Dominique. Elle avait craint une réaction brutale générée par un sentiment de dépit ou pire une déclaration de mépris à son égard. Non, au contraire, l'homme restait courtois et s'il était déçu, il maîtrisait son échec et cachait ses émotions avec perfection.

— Dominique, je vous remercie, reprit-elle en allumant, nerveuse, une autre cigarette. Je n'en attendais pas moins de vous. Et j'aimerais même, si toutefois vous le croyez possible, que nous restions amis. Je ne souhaite pas me priver d'un libraire compétent.

— Et moi, je n'ai pas envie de perdre une aussi charmante cliente.

Avec des gestes de grand seigneur, Dominique

reprit la feuille qu'il avait devant lui, la plia en quatre et la glissa dans la poche intérieure de son veston.

— Qu'était donc ce papier que vous rangez ? demanda Sylvie intriguée.

— Vous voulez vraiment le savoir ?

— Oui.

— Il se trouve que vous m'aviez inspiré un poème en prose que je souhaitais vous offrir. Je parlais de vous en vous comparant à un château à conquérir.

Sylvie, flattée, avait envie de lui réclamer ce texte écrit en son honneur mais quelque chose l'en empêcha.

— Je comprends, il vaut mieux que vous le destiniez à une autre de vos conquêtes mais... vous...

Elle s'arrêta, craignant de dépasser sa pensée et de proférer une quelconque maladresse.

— Rassurez-vous, répondit Dominique qui, lui, croyait qu'elle allait lui exprimer de la compassion. Je ne suis pas triste et repars à l'attaque. Je vous l'ai dit, je n'ai pas pour principe de forcer une forteresse qui se déclare elle-même inexpugnable. Fort heureusement, il en est d'autres, des milliers d'autres... Ainsi votre amie, la belle Estelle qui me paraît d'une autre attente et disposée...

— Oui, il m'avait semblé que vous lui prodiguiez également des marques d'intérêt. Mais me permettez-vous une remarque, Dominique ?

— Bien sûr. Vous pensez que je cours à une

défaite ?

— Non, ce n'est pas de cela qu'il s'agit, au contraire. C'est pour Estelle que j'ai peur. Et ce que je sais d'elle m'autorise même à formuler une requête.

Sylvie soignait ses mots devant l'homme lettré qui lui faisait face et les prononçait avec circonspection pour ne pas le froisser.

— Estelle possède un caractère enflammé, entier. C'est une grande romantique au tempérament exclusif pour qui les blessures de l'âme sont les pires.

Sylvie expliqua à Dominique, attentif, l'histoire de la famille Bensoussan, de ces juifs Pieds-Noirs à la fois si modernes et si archaïques, le destin si particulier de cette fille aînée au sein de cette tribu et l'espèce d'enfermement familial dans lequel Estelle étouffait sans autre issue que le respect de la tradition.

— L'Algérie est un creuset de cultures très variées et les Pieds-Noirs comme les Bensoussan à la fois laïques et religieux faisaient partie de cet univers qui vous est probablement inconnu.

Dominique raconta qu'en fait il avait passé deux années en Algérie, il avait accompli dans le bled son service militaire de 1954 à 1956 au tout début des événements et il avait vu suffisamment d'horreurs pour ne pas avoir envie de parler.

— Je ne suis pas un guerrier, du moins de ce

type et j'ai eu le bonheur d'en revenir en bon état. Mais j'ai rencontré des gens comme Estelle là-bas.

— La force d'Estelle, c'est aussi sa fragilité, reprit Sylvie. Et moi, je n'aimerais pas que mon amie souffre inutilement, voyez-vous. J'ignore à quoi elle se prépare mais de grâce, ne l'emmenez pas trop loin dans une aventure sans issue… à moins que cela représente pour vous le grand tournant de votre vie.

Décidément, le monde de la féminité laissait Dominique pantois. Cette toute jeune personne, bien plus réfléchie qu'il ne l'aurait imaginé, venait de souligner à son attention des aspects inédits de la riche complexité de l'autre sexe. Lui qui se délectait jusqu'à présent de papillonnages dont il s'arrangeait à chaque fois pour que les deux protagonistes s'en sortent amusés, libérés, heureux de leur escapade sur les chemins de l'amour, il recevait là un discours ferme sur les dangers de passions non partagées. Les phrases de Sylvie le confrontaient à l'idée du tourment infligé à l'autre. Avait-il involontairement provoqué ce genre de peine au cours de ses aventures passées ? Pour une fois, cela le fit réfléchir à sa propre responsabilité dans les engagements et les joutes auxquels il s'adonnait.

— J'entends bien ce que vous me dites… j'en tiendrai compte mais, Sylvie, je ne peux rien vous promettre. Cela dépend aussi d'elle. N'est-ce pas ?

— Si vous le dites. En attendant, je vous remercie de m'avoir écouté, Dominique. Restons amis et si vous le voulez bien, je vais vous laisser, je dois reprendre mon poste au lycée. Je ne veux pas me mettre en retard. Au revoir.

Sylvie, qui avait posé sur la table une pièce d'un demi franc, s'était immédiatement levée. Elle s'apprêtait à traverser la salle du café quand Dominique posa son bras sur la manche de sa veste :

— Une dernière chose, Sylvie. L'heureux élu, je crois le connaître. Il s'agit bien de Manuel Vila, le maraîcher de la rue de la Fontaine d'Amour ?

— Oui, souffla Sylvie. Manuel.

— Ah, quel homme chanceux ! lâcha Dominique en regardant s'éloigner la belle silhouette.

*

Le soir même, Sylvie enfin dépêtrée de ce défi qu'elle s'était lancée, tint à informer Manuel de sa conversation avec Dominique Fillol. Ce fut au tour de Manuel de se sentir soulagé et encore plus :

— C'est le plus beau cadeau que tu pouvais me faire ! lui avoua-t-il en l'embrassant.

— J'espère bien pouvoir t'en faire de plus beaux encore, Manuel.

Chapitre vingt-trois
Fulgurance sur la colline

Depuis le début de l'année, Manuel manquait de temps pour tout. Jamais encore il n'avait autant ressenti la vitesse à laquelle défilaient les heures. Il multipliait ses forces, du matin au soir, courant du jardin potager à la vigne, du verger à la remise et jusqu'aux clients qu'il lui fallait livrer. Il avait beau faire, enchaîner sans répit les tâches qui lui incombaient, réduire la pause des repas, les jours déjà si courts de l'hiver lui paraissaient de plus en plus réduits. On ne peut jouer avec le temps sans rencontrer vite les limites de son élasticité.

Ce sentiment d'être débordé de travail, il le connaissait. Mais ce qui était tout nouveau pour lui, c'était de ne pas voir les semaines passer. Manuel s'en étonnait même s'il savait précisément à quoi il devait ce tourbillon du calendrier : en plus d'assurer le revenu de la famille Vila, il s'était donné un objectif d'un tout autre ordre, en apparence moins sérieux que sa mission quotidienne mais qui était pour lui tout sauf anodin et qui le stimulait comme un puissant aiguillon. Il voulait être fin prêt pour le dimanche vingt janvier. Un jour très spécial consacré à Sylvie.

Comme un enfant impatient, Manuel avait hâte d'y être, à ce dimanche pas comme les autres, la date de l'anniversaire de Sylvie.

Ainsi, curieusement Manuel ressentait l'impression équivoque de trouver le temps à la fois trop rapide et trop lent. Dans le maelstrom de ses plus profondes pensées, il entrevoyait cet anniversaire comme le plus beau moment de fête qu'il eût jamais envie d'offrir à quelqu'un, si bien qu'en plus de la charge ordinaire de sa vie de maraîcher, il préparait en secret cette journée exceptionnelle.

Il y déployait toute l'énergie qui lui restait après ses travaux quotidiens, passant ses fins d'après-midi jusque tard dans la soirée sur la colline de Saint-Ferréol. Il ne comptait plus les heures de labeur journalier. Il avait décidé, dans cet emportement exalté de la jeunesse qui croit pouvoir vaincre tous les obstacles, que ses forces étaient illimitées, comme celle des héros antiques des livres de contes de son enfance. Quand il était petit garçon, Manuel avait rêvé maintes nuits de se transformer par magie en un demi-dieu au corps de bronze, accumulant sans efforts les exploits les plus étonnants.

Il n'avait pas tardé à se coltiner une réalité plus dure, à comprendre qu'il n'en serait jamais rien et que, malgré son jeune âge et sa solide carrure, la fatigue l'atteignait comme n'importe qui parmi les mortels. Ces dernières années son corps, néanmoins robuste, s'était déjà révélé fragile et lui avait fait à plusieurs reprises subir des douleurs variées, allant de la méchante entorse au pernicieux tour de rein en passant par le coriace claquage musculaire. Ces alertes lui avaient appris à adopter les postures les moins dangereuses pour travailler la terre et d'une manière générale à ménager ses efforts.

Pourtant aujourd'hui, si Manuel persistait à prolonger ses journées par un surcroît de travail à la vigne, c'est qu'il avait découvert en lui une source inépuisable de résistance et de santé : Sylvie.

*

La date de son anniversaire représentait pour Sylvie une journée agréable, mais sans plus. Depuis bien longtemps le plaisir d'ouvrir un présent destiné à elle seule – à la différence de Noël où chacun recevait un cadeau – et celui de souffler des bougies sur un gâteau confectionné à sa seule intention et partagé par toute la famille, elle ne le ressentait plus avec l'intensité de la petite fille qu'elle avait été et dont les yeux brillaient alors de mille feux. Ce qu'elle avait encore récemment observé en novembre chez Solange exultant et sautant de joie devant le magnifique houla hop rouge que sa mère lui avait offert pour ses dix ans. Cette excitation nerveuse à l'idée de « prendre » une année de plus, cette fierté naïve à s'éloigner progressivement des berges de l'enfance pour s'approcher des fascinants rivages du monde adulte, toutes ces manifestations joyeuses s'étaient émoussées au fil des ans. L'atmosphère tendue des dernières années sur le sol d'Algérie avait aussi contribué à estomper la légèreté de cette journée spéciale. Et puis, tout simplement, Sylvie constatait que « vieillir » ne lui procurait plus le sentiment de gaieté qu'elle avait jadis connu. Elle avait fini par banaliser ce jour où l'on fêtait sa naissance… alors qu'il semblait en revanche émouvoir toujours autant ses parents.

Un an plus tôt d'ailleurs, bien que la vie fût devenue si lourde à Oran, Jean-Marc et Juliette avaient tenu à marquer le jour des vingt ans de leur fille aînée par un cadeau plus coûteux qu'à l'accoutumée, un élégant sac à main en cuir rouge, à porter avec ou sans bandoulière, un bel objet solide qu'elle pourrait garder longtemps si elle le souhaitait. Et, avec le billet de dix francs glissé par Hugo Pagès dans une enveloppe, Sylvie s'était acheté un disque de Jean-Sébastien Bach qu'elle écoutait avec ferveur et qui – elle le savait désormais – lui rappellerait toujours son grand-père.

Cette année cependant, Sylvie considéra le jour de son anniversaire avec une attention particulière, se répétant que le vingt janvier 1963, elle aurait vingt et un ans. Et ce chiffre était loin de lui paraître indifférent puisque, de manière officielle, il signifiait que par la simple application de la loi, elle atteindrait sa majorité. Ce qui, du jour au lendemain, l'introduisant dans l'univers de la responsabilité civique, l'autoriserait à voter et aussi lui permettrait de disposer à sa guise de son destin ; par exemple décider de continuer ou d'arrêter ses études et de gagner sa vie et aussi de fonder elle-même un foyer en quittant le giron familial. Sylvie depuis quelque temps réfléchissait à toutes ces portes que cette date symbolique lui ouvrirait. Et cette réflexion, pour aussi sérieuse et grave qu'elle fût, ne laissait pas d'illuminer son sourire.

L'horizon, s'éclairant et s'élargissant devant elle, l'enveloppait de bien-être et, dans la vaste scène qui se déployait dans son imagination, elle voyait s'approcher d'elle Manuel Vila, cet homme dont la présence lui était devenue jour après jour indispensable, qui écartait les bras pour l'accueillir contre lui.

Cette douce fantasmagorie l'habitait avec une netteté si violente et si précise que, dès les premiers jours de janvier, la décision s'était formulée sans ambiguïté dans sa pensée. Elle voulait se livrer enfin avec Manuel à une relation physique complète.

Ah, comme le temps récent où elle s'amusait encore d'un marivaudage entre Manuel et Dominique lui semblait révolu ! Ah, comme il était dépassé aussi, le temps ailé du flirt avec son bouquet de caresses et de baisers !

Elle se savait prête, désormais, à partager avec Manuel l'offrande réciproque de leurs corps enlacés. Elle en avait plus qu'envie. Elle en avait besoin. Sa connaissance des mécanismes de la physiologie féminine était limitée mais elle savait au moins que pendant quelques jours suivant la période des règles, une ovulation s'avérait quasiment impossible. Cela lui suffisait. Le vingt janvier, par bonheur, elle ne prendrait aucun risque.

Aussi, quand Manuel l'invita à passer l'après-midi du dimanche vingt janvier dans la casotte, sur la vigne de Saint-Ferréol et à rester dîner avec lui là-haut, elle accepta le cœur battant.

— Ce sera magnifique ! se contenta-t-elle de dire avec un sourire radieux.

Ces trois mots suffirent à combler Manuel qui se retint de lui faire préciser ce que sous-entendait ce « magnifique ».

*

Sylvie n'était pas venue à Saint-Ferréol depuis plusieurs semaines. La dernière fois devait remonter quelques jours avant le décès de son grand-père, ce qui, tandis qu'elle sortait de la 2 CV de Manuel, lui fit monter à l'esprit une pensée sombre qu'elle n'exprima pas, afin de ne pas attrister leur escapade en ce début d'après-midi.

Comme il constatait le silence de Sylvie qui se

tenait immobile sur le bord de la route, le regard perdu vers la chaîne des Albères aux sommets enneigés, Manuel s'approcha d'elle et l'entoura de ses bras, lui soufflant à l'oreille, avec tendresse :

— Cette journée nous appartient, et je voudrais tant te faire plaisir ! Viens, ne restons pas là, il fait froid. Je t'invite chez moi… !

Ils avancèrent tous deux entre les rangs de vigne, sur l'étroit sentier qui descendait doucement vers la casotte. Sylvie marchait derrière Manuel, à pas lents, prenant le temps de contempler ce paysage dont la grandeur tranquille semblait placée sous la protection du clocher blanc de l'ermitage.

Couronnée par le gris d'argent des oliviers immuables, la colline arborait toujours sa fière allure de vaisseau dominant la plaine catalane éclaboussée de soleil jusqu'à la mer qu'on devinait au loin, trait de diamant scintillant. Seuls les pieds de vigne rabougris présentaient leur modeste aspect d'hiver, que Sylvie ne leur connaissait pas encore. Amputés de leur feuillage, les ceps grêles confondaient leurs formes noueuses avec la terre caillouteuse.

Ils s'approchaient de la casotte. Sylvie poussa aussitôt une exclamation :

— Oh ! Mais il y a du changement ici ! C'est toi qui as tout nettoyé ?

— Et … qui d'autre ? dit Manuel en riant. Bien sûr que c'est moi. Ça te plaît ?

— Incroyable ! Tu as transformé une simple remise

à outils en vraie maisonnette de campagne, commenta Sylvie avec un enthousiasme puéril qui enchantait Manuel chaque fois qu'il l'entendait l'exprimer.

Les amas de ronces coriaces qui s'accrochaient aux murs de la cabane rustique avaient disparu, laissant apparaître le bel assemblage des pierres brunes. Les tuiles romaines arboraient une fière teinte orangée, due à un puissant récurage qui avait éliminé le lichen et les touffes parasites d'herbes sèches qui les envahissaient. Une confortable allée de pierres plates permettant de faire le tour de la bâtisse, s'élargissait sur le devant pour former une sorte de grande cour qui s'ouvrait sur l'immense point de vue jusqu'à l'horizon.

Manuel ne lui précisa pas qu'il avait l'intention, au printemps, d'aménager cette place pour la rendre plus accueillante encore, avec une table et des fauteuils de jardin qu'il installerait à l'ombre du grand cerisier. Il était trop tôt pour parler de ces projets. La réaction de Sylvie devant les métamorphoses de la casotte le réjouissait.

— Et tu n'as pas encore vu l'intérieur ! annonça-t-il sans dissimuler une joyeuse fierté.

Il ouvrit la porte. Sylvie, rendue curieuse par l'air malicieux de Manuel, pénétra dans la maison en écarquillant les yeux.

— Voyons cela ! dit-elle, entraînée dans ce qui ressemblait à un jeu de découverte.

Elle resta muette quelques secondes. Puis elle

sauta au cou de Manuel qui la regardait, attentif et attendri :

— Tu es formidable ! bredouilla-t-elle, sincèrement émue. On dirait une maison de conte de fées ! Comment as-tu fait ?

— Je ne sais pas… ça n'a pas d'importance, répondit Manuel, je l'ai fait, voilà tout. Pour toi, pour nous. Si ça te plaît, c'est la seule chose qui compte.

Il ferma la porte derrière lui et ils se retrouvèrent seuls, tous les deux, dans la petite pièce. La casotte était méconnaissable. Les outils et tout ce qui touchait au travail agricole, divers produits en sacs ou en bidons, Manuel les avait rassemblés derrière une cloison qu'il avait montée en maçonnerie légère contre le mur du fond. Sous le robinet de la citerne de réserve d'eau de pluie, il avait disposé un broc et une vasque en faïence. Au sol, brillait un carrelage tout neuf en tomettes rouges et un feu de ceps odorant craquait dans la cheminée d'angle. En face, une banquette recouverte d'une couverture de laine écrue permettait de profiter de la chaleur de l'âtre. Une table en bois de sapin était poussée sous la fenêtre, pour laisser plus d'espace au milieu. Sur les quelques planches qui couraient le long des murs blancs, étaient posés, pêle-mêle, des livres, des verres, des tasses et des assiettes, et d'autres menus objets que Sylvie, dans son rapide premier coup d'œil, n'identifia pas tout de suite.

À folle allure les pensées se bousculaient dans l'esprit de Sylvie qui parvint à dire :

— C'est si agréable, si bien arrangé que j'aimerais ne plus jamais partir d'ici... du moins pas avant demain. Le problème, c'est que j'ai dit à mes parents que je rentrerais ce soir, tard sans doute mais je n'ai pas parlé de passer la nuit à Saint-Ferréol.

— Et ici il n'y a pas de téléphone, rappela Manuel, remué par ce que les paroles de Sylvie laissaient supposer.

— De toute façon, mes parents n'ont toujours pas obtenu la ligne qu'ils réclament depuis des mois. On leur répond invariablement que c'est « pour bientôt ». Mais...

— Écoute, ce n'est pas grave, dit Manuel qui s'empressait autour de Sylvie, les deux mains posées sur sa taille. Du moment que tu te sens ici comme chez toi... Mets-toi à l'aise, pose ton sac. Assieds-toi là, près de moi. Et profitons de ces quelques heures rien que pour nous...

Ils s'installèrent sur la banquette, serrés l'un contre l'autre, et une longue minute s'écoula dans le silence où crépitaient les flammes, devant leurs yeux rêveurs.

— Il fait merveilleusement bon ici... soupira Sylvie en ôtant son écharpe et son manteau.

Manuel sortit de la poche de sa veste un paquet qu'il lui posa sur les genoux.

— C'est pour toi, pour tes vingt et un ans, murmura-t-il en la regardant défaire le ruban.

— Un cadeau d'anniversaire ? s'exclama Sylvie. Mais ton cadeau, c'est tout ça, cet adorable nid douillet que tu nous as préparé ! Ça me suffit amplement...

— Chut... coupa Manuel en l'embrassant. Rien n'est trop beau pour toi. Ouvre l'écrin...

Une seconde plus tard, Sylvie, incrédule, le regard ébloui, tenait dans sa paume un petit cœur en grenat au bout d'une fine chaîne en or. La pierre rouge scintillait de vifs éclats.

— Quel joli pendentif ! s'écria Sylvie rose de plaisir. Tu me l'attaches ? ajouta-t-elle en se penchant vers Manuel.

Relevant les cheveux de la jeune femme, il fixa le fermoir derrière son cou délicat et caressa de ses lèvres les fines boucles qui frisottaient sur sa nuque.

— Un grenat de Perpignan parce que tu aimes le pays catalan... et un cœur parce que c'est ce que je peux t'offrir de mieux, commenta Manuel en posant ses lèvres sur le décolleté tiède de Sylvie où brillait le bijou.

— Viens, Manuel, invita Sylvie avec gravité et détermination, viens...

Manuel attendait cet appel depuis des mois. Il l'entendait enfin. Avec des gestes lents, empreints d'un immense respect pour le moment unique qu'ils allaient vivre, il ôtait un à un ses vêtements tandis que Sylvie, le visage envahi d'une émotion qui lui brûlait les joues, déboutonnait son chemisier, faisait glisser sa jupe et s'étendait.

Puis, dans une suite de doux mouvements ils commencèrent, pour la première fois de leur vie, la danse presque immobile de l'amour.

Ils allèrent tous deux l'un vers l'autre, calmes et sûrs d'eux-mêmes, comme s'ils avançaient dans la mer à pas tranquilles et s'enfonçaient dans l'eau fraîche, un jour d'été plein de sérénité. Pourtant la découverte de leur nudité, de la chaleur de leur peau et de leur souffle emmêlé, tout cela fit monter en eux une vague fracassante qui les submergea et qui fit exploser leurs gestes en gerbes de passion.

Tremblant de l'étrange bonheur des caresses intimes qu'ils se prodiguaient sans retenue, Manuel sentit soudain Sylvie se cambrer et s'ouvrir à lui. Les mains arrimées à ses épaules, elle lui permettait et même lui demandait ce qu'il n'avait pas osé espérer : faire de leurs deux corps une seule et unique vibration.

Sylvie eut alors un faible murmure, à peine audible, qui résonna comme le tonnerre aux oreilles de Manuel :

— Je t'aime.

— Sylvie, mon amour, je t'aime…

Le prodige de l'amour avait opéré et les laissa un long moment sans voix, sans force… L'ardeur de son propre désir avait surpris Sylvie. Elle ne s'expliquait pas trop cet appétit sauvage, si nouveau chez elle. Manuel, lui, se sentait à la fois comblé et avide d'aller plus loin dans cette exploration de la sensualité. Ces premiers pas emportés le laissaient à la fois émerveillé et insatisfait. Il était heureux de ce qu'ils venaient de s'offrir mais déjà songeait à tout ce qu'ils pourraient se donner davantage.

*

Plus tard, bien plus tard, Manuel fit chauffer de l'eau sur un camping-gaz. Le café brûlant les réconforta et ils y trempèrent des morceaux de biscuits secs. Sylvie, qui furetait dans le buffet près de la cheminée, repéra sur une étagère une petite sculpture en terre cuite. Elle prit dans ses mains la gracieuse figurine qui représentait une femme allongée sur le côté. La taille était creusée et laissait ressortir les hanches rondes. La tête, basculée en arrière, donnait du relief au buste et aux seins pointus. La pose était suggestive et chaste à la fois.

— C'est toi qui l'as faite ? demanda-t-elle en regardant Manuel d'un air étrange.

Il acquiesça par un simple hochement de tête, hésitant à comprendre ce que signifiait le ton indécis de Sylvie.

— Décidément aujourd'hui, s'exclama-t-elle avec chaleur, je vais de surprise en surprise. Je découvre à l'instant, tout à fait par hasard, ton talent de sculpteur.

— Mon talent... protesta Manuel, n'exagère pas. J'ai seulement essayé de... Tu ne trouves pas qu'elle te ressemble un peu ? Ça ne te gêne pas que j'ai fait une statuette en pensant à toi ?

— C'est moi que tu as voulu sculpter ? Tu es sûr ?

— Bien entendu, c'est toi qui m'as inspiré. Je t'imaginais sous mes doigts et... si tu m'y autorises, je compte bien en réaliser une foule d'autres, des femmes à ton image. D'ailleurs, regarde...

Manuel prit dans le placard une boîte en carton de laquelle il sortit deux autres statuettes féminines, l'une assise, une jambe repliée sous ses fesses, l'autre debout, les bras levés au-dessus de la tête.

— Tu te rappelles, commenta-t-il, le jour où on était au Racou... Sur la plage, je te contemplais et j'ai ressenti l'envie de pétrir le sable pour te recréer à ma façon. Alors j'ai acheté de l'argile et quelques outils et j'ai commencé à sculpter. En fin de compte je reste un travailleur de la terre ! Je me sens encore très malhabile mais quoi qu'il en soit, j'ai adoré malaxer l'argile en pensant à tes formes.

Sylvie protesta en rougissant, mais au fond elle était flattée d'avoir été pour Manuel la révélatrice de son tempérament d'artiste et de lui avoir insufflé ses premières réalisations. Avec chaleur elle l'encouragea à persévérer et, volubile, lui parla de Manolo, ce sculpteur catalan qu'elle avait découvert au musée de Céret et aussi d'Agnès Beaucaire, qui avait établi son atelier à Castelnou et qui accepterait certainement de lui donner des conseils.

— Pourquoi pas ? répondit-il. Je n'ai pas très envie de prendre des leçons de sculpture mais voir les œuvres d'une artiste patentée est forcément intéressant. En plus comme tu ne connais pas Castelnou, nous irons un de ces jours. Tu verras, c'est très joli, ce village perché avec ses vieilles maisons.

*

Le soir tombait derrière la vitre. Manuel raviva le feu et alluma des bougies que Sylvie disposa çà et là dans la pièce, sur des soucoupes. Ils préparèrent ensemble un repas froid et plutôt fantasque, composé de jambon cru, de pain au levain et de fromage de brousse. Pour le dessert, ils ouvrirent un bocal de pêches au sirop.

Ils mangèrent avec l'appétit que provoque la griserie amoureuse, sans cesser de bavarder, de rire et de s'embrasser. Sylvie raconta que le repas de midi chez elle avait été relativement sans façon parce que sa mère était grippée et que Solange toussait depuis plusieurs jours, avec une petite fièvre.

— À la maison, on est tous fatigués par cet hiver. C'est nouveau, pour nous, ce froid qui dure. Et puis, de toute façon, j'avais insisté auprès de mes parents pour qu'ils fassent « simple »…

— Ils ne t'ont même pas donné un cadeau d'anniversaire ?

— Oh bien sûr que si ! Ils m'ont offert l'histoire de la littérature française dont j'avais besoin. C'est un très beau livre, pour moi surtout un cadeau très utile.

Après avoir rangé la sommaire vaisselle, ils s'allongèrent sur la banquette et, à la lueur des flammes vacillantes des bougies et des bûches dans l'âtre, ils refirent l'amour, lentement.

Sylvie expliqua à Manuel que pendant encore deux ou trois jours ils pourraient recommencer sans crainte. Il lui répondait qu'il existait d'autres moyens de prendre des précautions. Ils verraient bien…

Puis, alors que la nuit avait noirci le carreau à la fenêtre, ils restèrent longtemps blottis l'un contre l'autre, laissant peu à peu le feu s'éteindre. Sylvie songeait que toutes ses interrogations se dissipaient dans les bras de Manuel.

Et quand la dernière bûche se fut écroulée en multiples étoiles de braise, quand l'heure de partir et de redescendre à Céret ne put plus être reculée, il fallut mettre fin à cet après-midi enchanteur au cours duquel Sylvie et Manuel avaient changé l'essentiel de leur vie. Toujours eux-mêmes, ils n'étaient pourtant plus les mêmes.

Chapitre vingt-quatre
D'une mère à l'autre, indigestion familiale

Les semaines s'écoulaient dans la traditionnelle lenteur de la fin d'hiver quand la froidure paraît interminable et le printemps encore bien loin. Pourtant chaque jour s'allongeait et grappillait quelques minutes de soleil. On s'en apercevait surtout le soir quand la lumière gagnait pas à pas sur les ombres bleuies du crépuscule. Par bonheur, la rudesse de l'hiver était émaillée de quelques journées exceptionnelles qui resplendissaient de limpidité solaire et où un ciel sans nuages étendait alors toute sa royauté au-dessus des hommes et de leur foyer.

Il n'y avait pas de jour sans que Sylvie ne pensât à Manuel mais aussi à son grand-père disparu comme s'il existait un lien très fort entre ces deux hommes. Un soir, en revenant du lycée, elle retourna toute seule au cimetière pour un instant de recueillement. Devant la tombe fraîche, agenouillée sur le rebord de marbre brillant, elle posa dans un vase un petit bouquet d'anémones qu'elle avait acheté en ville. Elle revoyait ce bon vieillard qui lui avait donné, avec sa grand-mère Aurélia, le témoignage simple et riche d'une longue vie de couple harmonieuse pendant des décennies malgré les épreuves. Et même si leur union avait été brisée brutalement en arrachant du même coup à Hugo le goût de vivre, elle restait dans son souvenir comme une forte et belle histoire.

Là, sur cette pierre tombale, Sylvie voulait dire à Hugo ce qu'elle ressentait. Elle se plaisait à croire qu'il avait été le seul à pressentir ce qui naissait entre elle et Manuel. Comme toutes les femmes, Sylvie possédait, chevillée tout au fond d'elle-même, la conviction que seul l'amour est plus fort que la mort. Sans trop le formuler, elle devinait que l'hymne à la mort reste hélas inséparable de l'hymne à la vie. Elle discernait à présent, depuis peu, combien seul l'acte d'amour physique pouvait faire qu'on se sentît plus fort que la mort.

Très vite, Manuel et Sylvie tentèrent de se revoir mais ce n'était pas si simple. Dénicher un moment et un endroit tranquilles pour célébrer leur fête du corps et du cœur devint leur principale détermination. Leurs activités respectives limitaient ces retrouvailles mais chaque fois que leurs horaires le leur permettaient, ils remontaient à la casotte sur la colline de Saint-Ferréol. Comme ils n'avaient, pour réchauffer la petite pièce, que la cheminée et leur ardeur, Manuel avait installé un chauffage d'appoint au gaz. Des bougies odorantes apportées par Sylvie enrichissaient l'atmosphère. Et puis... la cérémonie sensuelle à laquelle ils se livraient leur permettait de tout oublier, même le froid.

C'est ainsi que Sylvie savourait chaque heure qu'elle pouvait consacrer à Manuel. Chaque jour et chaque nuit qui suivirent leur première fusion amoureuse et où ils purent à nouveau se glisser dans les bras l'un de l'autre, provoquaient ce bouleversement intérieur qui la faisait devenir femme. La certitude de l'amour partagé agissait comme un baume absolu. Elle la retrouvait, triomphante dans son âme et sur chaque parcelle de sa peau.

*

Sylvie était restée sans nouvelles d'Estelle depuis un bon moment. Toute à sa révolution sentimentale, elle n'avait pas cherché à revoir son amie. Quand elle pensait à elle, c'était – fugitivement – pour lui souhaiter d'être aussi heureuse qu'elle l'était elle-même. À vrai dire elle craignait que ce fût improbable. Un vendredi soir, elle eut la surprise de la voir à la porte du lycée qui l'attendait. Estelle battait la semelle, engoncée dans un manteau trop grand pour elle, les traits tirés, le visage fatigué et amaigri. Seuls ses immenses yeux noirs attestaient une vivacité mais que l'on sentait teintée de tristesse. Malgré cela, une sorte de beauté fiévreuse et pathétique se dégageait d'elle. Les deux jeunes femmes s'embrassèrent de bon cœur.

Estelle voulait à tout prix lui parler mais Sylvie était pressée de rentrer chez elle et elle avait promis à Manuel de passer le voir rue Fontaine d'Amour. Alors elle eut l'idée de proposer à son amie de les accompagner le dimanche après-midi vers deux heures pendant la promenade qu'ils avaient prévue. Cette fois-ci, Manuel avait suggéré d'emmener Gilles et Solange qui se plaignaient tout le temps du manque de distractions et d'aller découvrir ensemble le Prieuré de Serrabone.

Le surlendemain Manuel, prévenu par Sylvie de la présence d'Estelle, se fit conciliant et même chercha à se montrer aimable avec la jeune fille qu'il connaissait à peine et qui prit place à l'arrière de la 2 CV aux côtés d'une Solange et d'un Gilles ravis de cette sortie en voiture. Le temps s'était radouci. Grâce à de gros nuages venus d'Espagne, un lourd rideau gris avait envahi le ciel et la tramontane n'avait pas encore osé se montrer. La veille, il avait beaucoup plu, une averse violente avait trempé les chaussées et quasiment noyé les chemins.

Pour atteindre la petite montagne sur laquelle, quasiment inaccessible, trônait l'édifice religieux, il fallait emprunter des routes sinueuses en direction de l'ancien bourg catalan fortifié de Bouleternère et, au cœur des Aspres, quelques kilomètres après Boule d'Amont, tourner à gauche vers la Roque Rouge, à plus de mille mètres d'altitude. Le vaillant véhicule avançait sans se presser, cahotant et crissant mais les passagers n'en avaient cure, tout à leur plaisir de cette insolite balade en forêt. Des chênes verts aux bras rabougris bordaient la voie qui menait à Serra Bonne, la « bonne montagne ».

Par précaution Manuel se gara un kilomètre avant le site, la pente s'avérant trop raide pour la voiture surchargée. Ils continuèrent à grimper à pied et arrivèrent, essoufflés, sur le haut de la colline sombre. L'ancien monastère, aujourd'hui déserté, les accueillit dans son austère solitude. L'aspect ascétique de la haute tour clocher et de la façade brune rendaient l'endroit impressionnant. Ils entrèrent dans l'église vide. Sauf Manuel qui l'avait déjà visitée, tous firent la surprenante découverte de ce joyau catalan : l'élégante tribune intérieure dont les colonnes de grès et de tendre marbre roses offraient un contraste stupéfiant avec la rudesse du bâtiment et de la nature sauvage qui lui servait d'écrin, le cloître galerie avec ses chapiteaux sculptés et la large vue qu'il offrait sur la campagne. Pour les quatre rapatriés d'Algérie qu'étaient Sylvie, Estelle, Gilles et Solange plus habitués aux ruines romaines qu'aux vestiges de l'art roman, ce fut un saisissant spectacle.

Au bout d'une demi-heure, Manuel, pour fournir à Sylvie ce moment d'entretien avec Estelle, proposa aux deux enfants d'explorer le jardin méditerranéen qui entourait le prieuré et les collines avoisinantes, à la recherche d'escargots sortis après les pluies.

Estelle se sentait mieux. La beauté du lieu et sa sévérité convenaient à son état d'esprit et ce fut d'une voix sereine mais grave qu'elle commença à raconter ce qui était au centre de ses tourments. La semaine précédente, elle avait eu une conversation houleuse avec sa mère à propos de son avenir. Estelle se lança dans une espèce de long monologue pendant lequel Sylvie se contentait de hocher la tête et de faire signe qu'elle maintenait toute son attention :

— Je te remercie d'écouter mes soucis alors que je vois bien que tu nages dans tout autre chose. Mais je n'ai pas d'autre amie que toi à qui je puisse me confier. Et puis, tu as eu la chance de naître dans une famille pour qui la religion n'a jamais eu de dimension d'enfermement, au contraire. Ce n'est pas mon cas ni celui de mes parents, eux-mêmes victimes de traditions séculaires. Il faut d'abord que je te dise que je n'arrive plus à communiquer franchement avec ma mère depuis que nous somme rentrés d'Oran. Elle me paraît de plus en plus repliée sur son univers de femme au foyer et reste à des lieues de mes aspirations. Je crois, Sylvie, que tu la connais un peu, cette femme qui ne lit que Nous Deux ou Confidences... quand elle lit quelque chose. Elle a tenu à m'entretenir à tout prix de ma vie future : elle est revenue sur son sujet favori, elle me fait comprendre que je n'ai pas d'autre rôle à jouer si ce n'est à l'intérieur de la communauté juive. Quand je dis cela, n'y vois aucun mépris de ma part, c'est simplement pour souligner combien sa tradition juive se conjugue avec un monde de midinette et de roman-photo. Quant à mon père que je respecte aussi bien sûr, la question n'est pas là, il a beau être un homme démocrate avec des idées de gauche, il ne peut concevoir la mission d'une femme autre que domestique, à élever des enfants. Je ne les comprends pas, eux qui m'ont permis de faire dans un cadre laïque et républicain, des études qui m'ont ouvert à des mondes culturels variés et qui m'ont fait croire à une liberté de choix. Et finalement petit à petit ils me démontrent au nom d'un judaïsme – que je ne renie pas mais qui m'est relativement indifférent – que je n'ai pas d'avenir hors de lui.

— Peut-être est-ce la guerre d'Algérie qui a renforcé cette attitude, supposa Sylvie. Ils ont dû souffrir, eux-aussi de ces événements.

— C'est possible mais moi là-dedans j'étouffe et je me sens prisonnière.

— Mais elle se traduit comment, leur démarche ? Ils font vraiment pression sur toi ?

— Oh, c'est plus subtil que ça. Je ne t'ai pas raconté la meilleure. Mon père, qui se contentait jusqu'à présent de faire une vague prière en hébreu aux moments des fêtes importantes, surtout à Pâques… eh bien, il est allé plusieurs fois à la synagogue de Perpignan et au centre communautaire israélite où il a rencontré d'autres familles. Et, il y a deux jours, c'était vendredi soir, la veille du shabbat, il a ramené à dîner à la maison un dentiste célibataire installé à Perpignan – un type, paraît-il très brillant – il s'appelle Simon Amar. Il a, tu t'en doutes, comme dit ma mère, « une très belle situation ». J'avais l'impression d'un coup monté. Ma mère avait préparé un énorme couscous, mon père s'est cru obligé de faire une prière rapide en début de repas, mes frères plus ou moins au courant, se marraient comme des baleines et moi j'étais assise à côté de cet homme qui me regardait avec des yeux affamés comme si j'étais une gourmandise orientale. Ma mère, aux anges, qui n'arrêtait pas de lui balancer des « Mangez, mon fils, mangez » et l'autre qui s'empiffrait en me couvant d'un regard lubrique. Je sais que tout cela partait d'une bonne intention mais, définitivement, ça ne collera jamais avec moi !

— Mais il te déplaît tant que ça, cet homme ? demanda Sylvie qui riait malgré elle de la description pittoresque d'Estelle.

— Tu plaisantes ? s'indigna Estelle qui s'emportait à nouveau. Il a douze ans de plus que moi et ne parle que de ses honoraires et de sa nouvelle bagnole, une « Déesse », qu'il dit ! De toute façon, là n'est pas la question. La vérité, c'est que je me suis sentie piégée. Mes parents se sont coalisés pour me faire entrer dans la tête que je ne pourrais m'affranchir de la maison qu'en acceptant d'épouser un coreligionnaire. Tu imagines si tu étais dans une situation de ce genre ? Jamais tes parents ne te forceraient à te lier à qui que ce soit que tu n'aurais pas choisi.

— C'est vrai, reconnut Sylvie en souriant. Alors finalement, comment ça c'est terminé ce « couscous guet-apens » ?

— Par des maux de ventre. Pour la première fois de ma vie, j'ai très, très mal digéré ce couscous. J'étais tellement furieuse de voir comment l'étau de la tradition familiale se resserrait sur moi, j'ai vomi toute la nuit. Dès le lendemain matin, j'ai dit à mes parents que je ne voulais pas revoir ce Simon Amar et je leur ai demandé de stopper ce genre de manigances. Le problème c'est que je ne suis pas sûre du tout qu'ils m'aient entendue.

— Et Dominique dans tout ça, tu lui en as parlé ? questionna Sylvie espérant que les paroles qu'elle avait échangées avec le libraire à propos de son amie avaient modifié le cours des événements. Tu continues à le voir ?

— Oui, ça m'arrive d'aller dans sa librairie, plutôt en fin de journée. Il m'a posé pas mal de questions sur le judaïsme ; il a, sur ce plan, une vraie curiosité d'historien. Mais même si je trouve qu'il est plus gentil avec moi ces derniers temps, je sens bien qu'il n'y a qu'une chose qui l'intéresse en moi. La possibilité de m'ajouter… à son tableau de chasse. Que veux-tu, Dominique est aussi invariable qu'un adverbe. Il est évident qu'avec lui, l'accord est difficile.

— Apparemment il ne te fait pas perdre ton sens de l'humour ! gloussa Sylvie.

— Il ne manquerait plus que ça ! L'autre soir, il a de nouveau cherché à m'embrasser et… si je n'avais pas résisté, il m'entraînait dans son arrière-boutique. De toute évidence, je n'ai aucun avenir avec un Catalan, ni celui-là, ni un autre. Et c'est à prendre ou à laisser, je refuse de coucher avec un homme que je n'aurai pas choisi pour la vie.

Estelle continua à raconter tout son ras le bol et même à évoquer des fugues imaginaires.

— Si tu savais comme j'en ai marre de tout ça !

Elle marchait de long en large avec des pas agités au cœur de la nef, sa voix parfois chevrotait et des larmes surgissaient, parfois aussi un rire nerveux reprenait le dessus. Parler semblait la soulager mais en même temps exposer tous ses motifs de déception ravivait ses douleurs. Et elle passait d'une attitude combative à un abattement plaintif.

Sylvie ne savait plus quoi conseiller à Estelle qu'elle voyait sombrant là devant elle dans une sorte de désespoir morbide. Elle ne pouvait que compatir et espérer que son amie ne fît pas de bêtise. Pendant un long moment, sans rien dire, elle la serra contre elle, comme pour la guérir de ses peurs et lui insuffler une part de ce gisement d'énergie qui bouillonnait en elle et qu'elle sentait sans limites.

Puis elles sortirent de l'église, un vent léger se levait, commençant à dégager le ciel en poussant les nuées vers le sud. Sylvie voulut y lire un heureux présage.

— Courage, Estelle, allons les rejoindre. Il faut quitter ce lieu magnifique.

*

Deux jours plus tard, ce fut au tour de Manuel d'être confronté à un drôle de dîner. Sa mère avait préparé les fameux escargots qu'ils avaient rapportés de leur virée dans les Aspres. Maria Vila les avait cuisinés à la catalane après les avoir fait dégorger avec du poivre. Elle servit de grosses assiettes d'escargots baignant dans leur sauce à son mari et à son fils et s'assit sans dire un mot.

Manuel avait passé une partie de l'après-midi à aider Jean-Marc Pagès à l'aménagement de la remise à l'arrière du magasin. Ils avaient ensemble monté des étagères qu'ils avaient chargées de conserves. Il était rentré épuisé. Ne se sentant pas très en appétit, il goûta à peine deux escargots, repoussa son assiette et s'excusa auprès de sa mère de ne pas en manger plus.

Maria Vila, sans le regarder, prit un air pincé, baissa la tête vers la toile cirée et lâcha d'une voix revêche :

— *Bo és anar a visitar, però és millor a casa estar.*

— Tu parles en catalan, à présent ? lui demanda Augustin qui, lui, semblait se régaler. Tu sais très bien, Maria, que je n'en saisis pas un traitre mot. Qu'est-ce que ça veut dire ? Ne me laisse pas à l'écart.

— C'est un proverbe, répondit Manuel qui avait tout entendu et qui savait bien à qui était en fait destinée la phrase. Il signifie qu'il est agréable d'aller en visite, mais meilleur de rester chez soi. Et si Maman l'a dit en catalan, ce n'est pas pour que tu ne comprennes pas mais pour que moi je comprenne !

Manuel, enfant du pays, connaissait bien la langue locale qu'il entendait parler par les anciens et qu'il lisait parfois dans des revues régionales mais il savait surtout que sa mère, qui d'habitude le parlait très peu, ne s'en servait qu'à bon escient. Là, elle manifestait clairement l'intention délibérée de toucher son fils et de lui rappeler, par ce proverbe dans sa langue, la réalité de ses origines culturelles.

— Maman, reprit Manuel, je devine sans difficulté ce que tu veux me dire. Mais tu aurais pu le faire directement en français. Tu me reproches de trop m'occuper des Pagès, c'est ça, hein ?

Sans répondre, Maria Vila planta un morceau de pain au bout de sa fourchette et le trempa dans son assiette. Manuel posa sa serviette avec calme et la regarda, prêt à affronter ce qu'il se doutait être une scène de jalousie.

— Et puis tant que tu y es, tu veux aussi me faire comprendre qu'avec Sylvie je vais trop loin, que je ne devrais pas la fréquenter ? Je me trompe ?

— Tu es majeur et responsable, mon fils mais c'est vrai, se décida enfin à avouer Maria Vila, je finis par trouver que tous ces rapatriés nous envahissent. Et à mon avis, tu consacres bien trop de temps à cette famille. Eh oui, si tu veux le savoir, je trouve aussi que Sylvie n'est pas du tout une fille pour toi. Je te l'ai déjà dit, tu te fais des illusions, mon pauvre ! Elle ne sera jamais ta femme.

Manuel pâlit. Il se sentait là en brutale opposition avec sa mère. Il se leva, furieux et riposta :

— Qu'est-ce que tu en sais, Maman ? Et d'abord qu'est-ce qui te dit que nous ne sommes pas déjà ensemble ? Tu ne t'en es même pas rendu compte ! Et puis de toute façon, de quoi tu te mêles ?

Maria, bouche bée, accusa le coup et sembla manquer d'air. Alors Manuel choisit de ramener la question au plan de l'activité professionnelle.

— Tant que je fais mon travail correctement, on n'a rien à me dire, ajouta-t-il. Tout repose ici sur moi et je suis bien placé pour prendre mes décisions tout seul. J'espère que tout le monde m'a bien compris.

Augustin Rocheteau qui regardait tour à tour son beau-fils et son épouse et qui par principe préférait ne pas intervenir, posa sa main sur le bras de Maria dont la bouche tremblait encore de colère contenue :

— Calme-toi, Maria. Ton fils a raison, il faut lui faire confiance. Les Pagès sont de braves gens qui ont été chassés de leur pays d'origine et qui cherchent à poser leurs valises. Ils viennent de perdre un des leurs, un vieil homme que j'aimais bien. On ne peut pas dire du mal d'eux. Et même si ce n'est qu'un détail, je te fais remarquer que depuis que le magasin des Pagès a ouvert, c'est pour nous, un débouché intéressant.

Manuel acquiesça, surpris de trouver un allié dans son beau-père d'ordinaire si taciturne. Il pensait qu'il venait de connaître avec sa mère son premier gros différend et cela pesait sur ses épaules. Pour la première fois de sa vie, il monta se coucher sans souhaiter le bonsoir.

Chapitre vingt-cinq
Modelage de l'amour

Un jour du début de mois de mars, Juliette profita de l'absence de son mari pour avoir une conversation tranquille avec sa fille aînée. Quand on vit très près les uns des autres, pour peu qu'on prenne le temps de s'interroger sur autrui, on devient sensible au moindre changement d'humeur et de comportement, qu'il soit positif ou négatif. Juliette avait compris très tôt qu'il s'était passé quelque chose de fort entre Sylvie et Manuel. Sur les joues roses et diaphanes de sa fille, elle trouvait un velouté inhabituel et au fond de ses yeux clairs, une lumière plus tendre. Chez Sylvie, d'autres détails l'avaient frappée, des attitudes plus graves et des gestes plus arrondis qu'auparavant, comme si une douceur nouvelle avait jailli en elle. Juliette avait aussi remarqué la touche de rouge dont Sylvie maquillait ses lèvres, l'ombre bleutée qu'elle posait sur ses paupières et le soin qu'elle prenait à se parfumer d'eau de Cologne ambrée. Tout cela lui fit imaginer que les deux jeunes gens avaient franchi une étape importante de leur histoire.

Juliette cherchait une occasion de recueillir de la bouche de sa fille ce qu'elle savait déjà et dont son mari ne se doutait même pas.

Ce soir-là, Jean-Marc se rendait à une réunion de rapatriés organisée à la mairie, divers problèmes d'ordre administratif et social y seraient débattus. Se sentant dans l'obligation de montrer aux responsables locaux un visage différent de celui de Garbani dont il savait l'assiduité à ce genre de rencontre, il estimait indispensable de faire au moins acte de présence. Gilles et Solange regardaient à la télévision une émission de variétés. Juliette avait tout rangé dans la cuisine et sorti sur la table les bols du petit déjeuner du lendemain matin.

Elle monta au deuxième étage rejoindre Sylvie qui travaillait dans sa chambre. La jeune fille était allongée sur son lit, un livre à la main. De l'autre, elle pointait un crayon sur la page ouverte où elle prenait des notes dans la marge. Sur son ventre une bouillotte était posée bien à plat, pour le maintenir au chaud. Juliette s'assit au bord du lit :

— Tu as tes règles, ma fille, dit-elle d'un ton mi-affirmatif mi-interrogatif.

Juliette savait que sa fille pouvait avoir des cycles douloureux. Elle s'empressa :

— Si tu veux, je vais te chercher un cachet.

— Non, merci, Maman, répondit Sylvie, souriante. Ça va aller, elles sont moins pénibles que d'habitude et la chaleur me fait du bien.

— J'ai comme l'impression que leur arrivée te fait plaisir. Je me trompe ?

Alors Sylvie sut que le moment était venu d'ouvrir son cœur à sa mère. Elle attendait que se présentât le moment propice. Elle se sentait suffisamment à l'aise avec elle pour la mettre dans le secret. Elle referma son livre, regarda Juliette droit dans les yeux et lui parla sans gêne et même avec un certain soulagement, du chambardement amoureux qu'elle traversait avec Manuel depuis quelques semaines. Elle informa sa mère de l'événement essentiel intervenu dans son existence deux mois plus tôt – elle ne précisa pas qu'il était survenu le jour de son anniversaire. Elle lui rapporta tout ou presque tout, se gardant de décrire leurs ébats, mais elle ne lui cacha pas leurs difficultés pour se retrouver en toute intimité. Emportée par ses confidences, elle alla jusqu'à lui faire part des questions qu'ils se posaient tous deux pour éviter tout risque de grossesse.

— Et toi, Maman… Comment avez-vous fait, Papa et toi ? demanda Sylvie qui s'étonna aussitôt de sa propre audace et corrigea en rougissant… Comment faites-vous ?

Juliette qui avait du mal à refouler son émotion à entendre sa fille aînée parler de l'homme avec lequel elle avait des rapports sexuels, put encore moins dissimuler sa gêne face à cette question.

Elle n'avait pas du tout envie d'étaler leur vie de couple. En débattre avec Sylvie qui, toute adulte qu'elle fût devenue n'en était pas moins toujours son « enfant », lui parut un instant une exigence impossible à satisfaire. Mais Sylvie semblait soudain si mature et elle s'était livrée avec tant de confiance que Juliette fit l'effort de lui répondre. Pour sortir de son embarras, elle commença par éluder la question en prétextant :

— Tu sais, chaque couple a ses petits secrets. Avec le temps, l'expérience et quelques précautions, on arrive toujours à s'arranger.

Puis très vite elle s'enhardit et donna satisfaction à Sylvie en abordant l'aspect pratique des choses. Elle lui rappela d'abord quelques conseils élémentaires de prudence. Sylvie acquiesçait, l'interrompant pour lui confirmer tous leurs petits gestes d'hygiène simple. Juliette se permit de lui rappeler l'existence des préservatifs.

— Oui, mais il y a sûrement des méthodes plus efficaces ? insista Sylvie qui voulait forcer sa mère à s'impliquer un peu plus.

— Je suppose aussi que tu as entendu parler de la méthode Ogino et que tu en connais les principes de bases ?

— Oui, Maman, rassure-toi. C'est une méthode de contraception mise au point par un gynécologue japonais. Ça ne fonctionne que dans le cas de cycles très réguliers, ce qui est à peu près mon cas.

Mais j'ai cru comprendre aussi que ce n'était pas une méthode très sûre.

— Dans ce domaine, rien n'est jamais garanti à cent pour cent, ma fille. C'est pour ça que les avortements clandestins ont lieu, hélas.

— J'ai lu dans une revue quelque chose d'autre, reprit Sylvie et j'ai vu aussi un reportage à la télévision. Depuis deux ans il existe une pilule aux États-Unis… une pilule contraceptive qui bloque l'ovulation. Il paraît qu'elle est très efficace.

— Sans doute trop efficace pour être autorisée ! s'emporta Juliette.

Sylvie leva les yeux vers sa mère, curieuse de ce que décelait ce ton sarcastique.

— Oui elle existe, cette pilule… continua Juliette d'une voix vibrante. Mais avant que les médecins puissent la prescrire en France, crois-moi, de l'eau passera sous les ponts ! La loi française est inchangée depuis plus de quarante ans et pour l'instant, dans ce pays des droits de l'homme, elle est toujours aussi peu favorable aux droits de la femme ! Disposer de son corps et d'une procréation librement programmée, autrement dit choisir une contraception vraiment efficace, c'est réservé à quelques privilégiées qui peuvent aller acheter la pilule dans un pays étranger plus libéral…

Interloquée par ce long discours véhément, Sylvie découvrait pour la première fois que sa mère avait des convictions et une conscience féministes et qu'elle n'était pas que la femme aimante de son mari et la mère disponible de ses trois enfants. Cette conversation les rapprochait bien au-delà de ce qu'elle aurait imaginé. Elle regretta de n'avoir pas parlé plus souvent avec Juliette et en particulier de ne pas avoir abordé plus tôt ce sujet qui la préoccupait plus qu'elle ne l'avouait.

— Tous les débats politiques sur la contraception, je m'y intéresse plus que jamais, dit-elle à sa mère, puisque je suis aujourd'hui concernée. C'est un problème grave et on en discute avec d'autres étudiantes ou des collègues au lycée. Mais en attendant que la mentalité évolue, il faut essayer de se débrouiller au mieux...

— Pour l'instant, l'interrompit Juliette avec tendresse, une seule chose m'importe. Tu sais que nous aimons beaucoup Manuel et que nous lui trouvons bien des qualités. Mais toi, es-tu satisfaite de ton choix ? Parce que c'est ça le plus important.

Le sourire épanoui de Sylvie lui apporta la plus éloquente des réponses.

Juliette descendit rejoindre ses deux enfants qui regardaient à présent une émission sur le cirque. Elle les envoya se coucher. Plus tard dans la soirée, Jean-Marc Pagès retrouva au lit une Juliette rêveuse qui s'apprêtait à lui confier sa conversation avec Sylvie. Mais lui, sans lui laisser ouvrir la bouche, se mit à lui narrer par le menu la réunion à laquelle il avait participé. Il avait l'air très content, un projet d'association d'entraide aux rapatriés semblait se mettre sur pied, on lui demandait d'y jouer un rôle actif, la municipalité était disposée à les aider ne serait-ce qu'en leur attribuant une salle pour se rencontrer. Jacky Bensoussan disait qu'à la sous-préfecture, on voyait cela d'un très bon œil.

— Ce je trouve dommage, c'est que certains Pieds-Noirs ne regardent pas la route qui s'ouvrent devant eux mais contemplent celle qui s'éloigne, parcourue par leurs parents et leurs aïeux. Et du coup, ils font marche arrière au fur et à mesure que le futur avance.

Jean-Marc conclut par un détail dont il semblait ravi : Garbani avait brillé par son absence. Tout le monde l'avait remarqué et personne ne s'en était plaint !

Juliette, trop fatiguée, remit au lendemain la révélation qu'elle voulait faire à son mari.

*

Sylvie ne pouvait nier qu'elle vivait depuis le jour de son anniversaire une existence d'une tout autre nature que celle qui avait précédé cette date. Si vingt et un ans plus tôt, sa mère l'avait mise au monde, Sylvie ressentait que c'était son amour pour Manuel qui donnait un sens à ce monde.

Chaque heure où elle faisait l'amour avec l'homme qu'elle aimait lui révélait une sensualité qui jusqu'alors couvait dans le secret de son corps. L'abandon auquel ils se livraient, l'absence totale de retenue dans leurs caresses, c'étaient mille offrandes par lesquelles ils s'imprégnaient l'un de l'autre. Et quand elle était loin de lui, la voix de Manuel et son visage l'accompagnaient à chaque pas. Ses éclats de rire, ses humeurs sombres, ses gestes calmes et solides habitaient en elle. Elle s'étonnait elle-même de cet envahissement qui la remplissait de délice.

Mais si son aventure avec Manuel avait exalté son quotidien, ce n'était pas seulement dans son être physique. Elle constatait à quel point tout, en elle, avait changé. Son âme aussi, se disait-elle, comme une fleur qui s'épanouit au soleil, avait ouvert ses pétales. Son amour pour Manuel était le sentiment le plus puissant qu'elle eût connu jusqu'alors et il se développait dans un rayonnement majestueux. Si elle mourait demain, elle croyait sans aucun doute que son amour, lui, ne mourrait pas et lui assurerait à elle une évidente éternité. Elle n'avait jamais ressenti vérité plus ancrée dans son corps ni dans son cœur.

Pourtant, dans cette ère nouvelle, des peurs subsistaient et si elle avait l'absolue certitude qu'elle aimait Manuel et que Manuel l'aimait, elle prenait conscience que cet amour soulevait bien des questions. La plupart du temps, elle les balayait mais ne pouvait les empêcher de revenir, surtout dans les moments de solitude, quand elle ne se trouvait plus aux côtés de Manuel.

La plus permanente des craintes qui la tourneboulaient était de « tomber enceinte », comme elle l'avait avoué à sa mère... Elle n'avait encore aucune idée de ce qu'ils décideraient dans un tel cas. En l'absence de réponses sécurisantes, ils se contentaient de redoubler de vigilance mais ils n'ignoraient pas qu'une grossesse pouvait se déclarer à tout moment et que cette réalité exigerait alors une réponse urgente, quelle qu'elle fût.

Une autre idée, moins préoccupante, mettait Sylvie mal à l'aise, c'était de vivre une aventure totale de femme à homme, sans avoir contracté de lien officiel avec lui. Aucune des jeunes femmes de son âge, dans ses connaissances proches, n'avait adopté un comportement aussi libre et peu soucieux des conventions en usage. Entre Manuel et elle, il n'avait pas été question de fiançailles, de mariage encore moins. Les mots n'avaient pas même été prononcés. Cela ne dérangeait pas Sylvie et elle savait que si sa mère n'en était pas choquée, son père ne le serait pas plus. Mais elle soupçonnait que la mère de Manuel, qui était désormais au courant de leur liaison qu'elle désapprouvait plus ou moins ouvertement, devait trouver anormal voire indécent de faire ainsi fi des convenances et du qu'en dira-t-on. Et malgré elle, cette pensée froissait Sylvie.

*

— C'est un très joli village, en effet ! commenta Sylvie en regagnant la 2 CV qu'ils avaient garée, au début de ce dimanche après-midi, à l'extérieur de Castelnou, sur l'esplanade près de l'église, face au village fortifié. Mais je ne m'attendais pas à trouver tant de maisons délabrées ! On a l'impression d'un site abandonné.

— N'exagérons rien, nuança Manuel. Regarde, ajouta-t-il en se retournant vers la colline où s'étageaient, sous l'austère château aux pierres brunes, les vieilles bâtisses dorées par le soleil qui descendait au loin vers la courbe des montagnes. Avoue que c'est pittoresque…

— Oui bien sûr, mais d'après ce qu'Agnès Beaucaire m'avait raconté, j'imaginais un endroit plus animé. À part elle, un atelier de poterie et l'épicerie qui était fermée aujourd'hui, c'est plutôt endormi.

— Ça viendra un jour, avec le temps… Et n'oublie pas que nous ne sommes qu'en mars. Les touristes n'arrivent vraiment qu'à l'été… Beaucoup d'artistes parisiens ne sont pas encore revenus.

Manuel démarra et reprit la route vers Thuir. Ils avaient une trentaine de kilomètres à faire pour regagner Céret. Une bonne demi-heure encore à profiter l'un de l'autre.

— Cette Agnès Beaucaire, dit-il avec chaleur, je

l'ai trouvée très sympathique. Ses grandes sculptures abstraites exposées dans son jardin sont magnifiques !

… L'artiste les avait reçus avec force sourires en leur servant un thé accompagné de croquants aux amandes. Elle portait, comme un voile autour d'elle, une longue robe tunique. Dans son chignon serré et son visage animé de rides vivantes, s'exprimait la vigueur qu'on retrouvait dans ses œuvres. Dans la plupart des masses de pierres lourdes et de marbres sombres, les pâles veines volcaniques jouaient avec les volumes. Disposées çà et là dans la cour, elles faisaient chanter l'espace. Agnès expliqua aux deux jeunes gens qu'aujourd'hui, après avoir longtemps cherché à imiter la nature, elle essayait de traduire dans la pierre des émotions et des sentiments de manière non figurative.

Elle avait rassuré un Manuel intimidé en se penchant avec intérêt sur ses menues statuettes que Sylvie avait tenu à lui montrer.

— Elle aussi, elle a eu l'air impressionné par ton travail, reprit Sylvie, enthousiaste. Ses compliments avaient l'air sincère !

Agnès leur avait déclaré des phrases simples et fortes sur la création artistique et avait insisté auprès de Manuel :

— Vous savez, jeune homme, l'art appartient à tous. Chacun d'entre nous peut y trouver une belle raison de s'exprimer. Vous y êtes arrivé avec ces jolies ébauches. Continuez.

— Oui, avait répondu Manuel et j'aimerais beaucoup essayer d'autres matériaux, le bois et pourquoi pas la pierre. Le problème, c'est qu'il me faudrait plus de temps... mais pour l'instant j'apprécie vos encouragements.

... À l'évocation de cet échange, Manuel eut un soupir, puis très vite sourit à Sylvie et, tout en conduisant, posa une main légère sur sa cuisse :

— Mais ça n'a pas d'importance, si je manque de temps, dit-il, du moment que j'ai mon modèle toujours près de moi !

... La journée avait été exceptionnelle de douceur printanière. À peine un souffle de vent, juste une brise légère et parfumée de soleil qui annonçait le renouveau d'avril. Dès le matin ils étaient montés sur « leur » colline et avaient pique-niqué devant la casotte, face à ce moutonnement de vignes sombres où les branches fleuries des cerisiers jetaient leurs mouvantes touches blanches. Comme toujours lorsqu'ils s'isolaient dans ce lieu loin de tout, les heures s'étaient envolées à tire d'aile. Et quand ils arrivèrent à Céret, l'après-midi se terminait. À regret, ils décidèrent de ne pas faire le détour par Saint-Ferréol où ils auraient pourtant apprécié de passer le reste de la soirée dans l'intimité de la petite maison. Mais ce n'était pas raisonnable, fit remarquer Sylvie et Manuel dut admettre lui aussi que le lendemain matin ils devaient tous deux se lever de très bonne heure pour démarrer une nouvelle semaine de travail.

*

Après avoir raccompagné Sylvie chez elle, Manuel rentra rue Fontaine d'Amour. En refermant sa voiture, il hésita un instant. Il ferait mieux, se dit-il rapidement, de laisser ses petites sculptures dans le coffre et de les rapporter dès le lendemain matin à la casotte. Mais finalement, motivé par quelques remarques d'Agnès qui lui trottaient dans la tête, il eut envie d'y retravailler le soir même dans sa chambre. Il emporta la caissette en bois où se serraient les statuettes fragiles.

À cet instant sa mère, qui avait entendu les pétarades de la 2 CV sur l'allée menant au garage, surgit de la pénombre du salon, où elle avait passé une grande partie de l'après-midi à tricoter et écouter la radio. En un coup d'œil elle découvrit les gracieuses figurines de femmes qui émergeaient du rustique cageot. Manuel attendit sa réaction en silence mais il pressentit qu'il aurait mieux valu garder pour lui ce jardin secret.

Maria Vila examina froidement les pièces sans y toucher, haussa les épaules, resserra sa blouse, leva les yeux et lança, prenant à témoin un dieu du bon sens visible d'elle seule :

— De la pâte à modeler maintenant ! Il ne manquait plus que ça ! Et des femmes nues en plus ! On aura tout vu !

Entre murmure affligé et persiflage insolent, son invective manifestait l'intention délibérée de blesser son fils.

À vrai dire, Manuel ne fut pas surpris. Il avait deviné que sa mère apprécierait d'autant moins sa récente activité artistique que Sylvie en était en grande partie l'inspiratrice et l'égérie. Non seulement faire de « la pâte à modeler » – puisque telle était son expression – ne constituait aux yeux de Maria Vila qu'une occupation tout juste bonne à des gamins de centre aéré, mais par-dessus le marché, c'était un « loisir », terme banni de son univers. Aussi, dans son esprit, toutes ces heures que Manuel avait consacrées à ces enfantillages, étaient du temps inutile, dérobé au travail « rentable ».

En guise de réponse à la désapprobation railleuse de Maria, Manuel se réfugia dans un silence magistral. Il n'ignorait pas que cette attitude de non belligérance la vexerait bien plus qu'une quelconque réplique bruyante, car elle la priverait de ce soulagement, même momentané et superficiel, que peut procurer une algarade offensive.

Sans un mot, il attrapa le cageot et sortit, en courant presque, le remettre dans le coffre de sa voiture. Puis, traversant à nouveau la cuisine où sa mère préparait le dîner, il grimpa quatre à quatre les marches qui montaient à sa chambre et en redescendit quelques minutes plus tard, un lourd sac à dos accroché à l'épaule. Dans la cuisine, Augustin Rocheteau avait fait son apparition et, les coudes sur la table, le nez dans son journal, semblait ignorer ce qui venait de se passer. Maria tournait le dos aux deux hommes, les mains plongées dans l'évier où trempait une batavia. Dans ce silence que seul Rocheteau croyait sans orage, Manuel se racla la gorge et lança à la cantonade, d'une voix forte:

— Je monte à la casotte. Ne m'attendez ni pour le souper, ni pour la nuit. Salut !

Le temps que Maria, sidérée, se retournât, Manuel avait disparu. Elle entendit bientôt le toussotement de la 2 CV qui démarrait...

— Augustin ! Il part ! Dis quelque chose ! s'écria-t-elle d'une voix étranglée.

Augustin ne comprenait rien mais il se garda bien de dire quoi que ce fût. Il hocha la tête avec une compassion qu'il ressentait réellement pour sa femme. Mais par une vague solidarité masculine, il ne voulait pas porter à la légère un jugement sévère sur son beau-fils. De plus il redoutait d'engager un débat épuisant avec la femme outragée qui fulminait devant lui. Il se dissimula, prudent, derrière les pages déployées du France-Soir de la veille. Maria s'indignait :

— Manuel se sauve de la maison comme un voleur et c'est tout ce que ça te fait !

Alors il protesta dans un soupir :

— T'en fais pas, Maria, ça lui passera…

Mais au fond, la sortie dramatique du jeune homme avait émoustillé sa curiosité. Alors, sur un ton conciliant, il invita sa femme à se soulager :

— Qu'est-ce qui a bien pu le mettre dans un tel état ? Allez, Maria, raconte-moi ça…

*

Manuel avait failli filer sans fournir d'explication. Pourtant, par égard pour son beau-père qui était étranger à cet incident, autant que par un fonds de savoir-vivre qui dominait sa colère, il avait tenu à les prévenir de son intention de dormir à la vigne ce soir-là.

Il conduisait avec nervosité sur la route qui grimpait à la colline. Dans son exaspération, il ne savait pas encore lui-même clairement s'il quittait « pour de bon » le toit familial et partait s'installer à Saint-Ferréol, quitte à camper plus ou moins dans un premier temps ou bien s'il voulait juste « marquer le coup » pour un soir, afin de faire sentir à sa mère à quel point elle pouvait le mettre hors de lui. Il n'éprouvait aucun remords à l'avoir heurtée, mais il entrevoyait que ce départ improvisé dans le bouillon de la colère aurait certainement des conséquences à plus ou moins long terme.

Il décida de passer la soirée, seul et tranquille, à retrouver son sang-froid. Dans le silence profond de la vigne autour de la casotte, il ranima le feu encore tiède dans la cheminée, alluma une gauloise et posa ses statuettes l'une à côté de l'autre sur une étagère. Il n'avait plus le courage d'attraper ses outils pour les retravailler, mais toucher les sculptures, les regarder simplement et se laisser envahir par l'image de Sylvie qu'elles faisaient naître en lui, cela suffisait à lui rendre la sérénité.

Il attrapa dans le buffet un morceau de pain, du fromage et quelques fruits qui restaient de leur déjeuner et se fit chauffer sur le petit réchaud une tasse de café soluble. Il s'étendit sur la banquette, le visage éclairé par les flammes qui pétillaient dans l'âtre. Il parvenait maintenant à réfléchir sans énervement et à tenter de construire un embryon de stratégie. Il ne voulait pas que son départ définitif se fît dans l'agitation débridée d'une scène de colère. De plus il voulait prendre le temps de préparer sa vie future non dans la confusion et l'emportement mais dans le calme et la dignité.

Il se dit qu'il tâcherait de provoquer le plus tôt possible une explication sensée et raisonnable avec sa mère. Il s'entendait lui affirmer posément qu'il souhaitait une chose par-dessus tout : qu'elle le respectât dans ses décisions et ses choix de vie. Qu'il s'agît de Sylvie ou de sculpture, Maria devait accepter que son fils fût libre de bâtir son existence à son gré.

Manuel commençait à y voir plus clair, il savait

qu'à terme, mais pas forcément ce soir-là et encore moins sur un coup de tête qui décrédibiliserait son choix, son avenir était de quitter la maison de la rue Fontaine d'Amour et pourquoi pas de venir s'installer ici, sur cette terre, sur la vigne de Saint-Ferréol, avec Sylvie. Mais là, il y avait très loin encore de la coupe aux lèvres ! Il faudrait laisser couler beaucoup d'heures avant de pouvoir réaliser ce rêve. Il aurait cette patience. Sylvie lui en donnerait la force.

La jeune femme, que le destin lui avait permis de rencontrer à peine huit mois plus tôt, lui était devenue indispensable. Dans ses bras, Manuel avait oublié les émotions amoureuses vécues dans un passé loin derrière lui. Elles lui paraissaient si anodines par rapport à ce qu'il vivait aujourd'hui. Dès qu'il avait croisé la route de Sylvie, il avait senti que sa vie prenait d'un coup de l'ampleur.

Cet homme sensuel qui aimait respirer à pleins poumons la terre et les arbres, manier à pleines mains l'humus et caresser les fruits, trouvait belles toutes les femmes et leurs courbes lui paraissaient le plus généreux cadeau de la nature. Mais la silhouette élancée de Sylvie, sa chevelure dorée, le bleu du ciel qui miroitait dans son regard clair, tout cela résumait à ses yeux la beauté de toutes les femmes réunies. Le respect immense qu'elle lui inspirait avait réussi pendant des mois à juguler l'élan charnel impétueux qui le bouleversait dès qu'elle apparaissait, dans la réalité comme dans ses rêves.

Et depuis qu'elle lui avait permis de s'unir à elle, une ultime frontière s'était levée et l'amour que Manuel ressentait pour Sylvie l'entraînait vers un univers insoupçonné. Exister signifiait enfin quelque chose. Il voulait respirer près d'elle, habiter avec elle, se battre éventuellement pour elle et lui donner sa vie s'il le fallait. Avec Sylvie, il marchait désormais sur un autre chemin, à la découverte d'une réalité différente de tout ce qu'il avait connu jusqu'alors. Vivre devenait tout simplement merveilleux.

Il s'endormit très tard, enfin apaisé. Et dans l'impudeur de la nuit un étrange rêve érotique l'habita. Ses mains étaient en train de modeler une femme en argile. Ils posaient ses lèvres sur la statuette et lui murmurait « Je t'aime, Sylvie ». Alors la statue tendait ses bras vers lui et répondait : « Moi aussi, Manuel, je t'aime ».

Chapitre vingt-six
Sang et or sur la vigne

— Jean-Marc, réveille-toi, j'entends des bruits dans la rue, cria Juliette à son mari d'une voix blanche.

— Qu'est-ce qui se passe ? bredouilla Jean-Marc.

C'était le deuxième dimanche d'avril. Des coups violents retentissaient à la grille métallique du Verger du Roussillon gémissant sous les saccades. Dans les étages tout le monde dormait. Il était à peine six heures et demie et la lumière de la belle matinée qui allait suivre se laissait tout juste deviner. Les lueurs mauves de la nuit étaient chassées par des nuages couleur saumon qui traversaient le ciel et s'évaporaient en direction de la mer.

La chambre de Jean-Marc et Juliette donnait sur la rue. Comme au sortir d'un mauvais rêve, tout d'un coup, leur quiétude s'était éparpillée. C'était là un sinistre rappel des pires heures de la guerre d'Algérie, des dernières nuits terribles qu'ils avaient passées à Oran. Ces nuits brûlantes où, soudain une explosion, une clameur ou un fracas les jetaient hors de leur lit.

Juliette, le regard chargé d'angoisse, interrogea du menton Jean-Marc qui se leva comme un ressort. Il avait retrouvé en quelques secondes sa lucidité, ses réflexes de mari et de père de famille et déjà il courait vers la fenêtre, poussait les volets.

En bas, sur le trottoir, il reconnut la silhouette d'un homme qui tendait vers lui un visage ruisselant de peur et sur lequel se lisait une angoisse muette.

— Kader, qu'est-ce que tu fais là ? Qu'est-ce qui t'arrive ? Pourquoi tu secoues la grille comme ça ? Arrête ce boucan. Tu vas réveiller tout le monde dans le quartier, tu ne sais pas qu'on est dimanche ?

Dès l'apparition de Jean-Marc à la fenêtre, l'homme s'était immobilisé, les mains sur les montants de la grille, comme suspendu à cette devanture qui semblait représenter la barrière qu'il lui fallait à tout prix franchir pour se sentir enfin en sécurité.

— C'est très grave, Monsieur Pagès, c'est très grave.

Les mots étaient lâchés lentement dans une sorte de suintement où perçait une panique incoercible.

— Attends, attends, ne bouge pas. Je descends.

Jean-Marc se tourna vers Juliette redressée sur son oreiller.

— Reste ici, lui enjoignit Jean-Marc. C'est Kader, tu sais, l'arabe qui vit chez Garbani. J'ai l'impression qu'une catastrophe est arrivée. Je vais voir en bas ce qu'il nous veut. Vérifie que les gosses ne s'affolent pas.

Il enfila une robe de chambre, descendit prudemment les marches en espérant que le vacarme n'avait réveillé aucun des enfants mais personne ne se manifesta. Au lieu de déverrouiller la grille du magasin, il préféra ouvrir la porte, héla Kader et lui fit signe d'entrer. Il l'entraîna dans le couloir et ils passèrent dans la boutique par la porte intérieure qui communiquait avec le reste de la maison.

Kader paraissait épuisé, vidé de toutes ses forces. Ses mains tremblaient. Il était vêtu d'une sorte de djellaba grise comme la peau de son visage. À ses pieds nus, des babouches en cuir fatigué couvertes de poussière. Et surtout dans ses yeux un profond désespoir.

— D'où tu viens ? demanda Jean-Marc d'une voix calme, tu as vu l'heure qu'il est ? Raconte, Kader. D'abord, assieds-toi là. Attends, je vais te chercher à boire. Tu me parais essoufflé comme un vieux chameau qui vient de traverser le désert.

Jean-Marc lui tendit un tabouret. Il n'arrivait pas à lui en vouloir de l'avoir éjecté de sa nuit aussi brutalement. De toute façon, il se serait levé tôt, comme à l'accoutumée, même un dimanche. Mais là, il y avait, à n'en pas douter, un motif gravissime. Il avait vite compris que le pauvre homme venait de vivre quelque chose de bouleversant. Entre cet homme et Jean-Marc, une sympathie naturelle s'était installée depuis que le vieux soldat passait parfois, envoyé par Garbani pour acheter quelques fruits et légumes. Il échangeait avec lui deux ou trois mots en arabe, ne résistant pas au plaisir de récréer quelques instants fugaces une ambiance nord-africaine.

Kader reprit son souffle et but le verre d'eau fraîche que lui avait servi Jean-Marc. Et puis, petit à petit, il se reprit et avec ses mots à lui, dans un français barbouillé mais compréhensible, il décrivit l'horreur qui avait peuplé la nuit précédente.

Vers deux heures du matin, il avait entendu le moteur tournant au ralenti d'une camionnette qui s'avançait dans le chemin pierreux du Mas Cigalou. Le véhicule roulait tous feux éteints. En étaient sorties deux personnes « des européens en costume » qui s'étaient approchés en silence et avaient crocheté la porte d'entrée qui fermait par une simple targette. Lui ne dormait que d'un œil dans la soupente et, saisi par une terreur qui lui mordait le ventre, il n'avait même pas pu prévenir Garbani qui ronflait dans la chambre du bas et cuvait son vin. Son patron était rentré tard la veille et, après avoir garé la 403 n'importe comment dans la cour, s'était affalé sur sa couche, une bouteille à la main. Kader avait tout vu, tout entendu sans pouvoir intervenir car les deux hommes armés avaient aussitôt sauté sur Pietro Garbani, l'avaient sorti du lit, frappé et secoué en le traitant de tous les noms et en lui réclamant « l'argent, salaud, rends-nous le flouze que tu as volé, putain de ta race ! ».

Tout s'était déroulé rapidement. Les deux individus – Kader était certain à leurs manières et à leur accent, qu'il s'agissait de Pieds-Noirs, probablement des membres du même groupe d'action dont Garbani faisait alors partie – avaient lié avec du fil de fer les mains de Garbani dans son dos et l'avaient cogné, à coups de crosses sur le crâne jusqu'à ce que, la tête et la figure en sang, il les suppliât d'arrêter. Suffoquant et râlant, il leur avait alors indiqué ou était la mallette qu'il cachait habituellement sous l'évier de la cuisine derrière la bouteille de gaz. Le plus horrible venait ensuite : les deux hommes, après s'être emparés de la petite valise où Garbani rangeait son magot, n'avaient pas hésité à l'étrangler en lui passant autour du cou une cordelette qu'ils avaient serrée, serrée devant les yeux impuissants de Kader. Puis, sans investiguer plus le mas, ils s'en étaient allés dans la nuit sombre, par chance pour Kader.

Kader expliqua comment il était descendu de son refuge, tétanisé par la scène à laquelle il venait d'assister. Il n'avait pu que constater la mort de Garbani gisant sur le carrelage ensanglanté de la cuisine.

— Je n'ai rien pu faire, Monsieur Pagès. Je vous jure…

— Ne te reproche rien, Kader, tu n'es pas responsable. Tu es certain qu'il est mort ?

— Ça, sur ma tête, je peux jurer, les morts j'en ai

trop vu dans ma vie … je sais. J'ai attendu, continua Kader d'une voix moins tremblée, un petit moment d'être sûr que ces hommes, ils allaient pas revenir. Et puis je suis couru vite sur la route descendre vers la ville. Heureusement, y avait pas un chat sur la route ni dans les rues. Mais moi je connais personne que vous. C'est vous que je voulais voir. Moi, j'ai confiance avec vous. J'avais peur et maintenant aussi j'ai très peur. Je sais pas ce qu'il faut faire ici, dans ce pays. Je connais rien et j'ai peur de la police française.

— Rassure-toi. Tu as bien fait de venir nous voir. Nous allons ensemble prévenir la Gendarmerie.

— Non ! cria l'homme. J'ai la trouille, ils vont m'accuser tout de suite, me mettre en prison. Ou alors, ils vont m'enfermer dans le camp des Harkis de Rivesaltes.

— Il n'y a aucune raison pour qu'ils t'enferment où que ce soit, Kader. Si tout ce que tu m'as raconté est vrai, tu ne risques rien du tout, et puis je serai avec toi. Tu m'as dit que tu me faisais confiance… alors va jusqu'au bout, fais-le.

— Oui, m'sieur. D'accord.

— Reste ici, ne bouge pas. Je monte m'habiller tout de suite. Tu veux un café ? Je vais en faire là-haut et t'en apporter un bol.

Kader avait l'air plus calme quand Jean-Marc redescendit après avoir retransmis les détestables informations à Juliette éberluée de ce nouveau drame. Jean-Marc, lui, ne paraissait pas si étonné. Même s'il déplorait l'assassinat sauvage dont Garbani avait été victime, il n'en était pas vraiment affecté. Non seulement parce qu'il ne s'était senti aucune affinité avec cet homme mais aussi parce qu'il avait l'impression d'une inévitable logique dans la suite des événements. La guerre d'Algérie ne s'arrêtait pas vraiment à l'indépendance du pays. Il avait bien compris dès le début de leur rencontre que Garbani n'était pas un ange, et il se doutait que dans toutes les guerres, quand elles sont terminées, quand l'armistice est signé, surgissent, sanglants et cruels, des règlements de compte de toutes sortes de part et d'autre. Ces soubresauts dramatiques pointillent l'histoire et empêche les hommes de croire réellement à des renouveaux bienheureux.

Et de nouveau, comme en décembre de l'année 1962, Jean-Marc Pagès, reprit le chemin qui menait vers la Gendarmerie de Céret. Mais cette fois, il y allait non pour signaler la disparition d'un vieillard mais pour informer d'un meurtre et se faire l'interprète et le défenseur d'un vieil arabe perdu entre deux pays à qui il avait donné sa parole qu'il ne lui serait fait aucun mal. Il voyait une douce ironie dans cette situation paradoxale où il prenait en charge le vieux Kader. Son geste en tout cas montrerait qu'il agissait en homme responsable, sans regret et sans nostalgie.

*

On vérifia sans tarder les dires de Kader en envoyant deux gendarmes sur place. Son récit dont le brigadier consigna la déposition ainsi que les constatations faites dans le mas constituèrent une preuve flagrante de la liquidation de Pietro Garbani par deux inconnus. Un avis de recherche fut lancé dans la matinée pour tenter de rattraper une camionnette vert kaki qu'on retrouva effectivement près du Perthus, abandonnée à dcux pas de la frontière espagnole.

Dès qu'il eut une minute à lui, Jean-Marc téléphona à Jacky Bensoussan qui lui, aussi partagea son non-étonnement compte tenu des soupçons qu'il avait formulés auparavant à propos des agissements plus ou moins louches de Garbani. Bensoussan lui promit de faire jouer ses connaissances à la préfecture de Perpignan pour obtenir des renseignements plus précis sur le dessous de ce crime.

La nouvelle fit beaucoup de bruit dans Céret, elle parcourut à toute allure la cité et se répandit aussi vite qu'un coup de tramontane. Sur les places, dans les boutiques et à la terrasse des cafés, les discussions bouillonnaient. Bien entendu, à l'instar de beaucoup de faits divers, l'information se déforma au gré des craintes et des tempéraments de chacun et les supputations les plus farfelues fusaient ici ou là.

Certains se rappelèrent avoir vu traîner dans les bars, quelques jours plus tôt, deux hommes au visage renfermé qui semblaient à l'affût de quelqu'un ou de quelque chose. Tout le monde avait son avis sur ce dramatique incident et on sentait dans les esprits une agitation inhabituelle. Le drame affecta les esprits et le quotidien de beaucoup de gens, sauf pour Sylvie et Manuel qui, tout à leur passion amoureuse, se sentaient à des lieues de la tragédie.

Les quelques notables qui avaient entretenu un vague lien avec ce personnage intrigant, heurtés par l'aspect choquant de cette sinistre histoire qui bousculait leur sens de la bienséance tranquille, se gardèrent d'exprimer leurs sentiments.

Madame Fillol fut, elle, particulièrement troublée par cette disparition. Dans son for intérieur, elle s'en voulut de ne pas avoir parlé à cet homme qui l'attirait et l'inquiétait tout à la fois, des deux étranges sbires qui étaient passés, quelques semaines plus tôt, en coup de vent et avaient demandé après lui. Elle ne leur avait donné aucun renseignement mais avait ressenti une gêne pendant cette brève rencontre. Les individus ne l'avaient pas menacée directement mais elle avait eu peur et un mauvais pressentiment l'avait même secouée. Aurait-elle dû le prévenir ? Qu'aurait fait cet homme imprévisible ? On ne saurait jamais comment il aurait réagi. Bourrelée d'appréhension, elle n'en parla pas à Dominique lorsqu'il évoqua à table le drame récent qui l'interpellait. Elle préféra garder le silence, ravaler ses remords et s'empêcher d'aller témoigner à la gendarmerie. C'était une page qu'il fallait savoir tourner.

Mais un événement chasse l'autre, l'actualité ne manque jamais de catastrophes et la télévision apporte son lot de drames du bout du monde. Aussi quelques jours plus tard la fièvre locale retomba. L'enquête démarrée par la gendarmerie de Céret fut assez vite confiée à Perpignan où existait une équipe de policiers plus spécialement chargée des affaires criminelles liées aux événements d'Algérie.

Kader, soulagé d'avoir tout raconté et d'avoir été écouté et compris, n'avait qu'une appréhension : comme il ne pouvait se permettre de demeurer au Mas Cigalou, il craignait qu'on l'obligeât à rejoindre le camp Joffre à Rivesaltes. Ce camp militaire bordé de fils de fer barbelé entourant seize îlots de baraquements plus que sommaires et qui avait, depuis plusieurs décennies, été utilisé d'abord pour rassembler les réfugiés espagnols fuyant la guerre d'Espagne et les franquistes, puis qui avait contenu au cours de la deuxième guerre des Juifs et des Tziganes qu'on internait avant de les expédier ailleurs, ce camp de sinistre mémoire, se voyait depuis quelques mois transformé en lieu d'accueil improvisé pour les Harkis. Du moins ceux rentrés d'Algérie par peur d'être les victimes de représailles par leurs coreligionnaires. Là, vivaient entassées dans des conditions peu reluisantes des familles d'Algériens dont le seul défaut était que l'un des leurs avait servi sous le drapeau français. Jean-Marc en avait entendu parler. Touchés par la situation du pauvre homme, les Pagès s'offrirent spontanément auprès des autorités comme caution de Kader et proposèrent de l'héberger dans la remise du magasin dont une partie pouvait facilement constituer un endroit décent. Pour parer au plus urgent, on y installa un lit de dépannage et Kader put apporter son modeste baluchon qu'il récupéra en remontant pour la dernière fois de sa vie au Mas Cigalou. Pour le reste, on verrait plus tard...

Quelque temps après le funeste événement, Jacky Bensoussan réussissait à se faire communiquer des informations via le service des Renseignements Généraux de la préfecture de Perpignan. Garbani avait bien été, dans les deux dernières années du conflit, membre d'un groupuscule se prétendant affilié à l'Organisation Armée Secrète qui refusait par tous les moyens la prochaine indépendance. Avec d'autres comparses, Garbani pratiquait à Alger un racket auprès des commerçants et des professions libérales. En ces moments de folie de fin de guerre, des hommes sans scrupules se permettaient exactions et extorsions de fonds sans qu'on puisse savoir vraiment pour qui ils agissaient. L'ennui pour Garbani, qui travaillait en quelque sorte pour son propre compte, était qu'il s'était enfui en emportant l'or amassé par sa bande. Ses complices avaient fini par le retrouver.

— En somme, résuma Bensoussan avec philosophie, il s'agit d'un crime plus crapuleux que politique. Et pour le malheureux bonhomme, on voit bien que la vie est faite beaucoup plus de drôles d'histoires que d'histoires drôles.

*

Jules Molas, malchanceux propriétaire du Mas Cigalou, fut aussi interrogé par les enquêteurs et ce ne fut que deux semaines plus tard qu'on l'autorisa à entrer dans sa vigne et à récupérer son mas dont on avait supprimé les scellés. Pressé de rendre les lieux plus propres et d'effacer les traces du crime, il remonta un matin au Mas Cigalou. Il était accompagné de Manuel à qui il avait demandé un coup de main. Ils entreprirent de tout nettoyer. Ils avaient sorti sur la terrasse les dernières vestiges du séjour de Garbani au mas, différentes affaires qui traînaient encore à l'intérieur de la bâtisse, vieux vêtements, journaux, vaisselle cassée et même mobilier abîmé. Ils avaient allumé un feu dans la cour et faisaient brûler les reliques des derniers occupants.

Manuel n'avait pu refuser d'aider dans cette

tâche Jules Molas qui depuis des années lui rendait service à chaque vendange en lui prêtant son cheval. Ils passèrent trois heures à trimer de concert. Le vigneron, de temps à autre, soupirait devant le chantier, les bras ballants et ne cessait de se dire écœuré par le drame.

— Ah, j'aurais dû me méfier de ce type. Les collègues avaient raison, tous ces rapatriés qui sont venus ici s'installer ! Il n'y a rien de bon là-dedans.

— Ne dites pas ça, Jules, rétorqua tranquillement Manuel. Des bons et des mauvais, il y en a partout dans toutes les populations.

— Ah oui, je sais, toi, tu as de la chance lui répondit-il en le regardant avec un sourire matois. À ce qu'on raconte, toi, tu as trouvé ta perle. Elle est bien jolie, la fille Pagès.

Manuel ne releva pas la remarque. Il savait que pratiquement tout le monde en ville était au courant de sa liaison avec Sylvie. Les commentaires avaient dû pas mal circuler. Mais il n'en avait cure.

— Est-ce que tu sais que ce Garbani m'avait bien emberlificoté, le bougre ? Sous prétexte qu'il se disait prêt à m'acheter le Mas Cigalou, il ne m'avait pas encore versé le moindre loyer. Et maintenant, pour le réclamer, ce loyer, à qui ? Hein, je te le demande ? Je vais pas aller demander à l'arabe qui lui servait de domestique ?

Manuel, en maillot de corps, jetait dans le brasier les lambeaux d'une chaise cassée dont la paille se mit aussitôt à grésiller.

— De toute façon, c'est foutu, continuait pour lui-même Molas, maintenant, je ne vois pas à qui je pourrais louer le mas. Plus personne ne voudra habiter ici après ce qui s'est passé. Les gens sont superstitieux. Ah, qu'est-ce qui m'a pris d'avoir écouté ce beau-parleur de Pied-Noir !

Manuel n'avait pas envie de réagir à la râlerie râpeuse du vigneron. Debout sur cette colline plus douce, moins abrupte que celle de Saint-Ferréol qui lui faisait face, il regardait droit devant lui au loin. Les rangs de ceps négligés s'alignaient plus ou moins droits sur un terrain assez plat. C'était la première fois que Manuel venait sur la propriété de Molas. Le point de vue était agréable même s'il était moins époustouflant que celui de Saint-Ferréol. L'accès au mas était bien plus commode. De plus, la bâtisse disposait déjà de l'eau et l'électricité.

— Mettez-la en fermage, cette propriété, suggéra Manuel.

— Tu rigoles, plus personne n'en voudra. Et moi, je suis trop fatigué pour superviser tout ça. Je préfère m'occuper de mes cerisiers dans la plaine. Ah, je crois que je vais finir par décider de m'en débarrasser totalement.

— Elle fait combien, votre terre ?

— De quoi tu veux parler… de la superficie ou du prix ?

— Des deux.

— La propriété, c'est plus d'un hectare de ceps plantés dont il faudrait reprendre la culture. Et pour le prix, si je trouvais un acquéreur, je crois qu'avec trois millions environ, tout le monde ferait une bonne affaire. La maison est en bon état et il y a le confort de base.

« Trente mille francs », Manuel réfléchissait. Il se demandait s'il n'y avait pas là une opportunité à saisir. Depuis qu'il avait commencé à penser construire une extension sur leur petite vigne de Saint-Ferréol, en contrebas de la casotte, depuis qu'il se demandait comment ne plus vivre chez sa mère et son beau-père, depuis qu'il espérait un jour s'installer quelque part avec Sylvie, il examinait tous les scénarios imaginables. Mais voilà qu'une autre piste, une piste inattendue, s'offrait à lui.

Chapitre vingt-sept
Une force vulnérable

Comme chaque année le mois de mai répandit, sur cette terre catalane offerte au soleil triomphant, les splendeurs d'un printemps épanoui. Les dernières pluies fraîches d'avril s'étaient évaporées avec la tiédeur de l'air. Le froid avait rentré ses griffes et se faisait enfin oublier. C'était ce moment béni où l'hiver a replié bagage et où les puissantes chaleurs de l'été épargnent encore les hommes.

Après le souper, les soirées s'alanguissaient aux terrasses des cafés et, sous les platanes des boulevards dont les feuilles naissantes teintaient le ciel de tâches vert pâle, les vieux Cérétans, retrouvant leur occupation favorite, se laissaient aller à bavarder sur les bancs publics. Heureux du retour de cette douceur du climat qui annonçait enfin la belle saison, ils allongeaient leurs jambes par-dessus le ruissellement des eaux de la montagne qui poussaient leur chanson au creux des caniveaux.

Tout au long des rues, au secret de leurs murs et de leurs portails clos, les jardins de Céret s'animaient dans une langueur retrouvée. Les fleurs agitaient leurs jupons parfumés dans un tourbillon de couleurs pastel. Les grappes mauves des glycines caressaient la tête des passants par-dessus les grilles et les étoiles blanches des jasmins envoyaient leur arôme puissant à l'assaut du ciel léger.

Manuel et Sylvie vivaient l'exaltation de leur amour au fil des heures auréolées par le sacre du printemps.

*

Mais, plus que tout autre, en cette saison d'intense renouveau de la terre, Manuel éprouvait le sentiment que la cadence des jours s'emballait et que le sommeil de la nature, qui lui avait permis de vivre plus tranquillement pendant trois ou quatre mois, était loin derrière lui. Désormais comme chaque année, les exigences de la terre le happaient et dévoraient chaque instant du jour. Une fois de plus, il ressentait la fuite en avant du temps mais l'impression était plus nette que jamais et cela ne l'étonnait pas. C'était son amour pour Sylvie, le plus fort bouleversement qu'il eût jamais connu, qui le propulsait ainsi vers le futur. Son esprit foisonnait d'idées d'avenir qu'il tournait et retournait avec la même ardeur qu'il mettait à retourner la terre.

Pourtant, préoccupé par la question de l'argent à mettre de côté pour donner corps à un projet de vie avec la femme qu'il aimait, projet qu'il imaginait depuis peu et de plus en plus clairement, bien qu'il le gardât encore au fond de ses pensées, Manuel n'avait jamais été aussi motivé dans son travail.

Et, comme il tenait à préserver autant que possible des moments intimes avec Sylvie, il la rejoignait chaque soir. Le plus souvent ils partaient bras-dessus bras-dessous se promener à pas tranquilles autour de Céret. Il avait même parfois le courage de reprendre la 2 CV et ils montaient à Saint-Ferréol.

Sylvie elle aussi savourait avec soulagement ces heures de détente à la tombée du jour. En compagnie de Manuel elle oubliait les petits tracas et les tensions accumulés depuis le matin. Les lycéens lui paraissaient plus fatigants qu'à l'ordinaire. Était-ce à cause du beau temps revenu qui les excitait et les poussait à plus d'exubérance qu'en hiver ou parce qu'elle se trouvait en pleine période d'examens universitaires ? Elle avait dû se rendre à deux reprises en train à Montpellier dans la deuxième quinzaine de mai et le voyage lui avait semblé bien plus pénible que les épreuves elles-mêmes. Heureusement sa première année de licence se terminait et elle pensait avoir réussi ses épreuves. Il ne restait qu'à attendre les résultats. Elle ne s'en inquiétait pas plus que ça, la vie ne lui avait jamais autant souri qu'en ce printemps radieux. Cela se lisait sur son visage qui rayonnait de fraîcheur et de gaieté sous la masse bouclée de ses cheveux blonds. Cela se devinait dans son corps dont elle appréciait qu'il ne fût plus pour elle comme pour Manuel un territoire inconnu.

Cachés au creux des rangs de vigne et protégés par la voûte des cerisiers dont les fruits s'arrondissaient de jour en jour, enlacés l'un à l'autre, Sylvie et Manuel se retrouvaient enfin.

Quand la faim se faisait sentir, ils préparaient une salade et des grillades et s'installaient pour dîner sur la terrasse devant la petite maison. Autant que leur repas, ils savouraient leur dialogue renoué, évoquant les événements du jour. Et même l'absence d'événements leur semblait riche d'une foule de péripéties et de rencontres qui nourrissaient leurs propos, les faisaient rire ou s'étonner avec la vivacité de la jeunesse.

Lorsque le bleu du ciel s'assombrissait, à la clarté de la lune montante, Manuel et Sylvie s'offraient la douceur de leurs caresses.

Un soir, ils reparlèrent de la disparition dramatique de Pietro Garbani qui avait secoué Céret et continuait à provoquer des réactions dans tous les milieux. Au lycée Sylvie entendait les élèves commenter le fait divers avec un curieux mélange d'horreur et de fascination. Dans les boutiques et aux étals du marché, les mauvaises langues étaient promptes à dénigrer le défunt et rares étaient les propos de commisération. Manuel, qui n'avait pourtant guère apprécié le personnage, s'offusquait de cette dureté des hommes qui s'acharnent d'autant plus qu'ils estiment avoir été trompés.

— Quoi qu'il ait pu faire de sa vie, affirmait-il avec conviction, maintenant qu'il est mort, on n'a plus à le juger. Continuer à dire du mal de lui, ça ne sert à rien…

— Et puis, renchérit Sylvie, ça crée un amalgame à peine dissimulé avec les autres rapatriés. Mon père m'a dit qu'au magasin, les clients sont discrets sur le sujet mais qu'il sentait une espèce de ressentiment de la part de certains.

— Ceux-là, s'ils continuent à venir, c'est qu'ils y trouvent quand même un avantage !

— De toute façon, je fais confiance à mon père. Avec son franc-parler, il a dû leur balancer quelque chose comme « Rien ne vous oblige à fréquenter la boutique d'un Pied-Noir ! ». C'est comme si je l'entendais ! ajouta Sylvie en riant.

Les minutes s'envolaient comme des éclats de bonheur. Ils éteignaient le foyer de la cheminée et attendaient pour redescendre à Céret que la nuit les eût enveloppés de sa fraîcheur humide.

Il était souvent autour de minuit quand Manuel s'écroulait sur son lit. Le lendemain, il lui fallait se réveiller vers cinq heures et demie pour commencer à travailler dans les jardins nappés de rosée, à six heures au plus tard. Manuel refusait d'accorder une quelconque attention à la fatigue qui résonnait dans tout son corps, se répétant que c'était seulement l'affaire de quelques semaines, les plus intenses de l'année dans le cycle du maraîchage et qu'il devait tenir bon, coûte que coûte. De toute façon la certitude qu'il n'avait jamais été aussi heureux de sa vie balayait tout le reste.

Il n'est pas rare que l'amour partagé s'accompagne du sentiment puissant d'une invincibilité totale qui permet d'abattre des montagnes et de relever les défis du destin. Jamais en ces merveilleuses soirées printanières ils ne se seraient imaginés perdus dans la tourmente. Ils ne parlaient pas de ce qu'il pouvait advenir de leur histoire, ils glissaient sur le moment présent comme sur un nuage et ne voyaient devant eux qu'un parcours enchanteur.

*

Dans les premiers jours de juin, un matin, Manuel fut pris d'un vertige brutal en posant les pieds hors du lit. Il perdit l'équilibre, trébucha et dut se rasseoir, le cœur battant, envahi d'une vague nausée. Il attendit quelques minutes, alla sous la douche s'asperger sous un jet d'eau froide, s'habilla en quelques gestes encore tremblés et sortit respirer l'air frais devant la maison. Il alluma une cigarette qu'il écrasa aussitôt, écœuré par la fumée que d'ordinaire il aimait pourtant aspirer.

Dans la matinée il oublia ce malaise bizarre, n'ayant pas coutume de « s'écouter » et accomplit tant bien que mal le travail du jour. Le soir pourtant, il se sentait fiévreux et Sylvie lui trouva « mauvaise mine ».

— « Mauvaise mine » ! reprit Manuel avec une légère ironie... Ma mère m'a dit exactement la même chose à midi !

— C'est qu'on a raison toutes les deux ! répondit Sylvie sans se démonter. Tu devrais moins te surmener. Est-ce que tu as réfléchi à la proposition de mon père ?

Courant mai, Jean-Marc Pagès avait suggéré à Manuel que Kader pourrait partager une partie de ses activités avec les Vila. Son coup de main au Verger du Roussillon était loin de l'occuper à plein temps et le maraîchage rentrait parfaitement dans les cordes du vieil arabe.

— Moi, la terre, je sais faire et j'aime ça, avait confirmé Kader à qui Jean-Marc en avait touché un mot. Si Manuel il veut, moi je travaille aussi pour lui.

— Oui, je sais, employer Kader à mi-temps... Je n'ai pas eu le temps d'y réfléchir.

— Eh bien, c'est le moment, non ? Ça pourrait te soulager, tu ne crois pas ?

— Rassure-toi, dit Manuel, je ne suis pas encore invalide ! Mais tu as raison, je vais y penser.

Les deux amoureux se contentèrent d'une courte promenade jusqu'aux boulevards où flânaient les tout premiers vacanciers, des retraités et des couples jeunes, avec des petits enfants pas encore scolarisés. Leur allure décontractée et réjouie donnait déjà à ces tièdes soirées un air de fête avant l'été.

*

Le lendemain matin, Manuel se réveilla avec les mêmes vertiges que la veille. En plus, un épouvantable mal au crâne lui martelait les tempes. Au bord du vomissement, il essaya de se redresser mais tout son corps frissonnait. Il parvint à se sortir du lit et attrapa un thermomètre dans l'armoire à pharmacie de la salle d'eau. Il avait à peine trente-huit et cela le rassura.

Dominant la sensation de courbatures qui s'ajoutait à sa nausée, il descendit à la cuisine où sa mère préparait le café. Elle ne se levait pas si tôt d'habitude mais elle avait tenu à s'assurer que son fils allait mieux que la veille. Son air abattu lui fit peur.

— Qu'est-ce qu'il t'arrive, Manuel ? s'écria-t-elle. Tu tiens à peine debout.

— Une grippe banale, je suppose, maugréa-t-il. Ça va passer tout seul.

— Une grippe… en juin ! releva Maria. C'est étrange, ça.

— Etrange ou pas, avec le boulot que j'ai, c'est bien ma chance !

Et, après avoir avalé d'un trait le verre d'eau où fondait le cachet d'aspirine que sa mère lui avait préparé, Manuel s'efforça de boire un grand bol de café noir. Mais le goût de son breuvage préféré ne passait pas et Manuel se précipita aux toilettes, vider son estomac en révolution. Il sortit enfin, plié par des spasmes qui lui coupaient le souffle.

— J'ai atrocement mal au ventre... C'est la débâcle ! parvint-il à bredouiller en s'écroulant sur la première chaise venue.

Maria, affolée, avait appelé Augustin à la rescousse et ils assistaient tous deux au spectacle pitoyable de ce grand gaillard terrassé par un mal énigmatique.

— Une grippe n'a jamais mis personne dans cet état, réfléchissait Rocheteau à voix haute. Il vaudrait mieux appeler le docteur... Manuel, tu devrais aller te recoucher en attendant.

Manuel voulut protester mais n'en eut pas la force. Des douleurs affreuses le secouèrent et il se rua à nouveau vers les toilettes. Quand il en émergea, livide, Maria l'aida à s'allonger sur le divan du salon. Rocheteau avait prévenu le médecin de famille et ce qu'il lui avait dit avait dû le convaincre de se presser car il était à peine neuf heures quand le docteur Sergio Py se présenta avec sa sacoche chez les Vila.

Un dialogue malaisé commença entre le médecin et Manuel qui avait du mal à trouver ses mots. Le vieux praticien, un petit homme chauve, à l'accent montagnard et aux gestes prompts, connaissait Manuel depuis qu'il était petit garçon. À part les classiques maladies enfantines, Manuel n'avait pas eu souvent l'occasion d'être soigné. Après une attentive auscultation, le docteur Py semblait assez perplexe. Il rejoignit Maria qui attendait dans la cuisine.

— Je ne vous cache pas, annonça-t-il, que j'hésite encore sur le diagnostic. Ce que Manuel m'a dit me fait penser à… Mais c'est encore trop tôt pour se prononcer. Qu'il se repose. Et si la température s'élève dans la soirée, appelez-moi, même tard, même la nuit.

Avant de partir, il se retourna vers Maria et insista :

— Vous m'avez entendu, Madame Vila, qu'il garde la chambre aujourd'hui. C'est impératif.

Ce que le médecin ne disait pas à Maria, c'est qu'il soupçonnait une fièvre typhoïde. Les symptômes semblaient l'attester. Manuel lui avait raconté qu'il avait bu récemment de l'eau directement puisée à la Fontaine d'Amour, sur la place au bout de la rue.

— J'avais soif, il faisait chaud. Je n'avais pas le temps de rentrer boire à la maison. L'eau de la fontaine était glacée. Est-ce que vous croyez que ça peut suffire pour… ?

Le docteur se contenta d'une moue dubitative. Il doutait que boire trop froid pût mettre un individu en bonne santé dans un tel état. À la rigueur entraîner une diarrhée mais pas cet état de stupeur qu'il constatait chez Manuel. En revanche ce ne serait pas la première fois qu'une eau de source était contaminée par des bactéries. Il fut un temps, en France, où, provoqué par les eaux souillées, le typhus était même banal. En plus, Manuel situait cet épisode de l'eau de la fontaine une quinzaine de jours plus tôt et cela correspondait à la durée de l'incubation. Et puis le médecin avait compris que Manuel se surmenait ces derniers temps. Son organisme s'était révélé trop faible pour résister à l'infection qui s'était installée et avait entamé un irréversible mouvement d'ascension.

Mais comme cela arrive dans la typhoïde, le diagnostic ne pouvait pas être établi avec certitude au début. Si les symptômes primitifs s'accentuaient, le médecin aviserait. Il s'en fallait de quarante-huit heures, tout au plus. Malgré tout, par précaution, de retour à son cabinet il téléphona sans tarder à la mairie de Céret pour demander aux services d'hygiène de venir immédiatement procéder à l'analyse de l'eau de la fontaine, rue Fontaine d'Amour. Compte tenu des soupçons du médecin, les services municipaux informèrent à leur tour la sous-préfecture. La typhoïde est toujours à l'état endémique dans les villes et, quoique peu contagieuse, elle devient parfois épidémique. Les autorités devaient être prévenues.

Puis le docteur Py commença sa journée de consultation… Dans un coin de sa tête, il revoyait le visage livide de Manuel Vila prostré sur son divan et il se faisait du souci. Il ne doutait pas qu'il aurait du nouveau sous peu.

Il n'eut pas longtemps à attendre. Le soir même il reçut un appel de Maria Vila aux cent coups. La fièvre de Manuel était montée à plus de quarante degrés. Depuis ce matin où il avait regagné sa chambre il n'avait pas bougé du lit, couché sur le dos, le regard vague.

Le praticien se rendit au plus vite chez les Vila. L'heure n'était plus aux suppositions. Il était temps d'agir.

Chapitre vingt-huit
Va danser…

Commença alors une période très sombre où la maison des Vila fut secouée au rythme chaotique des oscillations de la fièvre et des délires de Manuel, le jour et la nuit. Les antibiotiques prescrits pour trois semaines mirent sept jours à faire baisser la fièvre. Le médecin passait en fin d'après-midi et ajustait des détails du traitement. Une infirmière venait le matin donner des soins au patient et l'aider à sa toilette. Sans force, Manuel se laissait faire. Une lourde chape de tristesse recouvrait la maisonnée et même le chien Cornio, gémissant sous la fenêtre de Manuel, semblait en témoigner.

Pour Sylvie, la période la plus aigüe de la maladie, qui ne dura en fait qu'une grosse semaine, sembla s'étaler sur une éternité. Voir souffrir l'être qu'on aime et se reconnaître impuissant face à sa douleur, Sylvie apprit que c'était bien plus pénible que souffrir soi-même. La perception des récents drames de sa vie passée – et il n'en manquait pas – perdit en partie son acuité face à l'angoisse qui l'étreignait en permanence et qui augmentait chaque fois qu'elle restait assise là, impuissante, au pied du lit de Manuel inerte et silencieux.

... Le soir où la maladie de Manuel avait été diagnostiquée, Sylvie, inquiète de ne pas voir son amoureux la rejoindre chez elle comme à son habitude, s'était rendue rue Fontaine d'Amour et s'était trouvée plongée en plein cœur d'un problème aussi violent qu'inattendu. Elle avait eu coup sur coup deux entretiens dans la maison des Vila. L'un très bref et rationnel avec le médecin qui, sur le point de partir après sa visite, lui avait fourni en quelques phrases les informations qu'elle demandait, et l'autre beaucoup plus long et houleux avec Maria.

La mère de Manuel avait fait comprendre à Sylvie qu'elle n'avait pas besoin d'elle pour veiller sur Manuel et que sa présence n'était pas souhaitée rue Fontaine d'Amour, encore moins maintenant que d'ordinaire.

— On s'occupera très bien de Manuel sans vous, lui avait-elle jeté sans le moindre égard. Vous pourriez le fatiguer. D'ailleurs depuis qu'il vous fréquente, il est complètement perturbé et...

— Madame Vila, j'aime votre fils et votre fils m'aime, avait coupé Sylvie. Acceptez-le, vous n'avez pas d'autre choix. Sachez que je n'ai pas d'autre projet que d'aimer Manuel que j'ai choisi. Et arrêtez donc de vous alarmer sur nous deux.

Sylvie avait interrompu Maria avec fermeté mais sans s'énerver.

— Et soyez sûre, insista-t-elle, que je resterai au chevet de Manuel aussi longtemps et aussi souvent que je le pourrai. J'ai autant que vous le droit de m'inquiéter pour lui. Soyez tranquille, je ne vous dérangerai pas.

Elle savait depuis plusieurs mois que cette femme possessive était jalouse et aujourd'hui son inquiétude pour son fils ne faisait qu'exacerber ce sentiment. Manuel n'étant pas en mesure de protester, ni de réclamer la présence de Sylvie ni même de la défendre contre les attaques de sa mère, celle-ci en profitait pour rejeter violemment la fille encombrante qu'elle était, elle Sylvie.

L'attitude digne et l'autorité de la jeune femme avaient impressionné Maria. Elle s'était calmée et avait même invité Sylvie, surprise de ce revirement, à rester un moment avec elle dans la cour, sur le banc près du figuier. Encore sur ses gardes, mais toujours très maîtresse d'elle-même, Sylvie avait accepté de s'asseoir quelques instants. Elle regardait Maria recroquevillée sur sa peine et, en dépit de l'agacement que son comportement pouvait susciter, elle ne pouvait s'empêcher d'éprouver de la compassion pour elle et de la plaindre. Sylvie avait suffisamment côtoyé la souffrance des familles éprouvées par la guerre pour comprendre toute la misère des blessures physiques et morales.

— Excusez-moi, Sylvie, avait murmuré Maria, je ne sais plus ce que je dis. Manuel n'aimerait pas que je vous parle durement. Je ne devrais pas...

Sylvie avait posé sa main sur celle de la femme éprouvée.

— Ce n'est pas grave. Je ne vous en veux pas.

— Je n'ai jamais vu Manuel dans un état si affreux et... j'ai tellement peur de le perdre.

— On ne meurt plus de la typhoïde de nos jours, avait affirmé Sylvie. Il faut juste appliquer les prescriptions médicales... et être patient.

En disant ces mots Sylvie avait fait son possible pour dissimuler sa propre inquiétude. Sergio Py, quelques minutes plus tôt, ne lui avait pas caché le grave danger des complications intestinales liées à cette maladie très contagieuse. D'ailleurs il lui avait énuméré les précautions d'hygiène qui s'imposaient à tous avant, pendant et après les visites au malade. Malgré ces sévères avertissements, Sylvie ne voulait pas imaginer une seconde que cette maladie pût emporter ce jeune homme qu'elle pensait indestructible et dont elle avait toujours admiré la force et la vigueur. Et voilà qu'une pensée obsédante l'envahissait, l'idée de la mort rôdant autour de Manuel, bourdonnant au-dessus de ses yeux clos et interprétant sa danse macabre.

Les deux femmes s'étaient séparées encore sous le choc de leur algarade. En sortant de la maison des Vila, Sylvie s'était dit que les rapports avec

Maria s'arrangeraient peut-être à la triste faveur de la maladie de Manuel. Mais, vu le caractère ombrageux de cette femme vieillissante, ce n'était pas gagné d'avance.

De toute façon à cette heure le problème principal n'était pas là. Ce qui importait désormais, c'était d'aider Manuel à s'en sortir. Il fallait qu'elle-même réussît à se montrer très courageuse.

... Sylvie s'organisa pour passer chez les Vila chaque jour après sa sortie du lycée. Elle saluait brièvement le vieux couple taciturne, s'il était dans les parages, et montait dans la chambre de Manuel près de qui elle s'installait et qu'elle ne quittait que pour rentrer dîner chez elle. Durant la période la plus rude de la maladie, elle restait assise dans un fauteuil près du lit et souriait à Manuel en lui tenant la main. Lui, il rivait ses yeux sur elle et son regard intense et brillant signifiait que ce sourire suffisait pour qu'il se sentît moins mal. Les heures s'écoulaient, silencieuses et chargées d'une tendresse muette.

*

Après la disparition de la fièvre, les mots revinrent petit à petit à Manuel et les premières paroles qu'il échangea avec Sylvie furent pour lui dire son bonheur de l'avoir senti à ses côtés jour après jour. Bien qu'il fût toujours alité, Sylvie le prit dans ses bras et resta blottie contre son torse amaigri.

— Tu verras, affirma Manuel d'une voix faible, je serai bientôt sur pieds. Et nous rattraperons tout ce temps perdu !

Puis, comme il se souciait de la récolte dans les jardins et surtout de la cueillette des cerises qui battait son plein en cette saison, Sylvie s'empressa de le rassurer :

— Ne t'inquiète pas, Manuel. Le travail se fait. Tout le monde s'y est mis…

Et elle lui raconta que son père avait proposé à Maria les services de Kader.

— Ah oui, dit Manuel, le fameux mi-temps…

— Oh ! s'exclama Sylvie, c'est bien plus qu'un mi-temps ! En fait, mes parents estiment qu'ils n'ont pas vraiment besoin de lui pour le moment et Kader passe toutes ses journées sur votre exploitation. Il fait un travail considérable et ta mère a l'air très satisfaite. À tel point qu'elle aurait l'intention de l'embaucher et de l'héberger à demeure, ici. Mais elle attend de t'en parler avant de prendre cette décision. D'ailleurs elle m'a confié que…

— Ma mère te fait des confidences ! s'étonna Manuel. On aura tout vu !

— Mais oui ! dit Sylvie en riant. Tu vois, tout arrive !

— Décidément, il s'en passe, des choses quand je suis obligé de garder la chambre ! Remarque, ajouta Manuel, tout ça, ce sont de bonnes nouvelles.

Mais si les premiers symptômes de la typhoïde avaient disparu, l'état de Manuel restait vacillant et préoccupait encore le docteur Py qui exigeait un repos total.

Manuel dormait beaucoup, il s'efforçait de lire mais se fatiguait au bout de quelques pages. Il échangeait, d'une voix à peine audible, quelques mots avec sa mère et son beau-père et là aussi toute conversation prolongée l'épuisait. Il sommeillait en attendant impatiemment la visite de Sylvie, en fin d'après-midi.

Dans l'ensemble il était encore fébrile et agité, supportant mal son inactivité forcée. Le confinement dans la maison rendait nerveux cet homme épris de terre libre et de grand air. Il se sentait inutile et malheureux de respirer l'atmosphère renfermée des quelques mètres carrés de sa chambre alors que dehors la nature s'épanouissait au soleil.

Les jours filaient, ces longues et lumineuses journées de juin qu'il ne pouvait contempler que derrière les carreaux d'une chambre.

*

Dans les rues de Céret la saison touristique tout doucement se mettait en place et la première sardane de l'été avait été programmée par le Syndicat d'initiative le samedi 22 juin, pour les fêtes de la Saint-Jean.

Ce jour-là, Sylvie vint voir Manuel dès le début de l'après-midi. Elle le trouva assis devant la fenêtre, à une petite table. Elle fut heureuse qu'il fût sorti du lit pour prendre son repas. Mais quand il se retourna vers elle et se leva pour l'enlacer, elle fut saisie par le changement que la maladie avait opéré sur cet être vigoureux. Son corps musclé avait fondu et ses membres amaigris semblaient flotter dans son pyjama.

— Oh je vois que tu te sens mieux, aujourd'hui, mon chéri ! dit-elle avec un entrain forcé.

Manuel l'arrêta en souriant tristement

— Oui, si tu veux… soupira-t-il. Ce n'est pas très brillant quand même.

Sylvie allait protester quand il ajouta, sur un ton grave :

— Ce soir à Céret, c'est la sardane de la Saint-Jean. Je l'ai lu dans le journal et…

— Oui, coupa Sylvie, je sais, Estelle m'en a parlé. Elle est venue ce matin à la maison prendre de tes nouvelles. D'ailleurs, la pauvre, ses problèmes ne s'arrangent pas !

Et Sylvie, un bref instant repensa aux confidences de son amie qui lui avait confié que « tout était fini » entre elle et Dominique. « Ça ne collera jamais entre nous, avait dit Estelle. Il est trop futile. C'est vraiment dommage… Et puis de toute façon jamais mes parents… »

Sylvie avait l'intention de raconter tout cela à

Manuel mais elle sentit que ce n'était vraiment pas le moment. Un souci, visiblement, le tracassait. Elle se rapprocha de lui :

— Je t'écoute, mon chéri …

— Sylvie, reprit Manuel de sa voix fatiguée, ma chérie, je voudrais te demander quelque chose.

— Bien sûr, tout de suite. De quoi s'agit-il ?

Manuel hésita une seconde et regardant Sylvie droit dans les yeux, il dit d'un ton tremblant au début mais qui s'affermit sur les derniers mots :

— Dans l'état où je suis, il est hors de question que je sorte en ville. Alors… je voudrais que toi, tu ailles ce soir danser la sardane.

Sylvie interloquée recula d'un pas et s'exclama :

— Qu'est-ce que tu racontes ? La sardane ! Ce soir ! Sans toi ! Voyons, Manuel, tu n'y penses pas ?

Un instant elle crut que le délire le reprenait. Comme aux premiers soirs de fièvre quand il mélangeait tout et parlait en bredouillant du Mas Cigalou, de Jules Molas, de la vigne de Saint-Ferréol et des banquiers. Sylvie se souvint du regard stupéfait de Maria qui avait assisté aussi à ce déluge verbal.

— Oh mais si. Je suis très sérieux. Rappelle-toi, Sylvie, je t'ai offert des bigatancs à Noël. Je voudrais que tu ailles les étrenner.

— Oui, bien sûr, j'y compte bien. Mais une autre fois, dans l'été, avec toi, Manuel.

— Non, ce soir, je t'en prie, insista Manuel, je ne veux pas te priver de ce plaisir. Il y a, j'en suis sûr, quantité de garçons qui seraient ravis de t'inviter à danser à leur côté. Et j'en connais même un qui n'attend que ça, Dominique Fillol…

Sylvie s'affolait :

— Mais je n'ai rien à faire de ce Dominique Fillol ! s'indigna-t-elle.

Et, plus douce, prenant Manuel dans ses bras, elle murmura :

— Arrête, Manuel, tu es fatigué en ce moment mais tes forces reviendront. On aura l'occasion de danser ensemble. Je ne danserai jamais sans toi.

Manuel se tut, le visage enfoui dans le cou de Sylvie. Il cachait ses larmes et murmura en sanglotant :

— Je ne sais pas encore si je vais arriver à vaincre cette satanée maladie. Mais elle m'a appris quelque chose … Je voudrais que toi, quoi qu'il m'arrive, tu vives et que tu sois heureuse, mon amour. C'est la seule chose qui a de l'importance.

Étranglée par l'émotion, Sylvie gardait la tête brune de Manuel contre sa poitrine et ne pouvait que répéter en murmurant à son oreille « Mon chéri, mon chéri ». Elle n'avait jamais encore autant pris conscience de la profondeur de l'amour que Manuel lui portait. Elle découvrait dans cet homme une belle âme. Manuel voulait d'abord le bonheur de Sylvie et il lui prodiguait une force inouïe à un moment où il se trouvait, lui, si démuni. Elle sentit que cet amour serait sa fierté et lui permettrait de traverser les épreuves de la vie. Et de la même façon, elle sut avec certitude que son amour pour Manuel serait le noble étendard qui le protègerait et illuminerait ses jours.

*

Il fallut attendre les tout derniers jours de juin pour que finalement Manuel fût complètement tiré d'affaire. Après la guérison, un service de l'hôpital vint chez les Vila pour désinfecter la chambre de Manuel et toute la maison. Les services d'hygiène et de santé qui avaient procédé aux analyses et identifié le bacille d'Eberth, avaient fait nettoyer les eaux de la fontaine d'Amour et apposer une pancarte « Eau non potable » sur la place. Jamais fontaine n'avait si mal porté son nom.

L'épisode avait fait du bruit dans le quartier des jardins et au-delà, c'est toute la ville qui s'était inquiétée pour le jeune maraîcher.

Et quand, à un rythme très modéré, Manuel reprit petit à petit ses activités début juillet, il se rendit compte à quel point sa mère avait été secourue et secondée par les parents de Sylvie pendant plus d'un mois. Même Gilles, une fois son brevet passé, avait aidé Kader à ramasser des légumes et à récolter les cerises.

Il constata avec surprise et plaisir que sa maladie avait contribué à faire changer l'état d'esprit de Maria Vila. Elle semblait enfin accepter ce qui s'était noué entre Sylvie et lui.

Il ignorait que sa mère, retrouvant les gestes et les paroles de son ancienne pratique religieuse, avait beaucoup prié pour lui. Surtout, cette maladie qui avait failli lui prendre son enfant unique, lui avait donné beaucoup à réfléchir. Elle avait commencé à comprendre que les sentiments de Sylvie sortiraient encore plus renforcés par cette épreuve. Elle finit par admettre qu'elle n'avait aucun intérêt à heurter cette jeune femme qui manifestait la preuve d'un sentiment sincère. Elle avait pris le temps de repenser à sa propre jeunesse, à l'époque où elle avait rencontré et aimé le père de Manuel. Elle s'en voulait carrément d'avoir oublié à quel point l'amour peut transfigurer la vie. La mort de son premier mari et sa douleur de jeune veuve lui étaient à maintes reprises revenues en mémoire pendant ces dures journées de juin où elle avait craint de perdre aussi son unique fils.

Chapitre vingt-neuf
Un an déjà !

C'est bien le propre de la robustesse de la jeunesse que de pouvoir rejeter dans le passé, comme une plume au vent, les mauvais souvenirs et de se tourner aussitôt, insouciante, vers l'action ! Il fallut en effet moins de trois semaines à Manuel et Sylvie pour tourner la page morbide qu'ils avaient été obligés de vivre. La maladie qui avait frappé le jeune homme leur avait servi d'expérience douloureuse certes et ils avaient dû franchir ce lourd obstacle mais ils en étaient ressortis ensemble vainqueurs. Et voilà que l'épreuve avait renforcé leur amour, leur foi l'un en l'autre. Leur sentiment d'invulnérabilité leur était revenu avec encore plus de force.

Manuel avait repris ses activités de maraîcher sur un rythme moins vif. Le médecin lui avait recommandé une certaine prudence et une cadence plus raisonnable que, par chance, l'aide de Kader autorisait à présent. En moins d'un an Manuel avait réussi à faire comprendre à sa mère qu'il ne pourrait pas toute sa vie travailler comme une brute, qu'il avait droit à quelques loisirs et, malgré lui, sa maladie avait été la démonstration finale et implacable aux yeux de Maria qu'il avait raison et qu'on devait vivre autrement. Grâce au nouvel employé, Manuel pouvait mieux s'occuper des livraisons et du démarchage auprès des campings de la région pour leur proposer un stand de fruits du pays.

Manuel s'était même doucement remis à ses sculptures. Quand il avait deux heures devant lui à la casotte sans Sylvie, il reprenait son matériel, son bloc d'argile qu'il pétrissait. Il ne se lassait pas de créer des statuettes féminines. Il lui suffisait de tremper ses doigts dans l'eau et de travailler cette terre avec ses pouces, ses paumes ouvertes en pensant à Sylvie, à son corps. Il œuvrait les yeux fermés, surpris du résultat quand il les rouvrait. Courbes et contrecourbes amies naissaient sous ses mains. Cette quête inlassable était un grand moment de sensualité où érotisme et art s'entremêlaient sans cesse.

Depuis quelque temps, il s'était attaqué à un autre thème, celui de la tauromachie. Sans être un aficionado, Manuel avait toujours aimé, plus par tradition que par passion, assister chaque année à une ou deux des corridas qui se donnaient aux arènes de Céret. Il avait évoqué le sujet avec Sylvie en lui proposant de l'accompagner un jour. Mais pour l'instant, elle avait refusé, ne lui cachant pas son a priori contre ce qu'elle appelait un spectacle d'une cruauté extrême. Ils n'avaient pas cherché à se convaincre l'un l'autre.

Manuel se devait de reconnaître qu'il admirait ces créatures, ces taureaux puissants élevés quatre ans plus tôt pour un drame fatal se déroulant en vingt minutes devant un public de femmes et d'hommes attentifs qui, sans haine, attendaient que la mort du taureau advînt dans les règles de l'art.

Alors Manuel avait eu envie de modeler quelques uns de ces animaux qu'on jetait hagards dans l'arène et qui hurlaient leur désespoir dans ce cercle sans issue. Il sculptait des taureaux le mufle levé, le col tourné vers le soleil, les jambes plantées sur le sable, les cornes effilées pointées vers un ennemi qu'ils ne voyaient pas. Le résultat était saisissant de douleur sauvage et de beauté muette. Sylvie adorait ce bestiaire répétitif où le seul animal représenté était un taureau furieux plein de vie sur le point de recevoir l'estocade ultime. Sur leur cuir couleur terre, Manuel passait un vernis épais qui accentuait le luisant des muscles appelés à cette lutte sans merci. Sylvie suggéra même d'envisager une exposition. Il répondit que rien ne pressait. De plus, il ne se sentait pas prêt.

*

Jean-Marc et Juliette Pagès avaient soutenu leur fille pendant ces longues journées où la fatigue et le manque de sommeil avaient marqué son visage, mais sans entamer son dynamisme. À leur manière, ils avaient tenu à rendre service et avaient spontanément proposé d'aider les Vila. Juliette, de plus en plus à l'aise dans son magasin et Jean-Marc suffisaient amplement à servir les chalands qui fréquentaient le Verger du Roussillon. Dès qu'ils avaient appris que Manuel était cloué au lit, comme par ailleurs le travail de magasinier que Kader accomplissait pour eux restait très limité, ils avaient eu l'idée de lui demander s'il pouvait aussi dépanner les Vila dans leurs tâches de maraîchers. Il avait accepté tout de suite et dans un premier temps, il était parti chaque matin dès l'aube se mettre à la disposition de Maria Vila. Très vite, Kader avait été conquis. La simplicité naturelle de Maria ravie d'avoir un aide et le rapport direct qu'il entretenait avec Rocheteau l'avaient mis en confiance.

Au bout de quelques semaines, le gendarme retraité prit alors l'initiative de lui proposer de l'héberger au dernier étage de la maison dans une chambre mansardée qui donnait accès à un modeste cabinet de toilette. De là-haut, presque sous les tuiles, il avait une vue magnifique sur les montagnes.

— Tu auras chaud, cet été, mon vieux mais pour l'instant c'est tout ce qu'on peut t'offrir, lui dit Augustin qui s'était pris d'amitié pour le vieil homme et l'avait tutoyé d'emblée beaucoup plus par confraternité professionnelle – après tout, ils étaient tous deux d'anciens militaires – que par familiarité empruntée.

— C'est très bien comme ça, monsieur Rocheteau, j'ai jamais craint la chaleur en Algérie, jamais. Vous remercierez Madame Vila beaucoup.

— Mais tu sais que tu peux te promener dans les jardins en bas quand tu veux, et puis, à midi, viens prendre le café avec moi. On parlera de l'armée. Ça me fera plaisir.

Maria Vila fut éblouie par la capacité de travail et d'adaptation de Kader qui retrouvait les gestes de l'ancien fellah qu'il avait été longtemps dans sa première vie et qui savait combien la terre est basse. Non seulement, il ne rechignait pas à la tâche mais il se proposait pour les travaux les plus durs. Pendant les trois semaines de la maladie de Manuel et, plus tard au début de sa convalescence, sans relâche, il se mit aux tomates, aux haricots verts et aux laitues comme aux fraises et ce fut lui qui s'attela à la cueillette dès que les premières cerises mûrirent à la vigne de Saint-Ferréol. Sous leur robe pourpre, craquantes de jus, elles rougissaient dès que le soleil frappait les feuillages : il ne fallait pas les faire attendre. Chaque matin, Rocheteau prenait Kader dans la Juva 4 et le déposait près de la casotte avec quantité de cageots qui revenaient en fin de journée remplis et prêts à partir à la coopérative.

On aurait dit que cet Algérien n'avait espéré que

cela, enfin se rendre utile pour des gens qui le respectaient et lui permettaient de continuer son existence dignement en s'éloignant des années Garbani.

Très vite, il sut se rendre indispensable et Maria comprit qu'elle disposait là d'une perle rare et, comme elle souhaitait à tout prix que Manuel se remît totalement de son affaiblissement, elle proposa aux Pagès d'embaucher Kader à temps plein. Ces derniers furent d'autant plus soulagés de ne plus avoir cette charge supplémentaire que, les vacances arrivant, ils pouvaient aussi compter sur l'appui de leurs enfants.

L'activité de leur commerce se développait, la clientèle se fidélisait au fil des mois, petit à petit, et la nouvelle saison touristique qui venait de démarrer était de bon augure pour la suite. La cohorte de vacanciers de retour ornait la cité d'une animation bon enfant propice au négoce local et tout le monde en tirait bénéfice. Juliette avait élargi la gamme de ses produits en intégrant des friandises du cru, des bonbons à l'anis blancs et ronds comme des pois chiches, des croquants aux amandes et ces exquis nougats catalans appelés tourons.

Gilles avait réussi de justesse à décrocher son Brevet. Ce gamin n'éprouvait d'ailleurs aucune fierté à détenir son premier diplôme d'études, n'en tirait aucune vanité. C'était pour lui un épisode sans importance, une étape que le système scolaire lui imposait pour le laisser entrer dans la vraie vie des adultes. Pour l'instant, il ne formulait pas d'autre projet que de se faire engager comme apprenti dans un garage. Ses parents n'y voyaient pas d'objection mais lui demandèrent de laisser passer la période estivale, il serait temps de prendre une décision à la rentrée. En attendant, Gilles reçut pour récompense un vélo d'occasion que Jean-Marc avait déniché chez le marchand de cycles de Céret. Gilles aurait préféré un Solex mais se montra raisonnable, une bicyclette, c'était déjà un moyen d'évasion formidable et l'ouverture vers un espace de liberté dont il n'avait encore jamais profité.

*

Au dîner du mardi 2 juillet, Jean-Marc, lançant un regard complice à sa femme, avait déclaré à la tablée qu'il y aurait une surprise pour le dessert. Il était descendu à la boutique et était revenu avec un plateau qu'il avait posé en souriant devant les convives étonnés :

— Voici un sorbet au citron et des rousquilles fondantes pour fêter l'anniversaire ! Une glace pour nous rappeler l'Algérie et les gâteaux catalans que tout le monde aime ici, je crois... pour montrer que nous devenons des Cérétans.

— Quel anniversaire ? avait demandé Solange.

— Tu ne sais pas quel jour nous sommes, ma fille ? avait questionné Juliette.

— On est le 2 juillet 1963 ! avait répondu fièrement la gamine qui s'était levée de son siège comme pour faire une déclaration solennelle. Je suis en vacances dans trois jours et je passe en sixième l'année prochaine. C'est ça qu'on fête ?

— Mais non, s'était moqué Gilles. Moi, j'ai compris. Ça fait un an tout juste que nous sommes arrivés en France. Tu as oublié ?

— Mais non ! bien sûr que je m'en souviens ! avait rétorqué Solange avec vivacité. Et même que Maman n'arrêtait pas de tout nous faire nettoyer, du haut en bas et du matin au soir.

— Admettons, concédait Juliette mais c'était pour nous approprier notre nouvelle maison. Pour nous sentir pas trop mal dans cette vieille bâtisse renfermée, il fallait bien ça.

— Et oui, les enfants, reprenait Jean-Marc d'un ton solennel. Un an déjà que nous sommes des métropolitains, des Français de France qui vivent dans les Pyrénées Orientales.

— Mais il ne faut pas rejeter pour autant nos racines Pieds-Noirs, avait insisté Juliette en servant le dessert dans des soucoupes.

— Anniversaire pour anniversaire, avait dit Sylvie, nous aurions bien aimé le célébrer avec Grand-père Hugo.

Elle s'était rendu compte trop tard que sa remarque faisait aussitôt tomber un voile de tristesse sur l'assemblée. Elle s'était dépêchée d'ajouter :

— Mais je sais que de là où il est, il nous regarde avec grand-mère et qu'ils sont contents pour nous.

*

— Manuel, il faut que je te parle, mon fils.

Maria Vila finissait la vaisselle du déjeuner du dimanche dont elle préférait se débarrasser aussitôt le repas terminé. Elle s'essuya les mains et s'assit face à Manuel qui était encore à table et venait d'allumer une cigarette. Il avait repris des forces et retrouvé ses couleurs d'homme travaillant en plein air. Dans la petite cuisine du rez-de-chaussée, tourbillonnaient quelques mouches autour du ruban de papier mielleux qui pendait du plafond. Manuel avait bien mangé et le poulet rôti mitonné par sa mère y était pour beaucoup. Détendu, il sirotait son café. Dans une heure il avait rendez-vous avec Sylvie, il irait la chercher avec sa voiture et lui proposerait une promenade vers la mer.

Derrière le rideau de perles accroché à la porte, sensé empêcher les insectes d'envahir la maison et qu'un vent léger écartait, Manuel apercevait sur le banc, sous le figuier lourdement chargé en feuilles et en fruits, son beau-père fumant la pipe et devisant avec Kader. Cette image simple et tranquille lui faisait du bien et lui rappelait combien les choses ici avaient changé. Il avait fini par apprécier ce nouveau climat à la maison sans toutefois abandonner pour autant ses projets. L'heure était propice à un certain alanguissement de la pensée comme du corps.

Mais la voix grave de sa mère dont il ignorait les intentions et dont il craignait encore les réactions par rapport à Sylvie, brisait tout d'un coup cette quiétude et ce ne fut pas sans appréhension qu'il lâcha un faible :

— Je t'écoute, Maman.

— Il faut que je te parle de Jules Molas. Et…

Manuel leva des sourcils d'étonnement.

— Jules Molas, pourquoi ?

— Ne m'interromps pas, fils. Ce n'est pas facile… Je suis allé le voir de moi-même dans son appartement d'en ville, tu sais qu'il possède un immeuble dans le vieux Céret dans lequel il occupe le premier au-dessus de la remise ?

— Oui mais pourquoi cette visite ? demanda-t-il intrigué, vaguement ennuyé et ne sachant vraiment pas sur quel terrain glissant s'embarquait la conversation.

— Mais laisse-moi t'expliquer, que diable ! Et tais-toi ! Et n'aie pas peur de ce que je vais te dire, je te sens comme un coq qui craint qu'on lui prenne ses poules. *Llengua muda, mai és batuda.*

Voilà qu'elle recommençait à citer des proverbes, en principe ce n'était pas bon signe. Manuel avait aussitôt traduit dans sa tête, « langue muette n'est jamais battue ». Il regarda sa mère dont les yeux brillaient plus de malice que d'énervement.

— Jules, tu le sais, je crois, c'était un de mes « amoureux » quand j'avais ton âge. J'étais même plus jeune que toi, qu'il me tournait déjà autour. Moi j'avais choisi ton père et Jules ne m'en a jamais voulu. Nous sommes restés bons amis et lui célibataire, à cause de moi. Il ne me l'a jamais dit mais j'aime le penser, tu vois quelle femme orgueilleuse je suis ?

Elle marqua un silence s'attendant à un commentaire de la part de Manuel.

— Bon. Ce n'est pas ça le plus important. Pendant tes fièvres, tu parlais de lui et de son mas là-haut sur la colline du côté de Llauro, là où l'autre bandit s'est fait massacrer, qu'il méritait pas autre chose. Et puis j'ai fini par deviner que tu aurais aimé l'acheter, son mas avec tout le terrain qu'il y a autour. Alors je suis allée chez lui pour avoir un entretien.

Manuel pensa qu'elle aurait dû le prévenir avant de faire cette démarche mais il se retint de l'interrompre.

— Alors je t'annonce une bonne nouvelle : au nom de notre amourette ancienne, il baisse son prix, vingt mille francs qu'il m'a dit, au lieu de trente pour l'ensemble, la bâtisse et le terrain. Qu'est-ce que tu en penses ? C'est bien mais ce n'est pas tout, il est d'accord pour que tu le paies par petits coups, comme si c'était lui qui te le faisait, ce prêt. Ou bien si tu veux, autre possibilité, c'est moi qui t'avance ce qui te manque et tu me rembourseras plus tard quand tu pourras... si ma foi j'en ai besoin un jour. J'en ai parlé à Augustin qui m'approuve totalement. Ce qui est sûr, c'est que je n'ai pas envie que tu ailles voir un banquier, tu aurais l'impression de travailler plus pour lui que pour toi.

Devant ce torrent de paroles, Manuel se réjouissait intérieurement. Pas tant parce que Maria avait réussi une négociation qu'il n'aurait jamais pu ou su mener aussi bien mais surtout parce que son récit se révélait enfin le signe qu'elle acceptait de mettre à l'écart sa jalousie – à la cave ou au grenier – qu'elle n'avait pas d'amertume à imaginer son fils allant un jour habiter ailleurs et, qui plus est, vivant avec une autre femme. Au fond, cette évolution ne le surprenait pas trop. Il savait sa mère suffisamment mère pour faire passer son égoïsme après le bonheur de son fils.

— Je vois que tu souris. Tu es content ? Parle maintenant, s'impatienta Maria.

— Bien sûr que ça me plaît. Tu as bien fait, Maman.

À son tour, il lui confirma qu'il avait eu l'intention de faire un emprunt à la banque pour acheter le Mas Cigalou, car ses économies n'auraient jamais suffi.

— Et je ne veux rien faire qui puisse gâcher tes projets, Manuel.

— Merci Maman, pour l'instant je ne peux rien dire, ni si cela se fera vraiment, ni quelle solution de financement je préfère. Je ne sais pas si tu devines pourquoi mais pour aller au bout de ce projet, tout dépendra de …

Il n'alla pas plus loin. Devant sa mère, il ne voulait pas prononcer le prénom de Sylvie et encore moins le mot de mariage. Et de toute façon, au plus profond de ses rêves, même l'idée de mariage, il ne se l'autorisait pas. Car quand cette pensée le traversait, la perspective que Sylvie refusât sa demande le paralysait. Manuel reconnaissait qu'il n'avait pas de repères pour faire une démarche de ce genre. Il est vrai que, dans la plupart des milieux, on n'apprend pas à dire : « marions-nous » ou « veux-tu m'épouser ? ». Quelle que soit la force de ce désir et de cette volonté, quels que soient les usages plus ou moins explicites, chaque homme se doit de réinventer le rite. Des peurs diffuses bloquaient Manuel.

Sa profonde timidité prenait le dessus. Sylvie qu'il aimait par-dessus tout, dont la beauté et l'esprit le subjuguaient, était aussi la femme qui l'intimidait le plus, justement à cause de cet éclat et de cette intelligence. Comment dire à une femme qui fait des études de lettres à l'université qu'elle pourrait lier son destin à celui d'un maraîcher ? Qu'ils pourraient passer devant le maire et même aussi le curé – si elle le voulait – puis vivre ensemble le restant de leur existence ? Chaque fois qu'il y songeait, son ventre se nouait. Quel vertige ! Mari et femme ! Lui et Sylvie ! Jamais il n'oserait.

Maria Vila était suspendue aux lèvres de son fils mais la voix de Manuel s'embourbait dans une étrange émotion :

— Tout dépend de… rien, rien, on verra plus tard. Dès demain, j'irai voir Jules Molas pour lui dire que je prends une option.

Manuel se leva, embrassa sa mère dont le regard se mouillait légèrement. Elle serra contre sa blouse son grand fils en pensant combien parfois c'était beau et simple de diffuser du bonheur autour de soi.

*

Manuel se résolut à ne rien dire à Sylvie. Il attendrait. Il ne savait trop quoi mais il espérait qu'une occasion se présenterait. Et lorsqu'elle lui annonça, elle, qu'elle venait de recevoir ses résultats d'examens de Montpellier et qu'elle avait réussi ses deux certificats de licence, il fut profondément heureux pour elle mais encore plus préoccupé.

Pas un instant, il ne doutait de l'amour de Sylvie pour lui. Et les mots qu'elle lui disait au creux de son oreille, le fait que depuis sa maladie, elle l'appelait « chéri » ou « mon amour » le mettaient aux anges. Mais tous ces signes de tendresse n'étaient pas encore le signal qui l'amènerait à dominer ses appréhensions et lui permettrait de demander à Sylvie d'être son épouse.

Chapitre trente
Le royaume de l'été

Juan Verdaguer, de derrière son comptoir, sanglé dans le grand tablier noir qui l'enserrait jusqu'en haut de sa poitrine, regardait, d'un air satisfait, la foule déambulant sur le boulevard.

— Ça y est, les revoilà, Marcelin, les touristes sont au rendez-vous de l'été !

— Oui, patron, lui répondit le serveur qui suait sous son gilet à poches multiples et ne cessait d'essuyer son front. Ils sont là, comme tous les ans. Et une fois de plus, je vais vous répéter qu'il nous faudrait embaucher un ou deux aides pour tenir le coup.

— Ouais, je sais, je connais ta chanson mais c'est pas toi qui paies les taxes, les salaires et les impôts.

— N'empêche qu'on va finir par perdre des clients si on ne peut même pas les servir, fit remarquer Marcelin qui déposait sur son plateau limonades, bières et verres de muscat remplis à ras bord.

— Chaque fois tu me fais le même discours, lui lança Verdaguer en glissant un sourire pincé. Mais tu vois, cette fois-ci, tu n'auras pas besoin de me casser les oreilles, j'ai recontacté le jeune Felip qui nous avait dépanné l'année dernière. Il arrive le 13 juillet au soir et on l'aura jusqu'en début septembre.

— Tant mieux. En attendant, si vous me donniez un coup de main, il y a encore des tables pas servies en salle.

— J'y vais, Marcelin, j'y vais.

Et le long et maigre cabaretier se dirigea à pas menus vers le fond du café pendant que Marcelin, lui, jaillissait sur la terrasse illuminée par le soleil de midi.

Verdaguer alla prendre la commande à une table où quatre consommateurs du pays étaient lancés dans une conversation animée. Comme dans un film qu'on revoit, les clients avaient attaqué leur thème favori : les estivants qui transformaient l'atmosphère de Céret. Jean-Pierre Olivès qui justement faisait observer que les Pieds-Noirs n'avaient pas, comme beaucoup le craignaient à la même époque un an plus tôt, envahi la région, essayait, comme à son habitude, de calmer les esprits :

— Soyons fidèles à la tradition d'hospitalité du Roussillon, que diable !

— Alors déjà en vacances, Monsieur Olivès ? lui demanda le patron du café Catalan.

Il disait cela pour la forme au directeur d'école qui discutait avec son collègue professeur de musique Marty tandis qu'à ses côtés, Hyacinthe

Cerda racontait ses derniers chantiers de maçonnerie à Jules Molas.

— Ah, tous ces gens de l'Éducation Nationale, quels veinards, hein, Jules ! Tous ces gens payés pour ne pas travailler… Sans compter toutes ces familles d'Algérie qu'on entretient…

En s'adressant à Jules Molas, Verdaguerse faisait complice du vieil agriculteur qui râlait toujours en vrac contre les fonctionnaires, les touristes, les communistes et plus récemment, les rapatriés d'Algérie.

— « Qu'on entretient » ou « qui vous entretiennent, vous les commerçants » souligna tranquillement l'instituteur qui ne put s'empêcher de relever la remarque acide de Verdaguer. Cela dit, je veux bien reconnaître que notre ami Jules n'a pas fait la meilleure des rencontres…

L'allusion à Pietro Garbani rajouta de la couleur aux joues pourtant bien rouges du viticulteur.

— Ah, ne me parlez plus de cet individu ! On s'est tous fait avoir. Quand je pense que Hyacinthe aussi était prêt à travailler pour lui.

— Attends, attends, moi, je me méfiais tout de même, protesta Hyacinthe qui jouait à l'entrepreneur avisé. Je n'aurais rien entamé avec lui sans garantie.

— Au fait, le Mas Cigalou, tu vas le louer cet été ? demanda Marty qui riait d'avance de sa plaisanterie… Je connais un groupe de touristes allemands qui cherchent un bel endroit pour l'été. Ils aimeraient installer un camp de naturisme dans le coin. Il paraît qu'ils ne craignent pas les moustiques !

— Le louer ? Et à des gens qui se baladeraient les fesses à l'air ! Tu les vois danser la sardane à poil ! Tu rigoles ! De toute façon, je ne peux plus le mettre en location. J'ai signé un compromis avec la famille Vila. En principe, d'ici l'automne, c'est Manuel, le fils de Maria, qui me l'achètera, le Mas Cigalou.

*

Comme chaque année, le plus fort de la saison touristique était atteint, à quelques jours près, au moment des festivités organisées par la mairie de Céret pour célébrer le Quatorze Juillet. Depuis le début de l'été, les autochtones avaient vu arriver et musarder en ville, par grappes de plus en plus nombreuses, les familles venues du nord de la France, attirées par cette Catalogne française qui leur offrait, au cœur d'une même contrée relativement peu étendue, le verdoyant écrin de montagnes où elles pouvaient se perdre dans une nature rafraîchissante et en même temps les joies simples des plages éclaboussées de soleil tout au long d'un littoral où s'égrenait, de Perpignan à Cerbère, un chapelet de stations balnéaires.

Et les Cérétans savaient que cette atmosphère de

fête et de gaieté légère apportée par la fréquentation des touristes de plus en plus sensible d'année en année, durerait jusqu'en septembre avec un point culminant aux environs du quinze août, autre temps fort de l'été. Et entre les deux dates traditionnelles, de la mi-juillet à la mi-août, la ville ne leur appartenait plus vraiment, en tout cas plus de la même manière que pendant le reste de l'année. C'était comme quand on a des invités à la maison, on est toujours chez soi mais on n'est plus tout à fait aussi libre de ses mouvements dans des pièces investies par d'autres, avec leurs gestes et leurs paroles.

Leurs boulevards ombragés par les calmes platanes, leurs terrasses de café égayées par les étoiles roses des lauriers ployant leurs souples tiges dans les jardinières arrosées chaque matin, leurs placettes éclaboussées par l'eau fraîche des fontaines, tous les attraits de leur ville, ils devaient les partager avec des étrangers, et en outre se montrer eux-mêmes sous leur meilleur jour, accueillants, affables, serviables et bons vivants. Et dans l'ensemble ils y réussissaient fort bien. À part certaines vieilles personnes immuables ne se sentant plus concernées par l'agitation du monde et se bornant à rester pensives et retournées en elles-mêmes, assises sur leur chaise paillée devant le pas de leur porte, la plupart des habitants et en particulier ceux qui avaient directement à faire avec les touristes – commerçants, artisans, hôteliers, restaurateurs et gérants de campings – se montraient tout à fait à l'aise dans leur rôle d'hôtes et de faire-valoir de leur généreux pays. Et de fait, ils travaillaient tout autant dans ces quelques denses semaines d'activité touristique que pendant tout le reste de l'année.

La grosse chaleur qui pesait sur les toits et s'insinuait dans la moindre ruelle de la vieille cité, contribuait aussi à épaissir la saveur des jours et des nuits, à densifier les relations entre les hommes et à leur donner l'impression que la vie avait un goût plus fort et plus exaltant.

*

Dans la touffeur de ces journées torrides de juillet, Sylvie, elle-aussi en vacances, trouvait moyen d'être très active. Peut-être encore plus que d'habitude. Les hautes températures, qui peuvent malmener les très petits enfants et les personnes âgées, n'ont jamais empêché les êtres jeunes en pleine croissance de se montrer aussi entreprenants qu'au cours des saisons plus tempérées, au contraire. La chaleur décuplait les ardeurs même si elle assommait les corps et parfois les esprits.

Sylvie, elle, à sa manière, célébrait la chaleur et ne se plaignait jamais que les nuits fussent trop étouffantes ou les soirées pas assez ventilées. Elle s'amusait de voir les gestes familiers de ses parents resurgir comme l'été passé et, d'ailleurs, comme « autrefois » en Algérie… Son père sortait régulièrement de sa poche son grand mouchoir pour s'éponger le front et sa mère déployait d'un mouvement preste du poignet l'un de ses nombreux éventails qu'elle posait un peu partout dans la maison, au hasard de ses déplacements, sur la table du salon, le buffet de la cuisine ou la caisse du magasin.

Dès les premières heures du matin, l'air était déjà d'une douceur de miel. Sylvie en profitait pour porter les tenues très courtes qui, elle en était consciente, mettaient en valeur ses longues jambes fines. Une fois libérée de la douloureuse tension qui l'avait accablée, pendant la maladie de Manuel, une fois soulagée de la préoccupation, certes moins grave, du résultat de ses examens, elle avait pu enfin penser à nouveau à des choses plus légères. Elle avait toujours été coquette et aimait s'habiller avec originalité. Elle avait acheté au marché de Céret plusieurs mètres de diverses cotonnades légères, aux motifs campagnards naïfs, des pois blancs sur fond noir, des bouquets de fleurettes orangées sur fond vert clair. Et plusieurs jours de suite, à l'heure où la maisonnée faisait la sieste, seule sur sa chaise longue dans un coin de la terrasse, à l'ombre d'un parasol, elle s'était mise à la couture. Selon un modèle qu'elle imaginait au fur et à mesure de son inspiration, elle s'était confectionné quelques robes sans manches, ourlées par un fin liseré de dentelle blanche, largement évasées au-dessus des genoux.

Et elle observait avec malice et fierté les yeux noirs de Manuel qui brillaient lorsqu'ils se posaient sur la corolle de ces robes virevoltant autour d'elle et qui, sous leur apparence sage, laissaient deviner la sveltesse de son corps.

Sylvie adorait aussi chausser ses rouges espadrilles de corde catalane et lacer élégamment les cordons sur ses mollets très haut. Elle appréciait ce type de chaussures dans lesquelles on ne transpirait pas et qu'elle trouvait parfaitement adaptées à la région et à son climat.

Pendant quelques journées de ce début d'été, elle s'offrit le luxe de jouer à l'estivante et avait même repris le cours de ses promenades dans la ville, de préférence en début de matinée aux heures encore pas trop nourries de chaleur où l'on pouvait sans crainte marcher au soleil, ou bien alors le soir quand la fournaise se calmait.

Une fin d'après-midi, avant de rejoindre Manuel rue Fontaine d'Amour, elle était passée saluer Julie Ventura la bibliothécaire à qui elle raconta les dernières péripéties de sa vie de surveillante au lycée scolaire et ce fut alors qu'elle eut envie de monter jusqu'à la salle Saint-Pierre où Marcel Marty avait repris deux jours par semaine à partir de dix huit heures des cours de sardanes destinés aux touristes. Elle avait de nombreuses fois croisé le professeur de musique au lycée et bavardé avec lui. Et elle appréciait toujours sa gentillesse polie.

Elle entra et regarda pendant quelques instants la ronde de personnes concentrées sur la cadence et qui semblaient avoir du mal à suivre les pas. Marty l'aperçut, s'éloigna des apprentis danseurs en leur lançant :

— Allez-y, continuez sans moi.

Il rejoignit Sylvie, la salua et lui dit :

— Mademoiselle Pagès, je suis heureux de vous voir. Justement je souhaitais vous rencontrer. J'avais quelque chose à vous demander.

— Ah bon ? s'étonna-t-elle, à moi ?

— Oui, oui, un service que vous pouvez me rendre, à moins que vous ne quittiez Céret cet été pour des vacances ailleurs.

— Oh ça ne risque pas pour plein de raisons. De quoi s'agit-il ? Si je peux, ce sera avec plaisir.

— Voilà, Sylvie. Vous êtes devenue une vraie Cérétane…

Il s'arrêta un instant, gêné de qu'il n'arrivait pas dire. Où voulait-il en venir ?

— Cette année, j'ai encore plus d'amateurs pour les cours de sardane que j'ai mis en place. J'ai même dû constituer un groupe d'enfants de huit à douze ans. Je connais votre sens pédagogique et en plus vous excellez dans cette danse dont vous ignoriez tout il y a un an. Ne protestez pas, je vous ai vue plusieurs fois évoluer aux côtés de Manuel Vila. Il faut dire qu'il est un remarquable danseur. Avec lui, vous ne pouviez que progresser.

Sylvie rougissait sous sa blondeur et ne savait quoi répondre. L'allusion à Manuel la touchait. Elle espérait qu'elle ne contenait pas d'autres sous-entendus que la sardane.

— Rassurez-vous, avec les enfants, ça se passera très bien. Une fois par semaine, le samedi après-midi, de six à sept, ici même. Qu'en pensez-vous ?

— Je suis… flattée, balbutia Sylvie. Je vous remercie de cette confiance, Monsieur Marty. J'espère que je serai à la hauteur.

Plus tard au cours de la soirée et dans les bras de Manuel à qui elle venait de relater l'anecdote, elle prit conscience de la portée de son geste. Accepter d'être chargée à son tour de transmettre cette danse aux gens de passage, c'était la preuve qu'elle avait adopté ce folklore et qu'elle n'avait même pas besoin de le revendiquer puisqu'elle était considérée par des Catalans du cru, assez ombrageux et jaloux de leur identité, comme faisant partie de leur communauté et de leur culture. Elle en ressentit un grand apaisement à la fois joyeux et serein.

*

Si Jean-Marc et Juliette Pagès entamaient leur deuxième année sur le sol catalan, en réalité ils avaient l'impression de vivre pour la première fois un été complet dans leur nouveau pays, un été qui démarrait non par un rapatriement dans l'urgence, non par un emménagement dans une ville et une maison inconnues mais qui, faisant tout naturellement suite au printemps, avait démarré à la fin de l'année de l'année scolaire, avec les grandes vacances. Cette normalité leur paraissait tout d'un coup comme un luxe incroyable, à eux qui en Algérie avaient connu tant de secousses et de soubresauts angoissants.

À vrai dire, la récente maladie de Manuel avait ébranlé toute la famille – et pas seulement Sylvie – car, pendant quelques semaines, ils avaient senti à nouveau ce frisson d'effroi que procure la menace d'un danger mortel. Cette alerte dépassée, Jean-Marc et Juliette avaient désespérément soif d'un été sans histoire. Début juillet, rassurés par la tranquillité des choses enfin revenue, ils avaient pu, pour la première fois depuis longtemps, organiser à leur guise les deux longs mois de l'été.

À cause du commerce, leurs projets étaient relativement simples et limités, le principal objectif étant de préserver l'activité du Verger du Roussillon et même de renforcer son essor. Pour eux deux donc, pas de perspective de vacances ou de repos prolongé. Ils avaient seulement pris des dispositions pour aménager un horaire plus convivial sans entraver la bonne marche de leurs affaires. Le magasin était ouvert tous les jours de huit heures du matin à treize heures, puis, après la sieste, à partir de seize heures jusqu'à ce qu'il n'y ait plus de clients, c'est-à-dire parfois jusqu'à vingt heures trente. Le dimanche après-midi était le temps de fermeture hebdomadaire et Jean-Marc emmenait Juliette à Argelès ou Saint-Cyprien pour prendre un bon bain de mer et se prélasser quelques heures sur la plage.

Pour les enfants, tout avait été prévu aussi. Solange, inscrite dans une colonie de vacances de la Fédération des Œuvres Laïques, avait été accompagnée dès la deuxième semaine de juillet à Perpignan où elle avait pris un car pour un séjour d'un mois dans le Quercy, près de Cahors. En août, il serait temps d'organiser pour elle, avec l'aide de Sylvie, un emploi du temps composé d'un subtil dosage de révisions le matin pour préparer son entrée en sixième, et de jeux avec les enfants du voisinage.

De lui-même, Gilles avait proposé son coup de main au magasin, pour installer les marchandises dans les rayons le matin et nettoyer la boutique tous les soirs. Jean-Marc avait apprécié et en contrepartie, Gilles avait quartier libre pour se promener en vélo dans le secteur et aller voir ses copains à sa guise. Juliette tenait simplement à ce qu'il fût présent à l'heure des repas. Mais en fait, le gamin ne quitta presque pas la maison, passant le plus clair de son temps à « réparer », disait-il, une bicyclette en parfait état. Il offrit même, non seulement à son père mais aussi aux proches voisins, ses compétences ou du moins son enthousiasme de « futur mécanicien » en briquant leur voiture, contrôlant les niveaux d'huile et tout ce qui peut être vérifié dans un véhicule. Manuel fit partie des chanceux du quartier qui bénéficièrent tout l'été d'une auto particulièrement rutilante ! Gilles avait ainsi le plaisir de se faire la main tout en rendant service et d'ailleurs certains lui laissèrent un petit pourboire dont il n'était pas peu fier et qui lui permettait d'aller jouer au « flipper » dans l'arrière salle du Café Catalan.

Quant à Sylvie, ses parents ne se mêlaient pas de son emploi du temps. Elle leur avait parlé de sa probable intention de s'inscrire à la rentrée en dernière année de licence et tout en ayant repris le chemin régulier de la bibliothèque de Céret où elle appréciait de faire une pause lecture, elle consacrait la plupart de ses fins de matinée et d'après-midi au Verger du Roussillon, au moment le plus intense des ventes, quand les touristes affluaient pour leur courses du déjeuner et du dîner. Elle n'aimait pas trop servir, ne se sentant pas assez calée en fruits et légumes pour conseiller les clientes, mais jouer à la marchande ne lui déplaisait pas quand il s'agissait d'encaisser et de rendre la monnaie. Si bien que très vite elle prit l'habitude de s'installer derrière la caisse. De ce petit piédestal, elle s'amusait à observer les allées et venues des chalands et à écouter leurs conversations. D'une certaine manière, cette situation lui rappelait sa position sur l'estrade, derrière son bureau dans les salles de classes où elle surveillait l'étude. Mais bien entendu le plus beau moment de ces lumineuses journées de juillet, le moment le plus attendu, restait celui où Manuel après sa journée de travail la rejoignait avant le dîner et où ils montaient tous deux jusqu'à la vigne, sur la colline de Saint-Ferréol resplendissante au soleil couchant.

*

Un jour, vers midi, elle reçut une visite surprenante. Gilles, les mains pleines de cambouis, apparut dans la boutique et s'adressant à sa sœur, lui annonça à voix basse :

— Il y a une dame qui veut te parler… Apparemment elle préfère rester dehors…

Intriguée, Sylvie sortit sur le trottoir et chercha des yeux cette femme mystérieuse qui voulait la rencontrer. Elle la vit qui attendait, assise sur un banc de la placette au début de l'avenue Déodat de Séverac. C'était la mère d'Estelle. Arlette Bensoussan, celle qui, aux dires d'Estelle, pouvait se montrer tyrannique dans ses murs où elle régnait en absolue mère de famille, toujours confinée chez elle, comme elle le faisait d'ailleurs à Oran. Et quand elle sortait en ville pour faire des courses, elle donnait l'impression d'une femme plutôt rigide et sévère, avec sa forte silhouette gainée, son paletot gris strict éclairé par les deux triangles blancs d'un col de chemisier empesé où luisaient les mailles du collier en or offert depuis des lustres par sa belle-mère et qu'elle ne quittait jamais. En réalité Estelle avait souvent confié à son amie que, sous ses apparences de raideur, sa mère cachait un manque total de confiance en elle.

Et la femme au regard triste dont Sylvie s'approcha et qui aujourd'hui serrait son sac à main contre elle et portait un tailleur plus léger mais toujours dans des tonalités sombres, donnait en effet l'impression d'un être fragile malgré sa corpulence, une personne dont les impeccables vêtements ne parvenaient plus à masquer le désarroi.

— Madame Bensoussan… ? commença Sylvie avec douceur. Que se passe-t-il ? Vous vouliez me voir… ?

À peine Sylvie eut-elle énoncé ces mots que la mère d'Estelle se dressa, tendue, et en bredouillant des paroles emmêlées, agrippa les mains de la jeune femme.

— Sylvie, au nom de votre amitié pour ma fille, je vous en supplie, dites-moi que vous savez quelque chose. Où est-elle ? Il n'y a que vous qui… Estelle a disparu… Depuis une semaine nous ignorons totalement où elle peut se trouver. Elle a quitté la maison la semaine dernière, le lendemain de son anniversaire. Nous avions fêté sa majorité. Elle nous souriait, elle paraissait contente puis le lendemain, elle a disparu en emportant quelques affaires sans nous expliquer quoi que ce soit. J'ai si peur…

Mon mari aussi est fou d'inquiétude. Dites-moi que vous savez où elle est partie, ne me cachez rien. Je suis sa mère, j'ai le droit de savoir.

Sylvie eut le plus grand mal à convaincre madame Bensoussan qu'elle n'était au courant de rien. En fait, elle ignorait même qu'Estelle fût ailleurs qu'à Céret. Elle l'avait vue pour la dernière fois début juillet, dans un café. Manuel était là aussi et, dans cette atmosphère excitée et bruyante des soirs d'été, tous les trois avaient parlé de choses et d'autres, sans approfondir aucun sujet en particulier. Depuis elle n'avait eu aucune nouvelle. Sylvie était sincère et regrettait de ne pouvoir rassurer la mère de son amie. Elle dut même faire un effort pour essayer de lui cacher sa propre inquiétude.

Le soir, à Saint-Ferréol, Sylvie et Manuel tournèrent longuement en tous sens une masse de questions. Qu'était-il arrivé à Estelle ? Où était-elle passée depuis une semaine ? Et pourquoi Estelle n'avait-elle pas tenté de la joindre, elle, son amie, avant de… avant de quoi ?

Chapitre trente et un
Le prix de la liberté

Ce mardi matin-là du début du mois d'août, le facteur entra dans le magasin des Pagès en chantonnant comme d'habitude. Plutôt taciturne mais doué d'une voix juste, Henri Puig cultivait cette coquetterie d'annoncer son passage par une de ces rengaines démodées dont il avait fait son répertoire et qui lui évitait de perdre du temps en entamant une quelconque conversation.

— Non tu ne sauras jamais/ô toi qu'en secret j'adore/si je t'aime ou si je te hais… fredonnait l'homme des lettres d'un air très inspiré.

Le « patron », comme le facteur aimait appeler Jean-Marc Pagès, était en train de peser des pêches joufflues pour un couple de vacanciers et on ne voyait pas la « patronne », qui, profitant de la présence efficace de sa fille, s'était éclipsée dans la cuisine pour préparer le déjeuner familial.

Henri Puig se faufila jusqu'à la caisse et tendit à Sylvie qui était en train d'officier à sa place favorite, un gros paquet de lettres entouré d'un élastique.

Sylvie le posa machinalement sur une étagère à côté d'elle et continua son travail avec la file de clientes qui attendaient, leur panier plein à leurs pieds et, à la main, le porte-monnaie ouvert. C'était l'heure de pointe, juste avant midi.

Quand elle eut enfin un moment d'accalmie, Sylvie attrapa les lettres et jeta un coup d'œil rapide sur les enveloppes : du courrier administratif pour ses parents, une jolie carte de Solange pour toute la famille – une photographie du vignoble de Moissac où sa colonie de vacances avait fait une excursion… et puis, glissée entre deux factures, une enveloppe postée l'avant veille à Paris, adressée à « Mademoiselle Sylvie Pagès ». Aucune mention d'expéditeur derrière le pli mais Sylvie reconnut sans hésitation l'écriture d'Estelle et sentit une onde d'inquiétude courir sur sa peau. Un pressentiment funeste lui étreignit la poitrine. Elle attrapa la lettre et, d'un mot bref, prévint son père qui s'apprêtait à baisser la grille et à fermer le magasin :

— Papa, je monte un instant dans ma chambre.

— Qu'est-ce qu'il se passe, ma fille ? s'inquiéta aussitôt Jean-Marc qui avait perçu un tremblement dans la voix de Sylvie.

— Rien, Papa, ne t'inquiète pas. Commencez à manger sans moi, j'arrive dans une ou deux minutes…

Sylvie grimpa à l'étage, s'assit à son bureau et ouvrit en tremblant l'enveloppe énigmatique. Sur la première des trois pages : « Estelle Bensoussan, Paris, le dimanche 28 juillet 1963 » ... Une lettre d'Estelle écrite quatre jours plus tôt. De Paris ... Sylvie se pencha sur la correspondance inattendue et voulut en parcourir avidement le contenu pour se tranquilliser. Mais dès la première ligne, explosaient en hautes lettres nerveuses les mots que Sylvie redoutait de lire ...

« Ma chère Sylvie, quand tu recevras cette lettre et que tu l'ouvriras, je ne serais plus là.

— Mon Dieu ! s'exclama Sylvie pour elle-même. Qu'est-ce qu'elle a fait ? sans même me prévenir, elle est folle... !

Elle ferma les yeux deux secondes, respira profondément, reprit le feuillet noirci de terribles mots et lut le tout plus calmement.

« *Je tiens tout de suite à te rassurer, je vais bien. Rien de dramatique ne m'est arrivé. Au contraire. Je ne me suis jamais sentie aussi forte et heureuse qu'en cet instant, dans ce lieu d'où je t'écris, sur un coin de table, dans un bar. Et pas n'importe quel bar, crois-moi. Je suis à Orly, au premier étage de l'aéroport international où j'attends, mon billet en main, que soient appelés dans la salle d'embarquement les passagers à destination d'Israël !*

Oui, Sylvie, tu as bien lu. Moi, Estelle Bensoussan, française d'origine juive mais profondément, intimement laïque, je quitte la France, mon pays, pour m'installer et vivre en Israël. Te rends-tu compte de l'énormité de ma décision ? Et d'abord excuse-moi de ne pas t'avoir mise dans la confidence à Céret. J'ai eu peur que tu ne cherches à me raisonner et ne m'empêches d'accomplir ce geste radical, cette rupture avec mon milieu actuel. Parfois j'ai moi-même du mal à croire que j'aie été capable d'oser entreprendre une telle folie. Folie peut-être mais j'ai l'impression de prendre enfin mon destin à pleines mains. Et au fond je suis convaincue qu'il n'y a pas plus logique et plus rationnel que ce choix-là. C'est l'évidence même. Du moins, c'est ce qui m'est apparu brusquement, dans le marasme où je mijotais depuis quelques mois. Mes parents ont eu tort de croire qu'ils pourraient m'obliger à suivre la seule voie toute tracée qu'ils imaginaient pour moi, épouser un honnête garçon juif et fonder à mon tour une grande famille pour perpétuer la tradition. On ne m'obligera à rien du tout. J'ai décidé que je ferai ce que je voudrai de mon passage sur cette terre. Je ne leur en veux pas. Ils sont fidèles à leurs principes. Et je sais bien qu'à leur manière ils ne voulaient que mon bonheur, comme ils me le répétaient sans cesse. Crois-moi, Sylvie, j'aime mes parents et cela me coûte de leur infliger cette peine. Je n'ai pas cherché à les punir de leur obstination mais j'ai bien conscience que mon départ – qui s'apparente beaucoup à une fuite – va les rendre très malheureux. Je ne parle pas de mes frères qui sont trop jeunes pour prendre la mesure de ce chamboulement. Ils s'en remettront. Pour mes parents, c'est moins sûr. Mais je me dis, presque sans ironie, que leur foi devrait les consoler, leur foi ou ce fameux fatalisme que ma mère manifeste en répétant tout le temps « Si Dieu veut ! ». Ils devraient même se réjouir puisque, grâce à eux en quelque sorte, je vais devenir plus juive qu'eux. Mon choix va faire de moi une Israé-

lienne, même si j'ai l'intention de garder aussi la nationalité française, même et par-dessus tout si je tiens à rester laïque. Beaucoup de juifs émigrés en Israël le sont et ne pratiquent aucune religion, c'est justement là qu'ils peuvent le plus affirmer leur laïcité. Je serai de ceux-là. Je revendique mon destin avec joie et fierté.

En quelques jours, j'ai fait plus de démarches que dans toute ma vie jusqu'à présent. Dès que j'ai eu pris ma décision – il me fallait être majeure pour ne pas avoir besoin de l'autorisation de mes parents, j'ai collecté mes économies à la Caisse d'Épargne, fait ma valise, pris un ticket de train pour un aller-simple à Paris, trouvé une place dans une auberge de jeunesse, passé des heures à l'ambassade d'Israël pour régler la masse de problèmes administratifs soulevés par mon voyage et mon installation là-bas, et enfin, la plus grosse dépense de mon existence, acheté mon billet sur un vol Air-France, pour moi le vol de la liberté. Je me suis affranchie d'un schéma qu'on avait dessiné pour moi. Je veux vivre une nouvelle et grande aventure que j'aurai pleinement choisie. Ce pays qui n'existe que depuis à peine quinze ans, je le sens prêt à m'accueillir avec tout son avenir et sa jeunesse.

Et sais-tu ce que va devenir ton amie Estelle, quelque part dans la campagne entre Tel-Aviv et Jérusalem ? Tu ne devineras jamais … Mais moi je trouve cette coïncidence amusante. Je vais travailler dans une exploitation agricole collective, un kibboutz comme on dit là-bas. Je cultiverai la terre promise ! Je serai une lointaine collègue de Manuel, si l'on veut ! Étonnant, non ? Si un jour si tu vois sur un marché des pamplemousses ou des citrons d'Israël, tu penseras à moi, la lointaine maraîchère qui un jour a décidé de prendre le futur au présent.

Tout cela m'excite et je jubile à l'avance, même si je ne me cache pas la difficulté de mon entreprise et les risques – probables sinon inévitables – de spleen et de découragement...

Ça y est, Sylvie... c'est l'heure ! J'entends en ce moment même : « Les passagers à destination de Tel-Aviv sont priés de se présenter dans la salle d'embarquement. ». Nous y voilà, la phrase magique est prononcée. Je pars en Israël !

Le temps presse. Dans quelques minutes je vais quitter le sol de la France. Avant de refermer cette lettre et de la jeter dans la grosse boîte jaune à l'entrée du bar, j'ai un service à te demander, je sais que je peux compter sur toi. Je voudrais que tu ailles voir Dominique pour l'informer de mon départ dont il ne sait rien. Dominique, je lui dois quelques explications. Tu sauras trouver ce qu'il convient de dire à cet homme qui m'a tant attirée et tant déçue et qui n'est pas tout à fait étranger à ma décision. Il devrait en être plus affecté que flatté mais je le connais assez pour soupçonner sa vanité de s'en trouver encore renforcée. Sait-on jamais ? Peut-être regrettera-t-il de ne pas avoir su me regarder autrement ? De toute façon, c'est trop tard. J'ai tiré un trait sur tout cela. Et je pars sans regret.

Je te souhaite, ma chère Sylvie, d'être heureuse avec Manuel, avec cet homme que tu aimes et qui t'aime. Vous avez la chance de vous être trouvés et que personne ne dresse d'obstacle pour faire barrage à votre union.

Je vous embrasse affectueusement tous les deux, Manuel et toi.

Ton amie, Estelle

P.S.1 : J'ai écrit à mes parents et je poste une lettre pour eux en même temps que la tienne.

P.S.2 : Dès que j'ai ma nouvelle adresse, je te la communique. Compte sur moi. Je n'ai pas l'intention d'oublier ma seule amie française, ni qu'elle m'oublie ! Je t'écrirai et trouverai toujours le temps de te raconter mes exploits de cultivatrice sur la terre de mes ancêtres !

*

Le même soir, dans la tiédeur bleutée qui commençait à voiler le ciel, Sylvie regagna la rue Fontaine d'Amour où elle avait donné rendez-vous à Manuel. Elle avait hâte de partager avec lui ce que contenait la précieuse lettre rangée dans son sac, hâte de laisser parler son cœur à propos de son amie envolée sur un autre continent.

Et quand elle aperçut la silhouette de Manuel se détacher contre les murs dorés par le soleil couchant, quand elle sentit son sourire heureux alors qu'il s'approchait d'elle, quand elle le tint contre elle, elle connut la certitude que son bonheur avec cet homme aimé ne dépendait que d'elle. Qu'il était à portée de sa main.

*

Le lendemain, Sylvie s'acquitta de la pénible mission confiée par Estelle sans gaieté de cœur mais avec conscience. Certaines épreuves ont un goût amer mais quand il faut les assumer, on serre les dents et on passe à l'action.

Ce ne fut pas drôle. Quant elle sortit du Jardin des Lettres, elle laissait derrière elle un libraire effondré. Sylvie avait attendu la fin de la journée, au moment où elle savait que Dominique fermait sa boutique. Quand il la vit alors qu'il était sur le point de rentrer son présentoir de cartes postales, il paraissait rayonnant, plein de bonne humeur et ravi de revoir la belle jeune femme qui venait lui parler.

Sa première surprise fut quand Sylvie lui déclara d'emblée pour éviter toute ambiguïté à sa démarche :

— Je viens vous parler d'Estelle. Il s'est passé des choses. Elle m'a chargée de vous tenir au courant.

— Estelle ? demanda Dominique déçu mais curieux. Mon dieu, c'est vrai qu'on ne la voit plus beaucoup. Rien de grave, j'espère ?

— Oui et non. Ça dépend pour qui ... pour elle non mais pour ses parents, j'en suis moins certaine.

— Venez, entrez quelques instants, j'allais fermer. Je suis à vous.

Et ils étaient passés dans l'arrière-boutique que Sylvie connaissait et que sans doute pas mal de personnes du sexe féminin avaient dû connaître. Elle ne s'y prit pas par quatre chemins. Voulant se débarrasser du lourd fardeau, elle lui fit un résumé clair et précis des derniers événements sans toutefois s'empêcher de tracer de son amie un portrait où se mêlaient avec émotion admiration et affection.

Devant la jeune femme, Dominique Fillol s'était efforcé de garder une contenance digne. Il avait quand même trouvé le cran de dire qu'il était heureux de la décision d'Estelle. Il tâchait en paroles d'exprimer une satisfaction pour le choix d'Estelle mais son visage était resté hébété trahissant son ébahissement.

Et dès que Sylvie l'avait quitté, il avait senti un étau lui serrer la gorge. Il réussit à servir, sans rien montrer de son trouble, les deux derniers clients qui avaient pénétré dans le magasin pendant son entretien avec Sylvie, puis il s'était dépêché de baisser la grille pour se réfugier dans le silence de l'arrière-boutique. Là il s'était écroulé dans son fauteuil.

Il entendait dans sa tête les frelons des phrases de Sylvie. Il lui en voulait de lui avoir asséné la consternante information sans aucune précaution. Il savait Sylvie assez perspicace pour comprendre quelle part de responsabilité elle lui assignait dans le départ de son amie. À son regard froid et à la limite du dédain, il avait parfaitement compris que la jeune femme n'avait eu aucune envie de l'épargner, lui, un homme imbu de lui-même, dont la futilité avait joué un rôle dans l'éloignement qu'Estelle s'infligeait et infligeait à sa famille.

Juste en partant, la cruelle Sylvie lui avait même assuré qu'Estelle aurait certainement eu le courage de défier ses parents et leur attachement à la coutume ancestrale si lui, Dominique, avait manifesté celui de vouloir construire sa vie avec elle. C'était dur à entendre mais il ne pouvait lui reprocher de tels propos, elle avait raison, hélas. Il comprenait enfin qu'il avait éprouvé pour Estelle un sentiment très pur, bien différent de celui qu'il ressentait avec ses autres conquêtes éphémères. Il n'aurait tenu qu'à lui qu'elle fût avec lui ce soir et pour la vie entière, s'il avait su forcer le destin. Mais il s'était fait prendre à son propre piège de Don Juan cynique. Lamentable échec d'un homme qui s'était la plupart du temps contenté de regarder les péripéties de l'existence sans se sentir concerné.

Il se morfondit toute la soirée dans son cagibi où pesait l'âcre poussière des vieux livres, se livra à une sorte d'examen de conscience, jugeant pour une fois sans complaisance sa fatuité et sa frivolité. Mais il se chercha tout de même des excuses en reprochant à sa mère de l'avoir entretenu dans l'illusion qu'un Fillol pouvait tout se permettre avec les femmes.

— Elle m'a élevé comme ça, se lamentait-il. Je suis quelqu'un d'exceptionnel et aucune femme ne me mérite ! Voilà ce qu'elle m'a répété depuis que je suis un adulte responsable. Quelle idiotie ! « adulte responsable » quelle ironie !

Il était perdu, affalé dans le fauteuil bancal. La nouvelle du départ d'Estelle et ce qu'il y devinait de courage et de force féminine le remuait comme jamais et il savait qu'il souffrirait de son absence. Il se leva et alla se regarder dans son miroir ovale. Pour la première fois de sa vie, il y découvrit la figure triste d'un homme qui avait bien dépassé la trentaine et dont quelques cheveux fades s'affichaient déjà sur les tempes. Deux rides acides accentuaient son menton flétri quand il prenait cet air atterré.

— Oh la la, ma tête ! J'ai l'air d'un fantôme malheureux.

Il essaya de se rasséréner, il revint à son bureau, prit une feuille de papier et tenta de jeter quelques mots, quelques bouts de phrases pour traduire son chagrin. Il trouverait là, à coup sûr, matière à écrire un de ses délicieux petits poèmes qu'il inclurai dans son prochain recueil.

— Mon pauvre Dominique, murmura-t-il, une sorte de grand velléitaire sans consistance, voilà ce que tu es,.

Alors il alla jusqu'à se promettre de devenir plus sérieux à l'avenir et se sentit aussitôt incapable de tenir le cap car une telle perspective l'épouvantait. Il devinait qu'il était condamné à papillonner toute sa vie comme un être pusillanime, volant de vanité en vanité, à moins que… à moins qu'une autre Estelle, un jour, avec ses beaux yeux rêveurs et la profondeur de son amour, ne vînt le sauver de son incurable pleutrerie… Joli rêve, vœu pieux, il n'y crut pas un seul instant. Rien ne lui garantissait qu'une jeune femme aussi entière et intègre qu'Estelle s'approcherait de lui pour l'extirper de la solitude cérétane dans laquelle il macérait. Toute sa vie il connaîtrait un grand nombre de femmes, c'est-à-dire qu'il n'en connaîtrait vraiment aucune. Il resterait seul et vieux garçon. À moins que...

À moins que... et là il se remit à divaguer dans une autre direction : demain il vendrait son commerce, dirait à sa mère – qui le traiterait de dément – qu'il en avait assez de jouer au libraire et qu'il partait ailleurs, loin...

— Maman va s'inquiéter si j'arrive en retard pour dîner ! pensa-t-il fugitivement au milieu de ses élucubrations.

... D'abord faire un tour du monde puis s'installer dans un autre pays. Il irait même au Moyen Orient et traverserait Israël... Il y reverrait Estelle et accèderait à ses désirs d'absolu à côté desquels il était passé. Il se rendit vite compte qu'il délirait. Jamais il n'aurait le courage de quitter son Roussillon natal...

Il s'apitoyait avec complaisance sur son sort lorsque le traversa soudain l'image de la famille Bensoussan, dans leur appartement, à quelques rues de la librairie. Ils devaient, à cette heure, être anéantis. Dominique, dans sa sensibilité de poète, imagina la peine et le désespoir de ce couple de rapatriés déjà malmenés par le destin et maintenant accablés par le départ de leur seule fille. Cette pensée le bouleversa tant qu'à sa propre stupeur, un gros sanglot enfantin s'échappa de ses lèvres. Il ne le retint pas et se laissa aller à pleurer.

Chapitre trente-deux
Solennelle sardane

En cet auguste mois d'été, Sylvie naviguait en plein bonheur. Mais elle savait désormais que le bonheur n'est pas le contraire du malheur, il est seulement son humble et discret compagnon. Depuis la guérison de Manuel, elle vivait un présent euphorique. Pourtant, il lui arrivait parfois de repenser à Oran, sa ville natale, meurtrie et à jamais lointaine. Elle revoyait son enfance et sa jeunesse traversées par une guerre violente jusqu'à cette dernière journée où elle serrait ses affaires dans de modestes paquets pour une traversée sans retour. Il lui arrivait aussi d'entendre à nouveau le lieutenant-commissaire… comment s'appelait-il, déjà… ? lui souhaiter bonne chance et elle se promettait alors de retrouver un jour son nom et de lui écrire une carte postale. Elle l'adresserait aux bons soins de la compagnie maritime qui gérait le paquebot Ville de Tlemcen. Peut-être voudrait-il bien lui répondre et lui raconter ce que devenait Oran.

Mais comme beaucoup de rapatriés encore sous

le choc de cette brutale coupure, elle vivait dans une sorte de brouillard, refusant au fond de s'intéresser vraiment à ce qu'il se passait là-bas. Quand elle feuilletait un journal ou une revue, d'elle-même, elle évitait les articles sur l'Algérie, contournant l'obstacle de l'inévitable émotion. Quand la radio ou la télévision évoquaient cette ancienne province française, elle n'écoutait plus, ne regardait plus.

Une fois cependant, par curiosité, à ses parents qui semblaient suivre plus qu'elle l'actualité et la suite des événements, elle demanda s'ils avaient des nouvelles des quelques Pieds-Noirs qui n'avaient pas voulu quitter le territoire et se rapatrier. Jean-Marc lui avoua que lui non plus ne cherchait pas à trop savoir ce qu'il était advenu de ces familles.

— Pour l'instant, Sylvie, nous avons d'abord à consolider nos nouvelles racines… Plus tard quand tout sera apaisé et que nous pourrons parler de notre passé sans pincement au cœur, il n'est pas impossible que nous vienne l'envie de comprendre pourquoi et comment cette guerre nous est tombée dessus. Mais nous n'en sommes pas là. En attendant, pour toi, Gilles et Solange encore plus que pour nous deux, l'essentiel est de regarder droit devant vous.

— Oui, je comprends, Papa, approuva Sylvie. Il faut mettre entre parenthèses cette partie de notre vie. Oublions.

Elle pensait qu'il était vital de laisser dormir

les souvenirs. Les souvenirs, c'est comme les échardes, plus on s'acharne à les faire sortir, plus on les enfonce dans la chair profonde et fragile de la mémoire.

— En tout cas, intervint Juliette dont la voix rayonnait de fierté, moi, il ne faut pas que j'oublie d'aller chez l'imprimeur chercher les étiquettes à coller sur les pots de confitures de notre marque « Le Verger du Roussillon ».

Juliette, encouragée par ses premiers succès, développait la fabrication de conserves artisanales où figuraient en bonne place tomates et poivrons. Elle augmentait aussi sa gamme de confitures en ajoutant les figues, les cerises et même les pêches pour lesquelles elle avait inventé une espèce de compote à la cannelle, sans compter d'autres fameuses spécialités, gelée de coings, pamplemousses et citrons confits. Elle stérilisait ses bocaux dans une énorme lessiveuse, les faisait reposer la tête en bas deux ou trois jours avant d'y coller des étiquettes. Au début, elle écrivait le texte à la main sur des étiquettes d'écolier, blanches à bords bleus. Et depuis peu, elle s'était décidée à contacter un imprimeur de Céret.

Jean-Marc en profita pour expliquer à Sylvie que l'avenir immédiat les occupait d'autant plus qu'ils envisageaient, si toutefois le chiffre d'affaires était au rendez-vous, de monter un petit restaurant, d'ici un an ou deux, ailleurs qu'à la boutique, avec une carte de spécialités catalanes et d'Afrique du Nord.

— Nous ne sommes pas pressés mais c'est un projet auquel nous réfléchissons sérieusement. Nous finirons bien par trouver un local près du centre ville ou bien nous chercherons un site plus touristique comme ce Castelnou dont tu nous as beaucoup parlé. Qu'en penses-tu, ma fille ?

— Je crois que c'est une excellente idée. Et cela prouve que vous avez aussi fait le bon choix pour vos enfants en transplantant vos racines dans un département qui offre tant de possibilités !

En disant cela, Sylvie prit conscience de la sincérité de leur attachement pour cette région où la beauté des paysages et l'authenticité de la population les avaient touchés si profondément. Il ne tenait qu'à eux de devenir de plus en plus des Catalans.

Elle envisagea, à cet instant, de suivre elle-même un cours de catalan à Perpignan. Cette langue rocailleuse et chantante qui lui paraissait proche du latin qu'elle étudiait depuis sa sixième et de l'espagnol qu'elle avait choisi en deuxième langue au lycée, elle avait à présent envie de mieux la comprendre, de la lire et, pourquoi pas, de la parler. Cette idée la séduisit aussitôt. Elle s'inscrirait à la rentrée. Elle sourit à la pensée d'un dialogue qu'elle aurait alors avec Maria Vila dans cet idiome !

Elle s'étonnait elle-même de son engouement pour la Catalogne comme elle s'étonnait du plaisir extrême qu'elle éprouvait en visitant avec Manuel toutes les églises des pauvres petits villages des

Pyrénées Orientales pour y découvrir l'étincelante splendeur des retables baroques. En fait, il lui fallait admettre qu'elle était aussi tombée amoureuse de cette terre et de son patrimoine.

*

Depuis la lettre d'Estelle, qu'elle avait maintes fois relue, Sylvie éprouvait le sentiment puissant d'une véritable révélation. Plus elle repensait à la décision radicale qu'avait prise Estelle pour dessiner son destin et lui donner enfin un tour qui n'appartînt qu'à elle, plus elle comprenait un mécanisme de l'existence qu'elle avait à diverses reprises expérimenté : demain se fabrique aujourd'hui. Et parfois, dès qu'une décision est prise, il faut l'appliquer sans tergiverser.

Dans son adolescence, en jeune fille résolue, elle avait réfléchi à ce qu'elle ferait quand elle atteindrait l'âge adulte. Elle se souvint de ces fatidiques questions que sa grand-mère ou sa tante lui posaient, quand elle n'était qu'une enfant :

— Eh bien, Sylvie, qu'est-ce tu veux faire quand tu seras grande ?

Demande un tant soit peu embarrassante à laquelle pourtant Sylvie répondait invariablement avec une ferme assurance :

— Plus tard, je serai professeur et j'aurai aussi beaucoup d'enfants.

Elle se rendit compte qu'elle n'évoquait jamais de mari. Non qu'elle n'y songeât point mais l'homme qu'elle épouserait un jour restait sans contour précis. Elle ne l'imaginait ni physiquement ni moralement, ne voyant pas plus quelle serait sa profession. Elle n'avait jamais été sensible au rêve d'un prince charmant. Mais elle n'avait jamais douté qu'elle connaîtrait un grand amour puissant et partagé. Elle était sûre que cela ne manquerait pas de lui arriver. Et cette absolue conviction n'est-elle pas la première des nécessités pour que se produise ce qu'on appelle pudiquement le miracle de l'amour ?

Sylvie avait conscience d'être une femme de son temps et malgré l'épreuve de la guerre d'Algérie, elle se sentait merveilleusement bien dans son époque. Elle savait que toutes les femmes sur terre n'avaient pas droit aux mêmes parcours et n'auraient pas la même chance qu'elle, que certaines n'auraient pas le droit de décider de leur corps comme de leur vie. Elle devinait un très dur combat pour les femmes d'aujourd'hui comme pour celles de demain. Elle se promettait, elle qui avait la chance de pouvoir faire ses propres choix, de participer à cette longue marche vers plus de liberté. Elle y associerait Manuel.

Mais comment être sûre qu'elle était vraiment responsable de son avenir et de ses décisions ? Alors que le temps s'emballait et les conduisait tous deux à bride abattue vers l'aventure de la vie partagée, Sylvie n'avait pas l'impression qu'elle tenait les rênes et quelque chose la gênait dans ce galop effréné.

Grâce à Estelle, elle réalisa que toutes les questions qu'elle s'était posées jusque-là, elle les avait formulées sur le mode du futur, fidèle à cette notion enfantine du « Plus tard, quand je serai… ». Elle s'était interrogée sur ce que serait son existence dans cinq ans, dans dix ans, quand elle aurait trente ans. Et ce fut Estelle qui lui permit de comprendre qu'il ne servait à rien de chercher une réponse aussi loin. Le présent devait se vouloir et se construire dès aujourd'hui.

— Estelle, se disait Sylvie chaque fois qu'elle revoyait en pensée son amie, a décidé de tordre le cou au schéma qu'on avait prévu pour elle et qu'on voulait lui imposer. Et dès qu'elle a pris sa décision, elle l'a mise en application. Sans attendre.

Une joie étrange envahissait alors Sylvie : par sa témérité et son audace, Estelle qu'elle admirait lui avait montré le chemin à suivre et lui disait combien, en certaines circonstances, pouvait hors de toute hésitation s'imposer un choix.

*

Depuis plusieurs jours, Sylvie avait senti, dans l'attitude empressée de Manuel, comme une fièvre dont elle croyait deviner l'origine. Il la regardait qu'elle était allée le chercher, rue Fontaine d'amour.

— Tu es très élégant, toi aussi ! avait répondu Sylvie, radieuse.

Manuel s'était vêtu avec attention pour cette soirée dont il attendait secrètement quelque chose, sans vouloir le préciser. Sa chemise blanche et son pantalon noir, dans leur sobriété, faisaient ressortir sa prestance.

Devant la Poste de Céret, Sylvie exerça une légère pression sur le bras de Manuel et l'entraîna vers la placette où ils s'étaient parlé pour la première fois. Puis, se tournant vers lui :

— Arrêtons-nous ici quelques instants, lui dit-elle d'une voix calme où pourtant frémissait un tremblement. J'ai quelque-chose à te dire. Quelque-chose de très important.

Le cœur de Manuel cessa de battre. Il serra Sylvie dans ses bras. Il n'eut même pas la force de murmurer quoi que ce fût. Il se contenta de plonger son regard dans les yeux scintillants de Sylvie et il attendit, suspendu à ces lèvres aimées où la jeune femme avait posé une touche rouge vif.

Le silence était total dans ce quartier de Céret à une centaine de mètres du centre. Animé dans la semaine, l'endroit était tranquille et même vide le dimanche.

Comme pour leur signaler la gravité de l'heure, montant soudain par-dessus les toits de la vieille ville, retentirent les poignantes notes de la première sardane de la soirée. Et au même moment les réverbères de la place s'allumèrent, jetant sur le couple enlacé une lumière douce, tamisée par le feuillage du généreux albizzia sous lequel, il avait plus d'un an, Manuel avait retrouvé Sylvie.

— Voilà, commença Sylvie avec lenteur, ce que je veux te dire. Je voudrais que tu saches…

Elle s'embrouillait. Pourtant elle croyait avoir tout prévu, le lieu exact où elle parlerait, les paroles précises qu'elle prononcerait… Et puis là, elle se sentait retenue par une ultime gêne, impressionnée par l'intensité des yeux sombres de Manuel braqués sur elle. Il eut un imperceptible mouvement des lèvres, un sourire qui semblait vouloir l'encourager à parler pour eux deux, elle qui en avait eu le premier courage. Et de toutes ses forces, Manuel pensait : « Oui, Sylvie, oui, dis-le, dis-le pour moi, pour nous, je t'en prie, je t'écoute ». Sylvie lut ce sourire, le comprit et trouva la force de continuer, bousculant le bel ordre des phrases qu'elle avait si soigneusement préparées quelques heures plus tôt :

— Manuel, il faut absolument qu'on se marie. Marions-nous, je le souhaite de toutes mes forces et… Veux-tu… ?

Étranglé par l'émotion, Manuel avait enfoui son visage dans les cheveux légers de Sylvie. Elle se dégagea avec douceur, effleura les lèvres de Manuel et poursuivit :

— Je sais bien que nous pourrions continuer

à nous fréquenter comme nous le faisons depuis le début de l'année… depuis mon anniversaire, tu te souviens… Mais cela ne me suffit plus. Nous devons nous marier. C'est paradoxal mais la chaîne qui nous unira, au lieu de nous entraver, elle nous libèrera… de tout, des autres, du qu'en dira-t-on. J'ai la certitude que seul le mariage nous permettra d'exister aux yeux de la société et du monde entier. Personne ne pourra y trouver à redire… Alors voilà, je te le demande, Manuel, veux-tu m'épouser ?

Pendant une très longue minute, le jeune homme garda un terrible silence et Sylvie n'entendit plus que la plainte mélodieuse de la sardane qui parvenait jusqu'à eux. Et puis Manuel, fou de bonheur et soulagé d'avoir entendu de la bouche de Sylvie les paroles qu'il aurait tant voulu avoir lui-même l'audace d'exprimer, parvint enfin à prononcer ces mots :

— Oui, ma belle Sylvie, dit-il d'une voix chavirée. Oh oui ! bien sûr, je le veux. Moi, je n'osais pas… Et pourtant, si tu savais comme j'attendais ce moment !

— Je le savais, chuchota Sylvie. Et je savais aussi que tu n'osais pas…

Manuel secoua sa nervosité dans un rire fébrile et ajouta, soudain troublé :

— Et tu veux qu'on se marie … mais quand ?

— Le plus vite possible, répondit Sylvie sans hésiter, avec une fermeté qui stupéfia Manuel. Je ne vois aucune raison d'attendre pour agir.

— Le plus vite… répéta-t-il. C'est-à-dire… ?

— Eh bien… juste le temps qu'il faut pour publier les bans. Je ne sais pas exactement. On ira se renseigner demain à la mairie, si tu veux. Je n'ai aucune envie de passer par la case fiançailles, affirma Sylvie péremptoire. Bousculer les traditions ne me dérange nullement, bien au contraire j'y trouve même un certain plaisir.

Elle observait la réaction de Manuel mais celui-ci ne bronchait pas, captivé par cette femme qui s'offrait à lui officiellement et semblait avoir prévu les détails pratiques de leur union. Lui-même aurait été incapable de faire une quelconque proposition concrète en cet instant.

— Bouscule, ma chérie, bouscule tout ce que tu veux !

— D'ailleurs, enchaîna-t-elle, je souhaite un mariage très simple. Je ne tiens pas à aller à l'église, sauf si ta mère insiste… Dans ce cas-là, je ne m'y opposerai pas. J'y ai déjà réfléchi et…

— Je m'en rends compte ! coupa Manuel amusé. Mais vas-y, continue, je t'en prie, c'est vraiment le discours le plus passionnant que j'aie jamais entendu !

Il était sidéré de l'audace imperturbable de Sylvie et flatté aussi que celle qui se voulait sa future épouse fût si hardie et si sûre d'elle.

— Pour moi il n'y a qu'une chose qui compte,

reprit Sylvie d'une voix plus pondérée, c'est notre union officielle à la mairie. Je sais que ce moment sera le fondement de tout ce que nous pourrons construire ensemble… une maison, un jour des enfants… Tout sera possible avec mon horticulteur préféré. Rien ne nous fera peur.

Époustouflé par cette impatience à vivre que Sylvie manifestait dans ses bras, Manuel ne trouva d'autre façon de lui montrer sa reconnaissance et son assentiment à tout ce qu'elle proposait qu'en l'embrassant avec fougue. Ils restèrent ainsi un très long moment, unis sous la voûte légère de l'albizzia.

*

Trois grandes sardanes avaient envahi le centre de la ville, entre les deux principaux cafés. On aurait dit que tout Céret se trouvait assemblé là, dans ces cercles majestueux, tout au long du boulevard. Ceux qui ne dansaient pas profitaient de l'air merveilleusement frais et observaient, fascinés, le rituel de la sardane, cette mystérieuse ondulation qui déplaçait imperceptiblement la chaîne soudée des danseurs et des danseuses aux pieds silencieux.

Nul autre bruit, dans la ville tendue par la magie de la danse et de la musique mêlées, que le timbre des instruments qui triomphaient du haut de l'estrade enluminée de guirlandes multicolores.

Et dans l'une de ces rondes, face au Café Catalan,

Sylvie et Manuel, attentifs à la mélodie, dansaient l'un à côté de l'autre.

Dignes, absorbés par le comptage de leurs pas, courts et longs, ils dressaient leurs bras vers le ciel étoilé. Et au creux de leurs deux mains liées, ils détenaient le secret d'un amour plus fort que l'éternité.

T.D.O Éditions, SARL

Composition, mise en page : TDO Éditions
ISBN : 978-2-36652-229-7

Dépôt légal octobre 2017
Achevé d'imprimer en france
Sur les presses de CPI Bussière

N° d'impression : 2033144